講談社文庫

半沢直樹 1

オレたちバブル入行組

池井戸 潤

講談社

半沢直樹1
オレたちバブル入行組

主な登場人物

【東京中央銀行】

半沢直樹《はんざわなおき》……大阪西支店融資課長
渡真利忍《とまりしのぶ》……半沢の同期。融資部企画グループ調査役
近藤直弼《こんどうなおすけ》……半沢の同期。大阪事務所システム部分室調査役
浅野匡《あさのただす》……大阪西支店長
江島浩《えじまひろし》……大阪西支店副支店長
垣内努《かきうちつとむ》……大阪西支店融資課長代理
木村直高《きむらなおたか》……業務統括部部長代理
小木曽《おぎそ》……人事部次長
川原敏夫《かわはらとしお》……融資部担当調査役

＊　＊　＊

東田満《ひがしだみつる》……西大阪スチール社長
波野吉弘《なみのよしひろ》……元西大阪スチール経理課長
来生卓治《きすぎたくじ》……大阪商工リサーチ信用課課長代理
竹下清彦《たけしたきよひこ》……竹下金属社長
未樹《みき》……東田の愛人
半沢花《はな》……直樹の妻

序章　就職戦線

秘密めいた指示にはわけがあった。協定破りだ。

産業中央銀行から電話がかかってきたのは、八月二十日の午後九時過ぎだった。相手は就職希望者用の資料請求のハガキをくれたことへの礼を述べ、まだ当行に興味があるかと尋ねてきた。「はい」とこたえると、「明日、午後二時。池袋支店の前で『サンデー毎朝』を持って立ってる者に声をかけてください。このことは内密に」というスパイ小説もどきの指示を残して用件を終えたのである。

「サンデー毎朝ねえ」

受話器をゆっくりと戻しながらつぶやいた半沢直樹《はんざわなおき》はそれでも、内心から湧《わ》き上がってきた高ぶりをどうすることもできなかった。

かつて、学生の就職活動について企業と大学側で取り決めた「就職協定」によって、学生の会社訪問解禁日は九月一日と決められていた。解禁の日まで企業は学生に接触をしてはならぬ、ということになっていたはずの約束が突然に破られたのだ。世の中で紳士協定と呼ばれているものを破ったわけだから、銀行は紳士ではないと自ら証明したも同然である。

売り手市場といわれていたこの年の就職戦線で、とくに人気が集中していた銀行部門は逆に極端な買い手市場だった。銀行が本当に欲しいのは、一部の優秀な人材だけだ。

紳士協定は、一社が破れば、皆破る。

どこが最初に協定破りを犯したかは定かではないが、実際、この産業中央銀行の電話を皮切りに、午前零時近くになるまでに都市銀行上位行の全てと生命保険一社が電話をかけてきて、それまで空白だった半沢の手帳の予定が面接のアポで埋まった。

「火がついた！　すごいことになってるぞ！」

そう興奮して電話をかけてきたのは、経済学部の同じゼミにいる宮本《みやもと》という男だった。いまのようにホームページもメールもない時代。情報交換は電話が主流だった。

「で、お前、どこ受けるんだよ」

半沢は「まあ、銀行と生保辺りから行くか」とのんびりこたえた。

「銀行と生保あたり？　何のんきなことといってんだよ。そっちは激戦じゃないか」

宮本はまくしたてた。「一番人気の産業中央だと、うちの学校だけでも倍率五十倍は下らないって噂だ」

「まさか。そいつは言い過ぎだろ」

「いや、ほんとだってば」

宮本は言い張り、自分がなぜ金融ではなくメーカーを選んだかというのいつもの話に二十分ほど付き合わされた。挙げ句、「あっ、キャッチホン。じゃあな」と、唐突に切れる。

クーラーもない下宿の部屋で、「3」のボタンが押し込まれた小さな扇風機が音を立てて首を左右にふっていた。東急東横線新丸子《しんまるこ》駅から徒歩十分ほどのところにある下宿屋の二階だ。八畳の部屋のあけはなった窓からは、母屋の黒い三角形の屋根が見える。夕方から、バイト先の進学塾へ行き、小学校五年生と六年生のクラスで教え、それに補習授業をこなして腹を空かせて先ほど帰ってきたばかりだ。ほとんど食べ終えていたカップラーメンの残りをすする気にもならず、共同の流しに捨てる。そして半沢は改めて思ったのだった。「ついに始まったぞ」と。

約束の時間より少し早く行くと、スーツ姿の男が炎天下にひとり、雑誌を抱えて立っていた。

名乗ると男は軽くうなずき、もうひとり来るから、といった。ほとんど半沢と年の変わらない若い男だった。それから数分、一緒に待った。同じリクルート・スーツを着込んだ学生が現れたのは約束の二時ちょうど。連れて行かれたのは、産業中央銀行池袋支店の裏口だった。そこから中へ招き入れられた。

この銀行に入れるかどうかその段階ではわかる由《よし》もなかったが、ともかくもそれが、銀行という場所へ半沢が足を踏み入れた最初だった。裏口から階段が伸び、それは妙に曲がりくねって奥へと続く。

「ちゃんとついてきてください。防犯上、複雑な造りになってるから、迷っちゃうよ」

案内役の男はそういいつつ、慣れた足取りで上がったり下がったりの曲がりくねった通路を進んでいく。電話の鳴る音がどこかでくぐもって聞こえた。

会議室に着いた。学生が数人待っていて、新しく入ってきた半沢と、もうひとりの男にすかさず視線を走らせてくる。ここではお互いがライバルだ。

「呼ばれるまで、ここで待っていてください。席はどこでもいいですから、座って」

窓際の椅子を引いて十分ほど待つうちに、先ほどから部屋にいた学生たちが名前を呼ばれて消えていき、また新たな学生が加わった。会話はほとんどない。空調設備から吐き出される空気の音だけがかすかに聞こえる程度だ。

「なんか、緊張しませんか」

ふいに隣の学生が声をかけてきた。「どちらの大学ですか?」

「慶応」

「あ、ぼくもだ」

そういうと男は、スーツの内ポケットから名刺を出した。いまでこそ名刺を持っている学生は珍しくないが、当時としては、そういうことをするのは一部の気取った連中だけだった。差し出されたグリークラブの名刺を受け取った半沢は、そこで初めて男の顔を直視する。育ちの良さそうな色白のふっくらタイプで、やけに背筋がぴんとしているのが印象的な男だった。

半沢も名乗ると、「どこ受けるの？」と、同じ学校で安心したのか、グリークラブは馴《な》れ馴れしい口調できいてきた。

「ここと、生保でも受けてみようかと思ってる」

「どこ」

「大日本生命」

「ふうん。ぼくは、都銀一本だ。君、学部は？」

「経済」

「ぼくは法律。端沢さんのゼミ」

知っている。商法の先生で、就職には有利といわれている力のあるゼミだ。産業中央銀行も含め、一流企業にＯＢを大勢輩出しているはずである。そういうとグリークラブは、

「まあ、ここでそれが通用するかどうかはわからないけどね」と謙遜《けんそん》しつつも、まんざらでもなさそうな顔でいった。

「なにかあったら、情報交換といこう。君の電話番号、教えてくれる」

下宿の電話を告げる。

「これって自宅？」

「下宿。部屋の電話だから、いつでもいいよ」

「そうなんだ。大変だね」

なにが大変なのかきく前に、グリークラブが先に呼ばれて会議室から出ていった。半沢は気取った奴が嫌いだった。お澄まし顔で歌なんぞ歌うグリークラブはそもそも気にくわないが、お上品や育ちの良さをこれ見よがしにぷんぷんさせているような奴はもっと嫌いだ。少し腹が立ったせいで硬さは取れた。

半沢が呼ばれたのは、それからさらに五分ほどしてからだった。

三階の大広間に長テーブルを二つくっつける形で作られた面接ブースが左右に三ヵ所ずつ、設《しつら》えてある。それが一次面接の会場だった。

「あそこへどうぞ」

奥のテーブルを指さされた。フロアの中央を通るとき、「やる気だけはありますから」

という声が聞こえて半沢はちらりと面接を受けている学生に視線を投げた。さっきのグリークラブだ。いまや気取った余裕などかなぐり捨て、顔を真っ赤にして必死の形相で訴えている。対する面接官は、その主張をどうでもよさそうな顔で聞き流していた。こいつは落ちた。

指定されたテーブルまで行くと、二人の面接官が待っていて椅子を勧められた。

「ええと、半沢君だね。どうして当行を希望してるのかな。そのヘンの動機から聞かせてもらえる？」

質問役は三十代後半の行員。隣にいるもう少し若い男は、記録係らしくボードを片手に黙って半沢を見ている。

「金融に興味があるんです。とくに銀行という仕事を通じて、世の中に貢献したいと思って志望しました」

ありきたりな答えだ。突っ込んでくるな、と思ったら案の定だった。

「でもね、君。銀行といっても、いろいろあるじゃないか。別に産業中央銀行じゃなくてもいいんじゃないか？　正直にいってもらいたいんだが、君の第一志望はどこだろうか」

「もちろん、第一志望は産業中央銀行です」

返事はない。みんな同じことを言うからだ。本当か嘘かは別にして、そうこたえるのは礼儀である。勝負はここからだ。

「ですが、最初は第一志望ではありませんでした」

二人の面接官の視線は吸いつくように半沢に向けられた。「何人もの先輩にお会いしているうちに、産業中央銀行の風通しのいい気質というか、行風がわかってきたんです。これはほかの銀行にはない魅力でした。こういう方たちと一緒に働きたいと思っています。銀行は横並びといわれていますが、私にとっての銀行は決して横一線には並んでいません。産業中央銀行で働くのは私の夢です」

「ほう」

面接官はにこりともせずに半沢の目を覗《のぞ》き込んだ。「第一志望なのはわかった。だけど、世の中に貢献するだけなら、銀行という仕事じゃなくてもできるんじゃないかな」

なるほど。ごもっともな指摘である。

「実家が小さな会社を経営しています」

半沢はこたえた。「業歴は二十年を超えますが、決して楽な道のりだったわけではありません」

質問役が興味を抱いたらしいのは、その顔を見ればわかった。

「あるとき、私がまだ中学生の頃ですが、家に帰ると大勢、お客さんが来ていて大変な騒ぎになっていました。大口の取引先が倒産したんです。何十人かの債権者の前で、うちは大丈夫ですからって、そのとき必死になって説明していた父の顔がいまだに忘れられません。そのとき、父の会社を救ってくれたのは銀行でした」

「メーンバンクだね」

きいた質問役の表情の中で眉が動いた。「いいえ。違います」、と半沢がこたえたからだ。

「救ってくれたのは、それまで付き合い程度でしか取引していなかった都市銀行でした。父の会社のメーンバンクは、地元の第二地銀だったんです。もともと地元志向が強い土地でしたから、父はその銀行を信用していました。ところが、いざとなったとき、メーンバンクの座にあぐらをかいていた地方銀行はいち早く融資を引き揚げようとし、逆に取引は少なくとも父の商売を正確に見抜いていたその都市銀行は融資して助けてくれました。あとで父からその話を聞いて、銀行に入りたいと思いました。私は銀行に入って、父のような会社の力になりたいと、そう思ったんです」

返事はなかった。質問役の行員と記録ボードに手を置いたままの行員が半沢の顔をまじまじと眺めている。

数秒間、質問役は言葉を失ったようになり、そして、「わかりました」と早口でいった。記録ボードの若い行員と目配せする。

「ありがとう。結果は後で報告します。縁があったら、また会いましょう」

「失礼します」

簡単だったのか、難しかったのか。それで一次面接は終わり、ふたたび複雑な廊下を戻って半沢は炎天の街へ出た。うまくいったのか、いかなかったのか。よくわからない。そのまま街をぶらついて下宿に戻った半沢に、産業中央銀行から二次面接の日時を知らせる電話が入ったのはその夜のことだった。

品川のホテル・パシフィックの大広間は百人以上の学生のひといきれでむんむんしていた。一次面接をパスした半沢は、翌朝の九時にこのホテルに来るようにいわれたのだった。九時だから最初のグループかと思ったが、違っていた。もっと早い連中がいた。それが面接の順位で決まっているのか、ただ、電話の順番で決まっているのか、その辺りのことは判じかねた。

そして、壁際に並べられた椅子の一つにかけた半沢は、果たしてこの中の何人が産業中央銀行に入れるのだろうかと考えた。五人か十人か。いやいや、そんな簡単ではないはずだ。おそらく今日もどこかで一次面接が行われ、その連中がまた明日、この会場に足を運ぶのだろう。そんなことが何日か繰り返されるはずだ。二次面接なんだからかなり絞り込まれているに違いないと期待した半沢の予想は見事に外れ、五十倍の倍率という宮本の言葉が現実味を帯びてきたのもこのときだった。そのとき、「なんか、先長そうですね」という声がして半沢は振り返った。

隣に座っていた男が人なつこい笑みを浮かべて、半沢に話しかけてきたのだ。

「そうだね。もっと人数少ないかと思ったのに」

「ぼくもそう思ったんですけど、当てが外れちゃいましたね。経済学部の半沢さんでしょ」

半沢は目を丸くした。

「そうだけど。君は」

「押木《おしき》です。中沼ゼミの押木」

「ああ」

そういえばゼミ連絡会でたまに見たことのある顔だなと半沢は思い出した。印象が薄いのは、押木が元来、口数の少ない男で目立たなかったからだ。中沼先生はマクロ経済学の泰斗《たいと》でゼミに入るのは難関だ。そのゼミを代表して連絡会に出てくるぐらいだから、押木は、地味な印象とは異なり、かなり実力のある男に違いなかった。

「産業中央銀行に入りたいんだけど、入れてくれるかなあ」

押木は、ぴりぴりしたその場の雰囲気に似合わぬのんびりした口調でいった。どこかに東北弁のイントネーションがある。東京に出てくる東北の人には、訛《なまり》を気にして寡黙になる人がいるが、押木もそんな一人なのかも知れなかった。

「昨日はどこで一次面接を受けたんですか」

そんなことを押木がきいてきて、しばらく二人で面接の話をした。話していると、なにか温かさのようなものを感じる男だ。押木とは不思議と馬が合った。

その押木が先に面接に呼ばれ、しばらくしてから半沢も呼ばれた。

ホテルの大広間をパーティションで区切り、池袋支店の三階にあった面接会場とは比較にならないぐらいたくさんの面接ブースが並んでいる。面接は一対一だ。空のブースで待っていると、やがて一人の面接官がやってきた。「どうして当行を志望したのかな」。質問は昨日と同じ。半沢の二次面接が始まった。

この日の面接は、ちょっと変わっていた。

面接官は複数存在し、それが一人ずつ何人も続けて登場するのである。これはあとで知ったことだが、一人が話を聞き、「この学生はいい」となると二人目の面接官が来て、それを再確認する。「こいつはダメだ」という評価でも、念のためもう一人が面接を行い、何人かの意見が一致した段階で、当落が決まる仕組みになっていたのだ。面接時間は一人十五分程度。簡単に終わったと思ったら、「ちょっと待ってて」といわれて二人目が来る。さらに三人目、四人目と続き、一時間ほどの時間はあっという間に経《た》った。

半沢の背後から、流暢《りゅうちょう》な英語が聞こえてきたのは、二人目の面接官が席を立ったときだ。

英語が得意だとでも言ったのだろうか。話しているのは学生のほうだろうが、相手も英語で応《こた》え、たまに笑いが漏れるところからすると、かなり盛り上がっているに違いなかった。半沢も英語は苦手ではないが、その声の主の発音は、ネイティブ・スピーカー並みに美しく、淀《よど》みなかった。

「なかなかやるな」

そう思って振り向いた半沢は思いがけない光景に目を疑った。そこでネイティブさながらの英語を操っていたのは、さっきの押木だった。東北訛の日本語とのあまりのギャップに半沢は目を丸くし、そして、「こいつ、受かる」と思った。直感のようなものだ。その直感を信じるのなら、たぶん自分も受かる。

「やあ」

その二日後。大手町《おおてまち》から八重洲《やえす》界隈《かいわい》を見下ろす産業中央銀行本店の一室に半沢はいた。少し遅れて入ってきた男は、半沢を見て驚くでもなく、あの人なつこい笑顔を見せてきた。

「よお」半沢はこたえた。

「内定もらったんだ」

「もらっちゃったね」

笑顔のまま、押木はその一室にいるメンツを見回した。内定が出たのは昨日の朝行われた三次面接。面接形式は二次面接と同様だったが、他の学生と同じように面接に臨むつもりでいた半沢のところへは「お迎え」が来た。面接中のライバルを横目にブースから別室に連れて行かれた半沢は、そこで採用の内示を受けたのである。

おそらく押木も、そしてここにいる他の三人も、同じような待遇を受けたに違いなかった。欲しいと思った人材は、なりふり構わず採る。それが銀行だ。

「やっぱりなあ。お前は入ると思ったよ、押木」

そういって声をかけてきたのは、同じ経済学部の渡真利忍《とまりしのぶ》だった。渡真利のことは知っていた。ある有名ゼミのゼミ長で、半沢とは顔馴染《なじ》みだ。

「おーい、来いよ。紹介するぞ」

渡真利の呼びかけで、同じ部屋にいたほかの二人もやってきた。眼鏡をかけた神経質そうな男とスポーツマンらしいがたいの大きな男だ。

「この眼鏡が法学部の苅田《かりた》。先輩にきいたところによると、苅田は司法試験の短答に合格している秀才。銀行に入ったら人事エリートにでもなるんだろうよ。将来の人事部長だな。で、こっちのでかいのが商学部の近藤《こんどう》だ。近藤は、蓮本ゼミのゼミ長で、現業務部長の安藤さんがゼミの一期生だ。安藤さんはいま飛ぶ鳥を落とす勢いだから、安藤さんが元気なうちはこいつもきっと出世するだろう」

「安藤コケれば皆コケるって言われてるけどね」と近藤は笑った。渡真利は入ってきたばかりの押木を紹介した。

「こいつは押木。中沼ゼミの学務担当なんだぜ。勉強はできる。たぶん学部で三番以内に入ってる。な、そうだろ。それに、話すとわかるが、東北の人で、たいへん人柄がいい。だけど、なまってるのは日本語だけで、英語は凄《すご》い。国際派バンカー志望。あと何年かすれば、スーツケースひとつで世界中を飛び回ってるだろうよ」

押木は照れたように笑っていたが、否定はしなかった。温厚で包容力のある男だ。それだけでなく、強い意志の力も感じる。続いて渡真利は半沢を指さした。

「こっちは大平ゼミの半沢。オレたち経済学部では馴染みの男。そのうちイヤでもわかるだろうからいまは何も言わないが、毒舌の論客。とんでもない野郎だ。みんな議論するときには要注意」

「なんだと」

半沢は渡真利を睨《にら》みつけ、話を継いだ。「で、こいつが渡真利。実力はともかく要領はいい。やたらと顔が広くて、慶応の半分はこいつの友達だと思ったほうがいい。わからないことがあったらこいつに聞くとたいていわかる」

みんな一斉に笑った。

この頃——。内定を与えられた学生は、全員が会社に囲い込まれ朝から晩まで銀行の監視下に置かれるのが当たり前だった。これを「拘束」という。

実際、昨日の朝、内定をもらった半沢は、夜の九時過ぎまで銀行本部ビルから一歩も外へ出してもらえなかった。うっかり解放してせっかく採用した学生を他社に取られてはまずいからだ。個室に一人で軟禁され、「用事があるときには部屋の内側からノックしてください」といわれた。個室の外には交替で監視役が付き、トイレにまでついてくる徹底ぶりだ。おそらく渡真利も押木も同じような状況だったと思うが、この日、ようやく他の内定者と合流し、グループ単位での「拘束」が始まろうとしていたのである。

時は一九八八年。いわゆるバブルの絶頂に向かって世の中が狂ったように突進していたころだ。都市銀行の数は全部で十三行あった。護送船団方式と呼ばれる金融行政に守られた銀行という組織が、入ったら一生安泰といわれていた時代。銀行員はエリートの代名詞だった。

世間では、アニメ映画「となりのトトロ」が劇場公開と同時に大ヒット。その二ヵ月後の六月には、リクルート事件が発覚した。尾崎豊《おざきゆたか》がまだ生きていて、ニューシングル「太陽の破片」が発表された。だけど人々の記憶に残っているのは、同じ年の九月十七日から始まったソウル・オリンピックのほうかも知れない。いずれにせよ——。

バブル・ピークの狂乱が始まる直前、五人の学生たちはそれぞれに夢を抱き、希望に胸を膨らませて銀行の門をくぐったのだった。

これから何が起きるとも知らずに。

第一章　無責任論

1

「粉飾を見破れなかったのが、全てだな」

支店長の浅野匡《あさのただす》は、深く嘆息した。その言葉に込められた微妙なニュアンスが気になったが、半沢直樹は黙っていた。

大阪市西区。四ツ橋筋と中央大通りがクロスする交差点にある東京中央銀行大阪西支店、その支店長室だ。メガバンクの一角、東京中央銀行の中でも有数の大店らしく、広々とした室内には執務用デスクと革張りの応接セットがおいてある。

そのソファに、融資課長の半沢は部下の中西英治《なかにしえいじ》と並んでかけていた。浅野は、向かいの肘《ひじ》掛《か》け椅子で、苦悩した表情を浮かべて脚を組んでいる。

いま午後七時半。この日第一回の不渡りを出した融資先、西大阪スチールからの債権回収策を相談するため、支店長と副支店長、半沢と中西の四人で額をつきあわせたところだ。

「で、どうなんだ、半沢君。回収の見込みは」

浅野の脇から、副支店長の江島浩《えじまひろし》がきいた。前職が人事部部長代理で本部畑が長くスマートなところがある浅野と比べ、一貫して支店を歩んできた江島はがっしりした体格にパンチパーマという見かけ通りの〝武闘派〟である。転勤して初めて取引先を訪問したとき、ヤクザと間違えられてガードマンに阻止されたという噂は伊達《だて》ではない。見かけによらず甲高い声を出す男だった。

「回収といっても、五億円がほぼ全額〝裸〟です」

銀行用語で裸といえば、信用貸しのこと。つまり、担保のない融資のことをいう。もし相手が倒産したら損になる。

半沢は続けた。

「東田《ひがしだ》社長とはいまも連絡がとれません。今朝方、〝赤残〟がわかったときからずっと連絡しているんですが――」

いまさらつかまるとも思えない。ちなみに赤残とは、当座預金が残高不足になっている状態を指す。

ちっ、と江島はいまいましそうに舌を鳴らした。そのイライラは、逃げている東田にというより、半沢に向けられているような気がした。

「粉飾してること、なんでもっと早くわからなかった、みっともない！　融資課長なんだから、きちんと責任をとってもらわなきゃ困る」

同社に対する融資経緯、粉飾が発覚した状況からすると、見当違いな江島の発言だった。「だいたい、粉飾を見破れなかったなんて、恥ずかしくて本部に報告できないじゃないか。どう説明しろっていうんだよ。君を信頼していたから融資を通したんだぞ」

「私を信頼したから融資を通されたんですか……」あきれて半沢はきいた。

「当たり前だろ！」

江島は、瞬間沸騰した赤い顔でこっちを睨み付けている。

西大阪スチールという会社は、そもそも気乗りしなかった。

浅野が強引に融資話を決めてきてしまったから仕方がないが、本来なら断りたい相手だった。

それなのに緊急融資で稟議《りんぎ》を上げ、強引に本部の承認を取りつけた。

浅野の、功名欲しさの暴走だ。その暴走を止められなかった、という意味では半沢にも責任があるかも知れない。だが、それが焦《こ》げついたからといって、その責任が半沢ひとりにあるかのような言いぐさには腹が立った。これでは「手柄は自分のもの、ミスは部下のもの」という典型的な図式ではないか。

「それで？　債権書類は全部揃ってるんだろうな」江島が吐き捨てるようにきいた。

「一応、確認しました」

書類といっても、基本約定のほかには金銭消費貸借契約証書と社長の保証書が各一枚あるきりだ。

江島は、テーブルの上に広げた同社ならびに社長の「資産一覧表」を穴の空くほど睨み付けた。担保にとれるような不動産がないか探しているようだが、あるはずはない。

「差し押さえられる預金は？」

「ありません。当行の預金はすべて融資と相殺しました。といっても全部併せて二百万円ほどですが。関西シティにも預金はありますが、すでに借入金と相殺されていると思われます」

「自宅はその関西シティの担保がべったりか。向こうの損失額は、三億円で当行よりも少ないじゃないか。それにしても、これだけの会社の代表者だ。別荘とか、担保になりそうな不動産があるんじゃないか？」

「ない、というお話でした」

疑わしげに、江島は眉を上げた。

「じゃあ、奥さんの実家とかはどうだ」

半沢はため息をついた。倒産社長の妻の実家は融資には無関係だ。江島はなりふり構わぬ回収に走ろうとしている。

「社長がつかまれば当たってみますが、負債総額も相当なものになりそうですし、難しいと思います」

冷静な半沢の言葉に、江島はますます立腹した。

「思いますってなんだ！　君、本当に責任を感じているのか？　そういう態度だから、脇も甘くなるんじゃないか。だいたい、粉飾がわかった時点できっちり債権回収策を検討していればこんなことにはならなかったんだぞ」

半沢はまじまじと江島の顔を見てしまった。

この男、本気でいっているのか。

債権回収策を検討しなかったどころか、粉飾の事実が判明してからというもの、連日のように西大阪スチールに東田社長を訪ねて交渉した。

だが、財務分析の結果をつきつけて粉飾を追及する半沢に、東田はのらりくらりと言い訳をして逃げ続けた。挙げ句、言い逃れができないと見ると居留守を使ったり、アポをすっぽかしたりといった手段に出て、結局、債権回収の具体策をまったく詰めることができなかったというのが本当のところだ。その件については、細大漏らさずメモの形にして江島にも浅野にも報告してあったはずだ。

それをいまさら。

「それで？　このままいくと、当行は四億九千八百万円の貸し倒れになるということか」

半沢がまとめた与信引当表を凍りついたように見つめていた支店長の浅野が、苦虫を嚙みつぶした顔で話を戻した。

「そういうことになります。あとは、会社を処分したときの配当がいくらぐらいになるかですが」

「配当なんか期待できるか」江島が吐き捨てた。

配当、というのは、会社の資産を全て処分したときに債権者に対して返済されるカネのことをいう。仮に十億円の負債を抱えた会社が倒産し、その後、資産を売却したところ三億円になったとする。最終的にここから債権者に弁済されるカネを配当と呼ぶのである。

無論、全額返ってくる話ではない。

「無様だな、半沢課長」

深いため息とともに吐き捨てられた浅野支店長の言葉に半沢は息を呑んだ。そこには、半沢に対する冷ややかな憎悪が込められていたからである。

2

大阪の中心部の西側、大阪湾にまで扇形に広がる鉄鋼問屋街。その扇の要《かなめ》の部分に東京中央銀行大阪西支店はあった。

いわゆるメガバンクの一角。東京を本拠にする東京中央銀行の関西支店は約五十店舗ある。その中で、大阪西支店は、大阪本店、梅田《うめだ》、船場《せんば》と並ぶ四大支店のひとつで、いわゆる中核店舗として位置づけられていた。

浅野は、長く人事畑を歩んだエリート行員で、支店に出るのは十八年ぶり。この支店長経験をうまく生かせば、役員の椅子がぐっと近づくとあって必死だ。ご多分に漏れず、東京中央銀行も合併銀行で、ポストに比して行員の数は多い。若手にしてみれば、かつて一流大卒なら当然のように約束されていた課長の椅子が遠くにかすみ、同じように、順調な銀行員生活を歩んできた浅野にしても、部長への昇進は若手以上の狭き門になっている。

チャンスは少ない。それをものにできなければ、良くて支店長職の横滑り、悪くすると関連会社出向の運命が待ち受けている。

浅野のように同期トップを走ってきたプライドの高いエリートにとって、出世の階段を踏み外すことは耐え難い屈辱に違いなかった。

その浅野が大阪西支店長として着任したのは、昨年六月。半沢が本部審査部から転勤を命じられる二ヵ月前のことである。だが、昨年の業績は鳴かず飛ばず。結局、業績を悪化させた前任支店長の尻拭《しりぬぐ》いにエネルギーを取られた形で尻窄《すぼ》みに終わってしまったからだ。

当時、浅野が係長以上の役付きを集めた酒席で頻繁に口にしていたのは、「今期はしょうがない。来期にかけよう」だった。

その浅野が、大阪の鉄鋼問屋がひしめく立売堀《いたちぼり》にある、年商五十億円の中堅企業だった西大阪スチールとの取引を引っ張ってきたのは、今年の二月。まさに「来期にかける」ためには格好の商材に見えた。

半沢も、西大阪スチールという名前ぐらいは、外回りを担当する業務課の新規工作班の資料で見ていたから知ってはいた。

優良な会社だという触れ込みだったが、どこから攻めても難攻不落。とてもお手上げという認識で一致していたから、ある会議の席上、「昨日、社長と会ってきた」という浅野の発言には、半沢だけではなく、新規工作班の連中もびっくりして声が出なかった。

「お会いになられたんですか」

業務課長の角田周《かくたしゆう》が信じられないという顔をしてきいたほどだ。「あそこは、何度訪問しても会ってすらいただけないところでして」

「そうか。そんなことはなかったけどな」

どこか誇らしげにいった浅野は、「ちょうど資金需要があるそうだ」と続けて、さらにその場を驚かせた。初対面でそこまで突っ込んだ話を聞き出すのは相当難しいからだ。

「担当者を行かせるといってある。半沢課長、行って社長と話を詰めてくれないか。担当者は、「そろそろ中西君にでもどうだ」といった。

会議テーブルの端にいる若手をぐるりと見回し、そうだな――」

中西は、今年入行二年目になる若手だ。先輩から取引先を引き継いだばかりの駆け出しである。

「彼にはまだ早いかと思いますが」

青ざめた中西を一瞥《いちべつ》しつつ、半沢はやんわりと拒絶した。しかし、浅野は気にもとめなかった。

「そんなことないだろ。零細企業じゃなく、ああいう大きな会社のほうが勉強になるはずだ。最初は半沢課長も同席して先方と詰めてくれ。頼んだぞ」

浅野は、いったんこうと決めたら動かない頑固なところがある。受けるしかなかった。

半沢が、中西が運転する業務用車に乗って西大阪スチールに出向いたのはその会議の翌朝である。

銀行の名刺を受付で差し出すと、「いらっしゃいませ」も「お待ちください」もなく、さっさと応接室へと通された。別に銀行の看板にあぐらをかくつもりはないが、来客に対する態度としてはお世辞にも愛想がいいとは言えない。

社内に、活気がない。緊張感が欠け、だらけた印象。タバコを吸いながら談笑しているのに、電話は誰が取るでもなく、耳障りなほど鳴り続けている。当然、来客の半沢らが近くを通っても挨拶どころか会釈もない。

どうも気に食わないな、と半沢は思っていた。

会社というのは結局人の集まりなので、社員の様子を見れば、その会社がどんな会社なのか、おおよその想像がつく。


アポを入れていたにもかかわらず、応接室で十分ほど待たされた。

やがて入室してきた社長の東田満《みつる》は、背の低いがっしりした体格の男だった。足早に入ってくるとどすんとソファにかけ、足を組む。何もいわないうちから、指先のタバコを灰皿にこすりつけ、その仕草を続けたまま「今日はなんや、銀行さんが」とぶっきらぼうにきいた。

「実は融資のお願いがあって参りました」

「融資やて？　なんのことや」

「昨日、支店長の浅野が伺ったときにお話しさせていただいた件です。後先《あとさき》になりましたが、私、こういうものです」

よろしくお願いします、と名刺を差し出す。中西もそれに続いた。だが、東田は、二枚の名刺を一瞥しただけで、二つ四つに破りゴミ箱に捨てた。

「銀行の名刺なんか溜まる一方なんや。取引してくれいうて煩《わずら》わしい。そやけどうちは関西シティ一本やからな」

脂ぎった四角い顔を意地悪く歪《ゆが》ませ、薄笑いを浮かべる。

この野郎、と思った半沢の隣で中西が震え上がっていた。

「昨日、支店長の浅野にご融資のお話をいただいたと聞いています」

浅野の口調ではすぐにでも借りてもらえるような感じだった。それがこれである。

「ああ、運転資金の話か。別にお宅から借りるなんて一言もいってへんで。ほかの銀行は担当者が来るのに、お宅は支店長が何度も来る。たまには会ってやってくれって経理課長がいうから、そうしただけや。なにか勘違いしてへんか、お宅の支店長はん」

隣でぶるっていた中西が、唖然《あぜん》とした顔を上げた。そうしたいのは半沢も同じだ。これでは、話が違いすぎる。

それにしても灰汁《あく》の強い男だった。堅そうなおでこの下で光っている眼光は鋭く、威圧感がある。

ただ、ここまで来て手ぶらで帰るわけにもいかず、半沢は尋ねた。

「もし差し支えなければお聞かせください。その運転資金、おいくらでしょうか」

「はあ?」

めんどくさそうにいった東田は、テーブルのシガレットケースから一本取り、火をつける。

「まあ、そうやな。二、三億でええんちゃうか」

「当行で検討させていただけませんでしょうか」

支店長の意向をくめば「融資させていただけませんでしょうか」といいたいところだが、なにしろ稟議が通っていない。稟議承認もないのに「融資する」といえば融資予約になる。融資予約は銀行融資の厳禁事項だ。

案の定、「検討する？　はっ」と東田は笑い飛ばした。


「なんで、とってこなかった」

支店に戻った半沢を、浅野は厳しく叱責《しっせき》した。

「資金需要の額まで聞いておきながら、おめおめと戻ってきたのか」

なんといっていいか、半沢はうまくこたえられなかった。突っ込んだ交渉をせず引き下がったといわれればたしかにそうなのだが、それとは別に、東田という男になんともいえない違和感を覚えたのも事実だった。

別に名刺を破り捨てられたからというわけではない。今回の事情を冷静に分析してみると、どうも腑《ふ》に落ちない点がいくつかあるのだ。

まず、支店長の浅野が、容易に接触できたこと。

東田はたしかに経理担当者から会ってやって欲しいといわれたといった。しかし、融資担当者の名刺を破り捨てるという行動と、支店長が何度も来ているから会ってやるという発想は一致しない。

それに、東田が資金需要の金額をあまりにも安易に口にしたことも気になっていた。通常、新規工作を申し入れてきた銀行と取引するつもりがなければ、仮に面談したとしても金額などを口にしたりはしない。検討するという半沢の申し出は東田に笑い飛ばされたわけだが、むしろうちでやらせてくださいという言葉を待っていたようにも思える。

東田は融資を期待していたのではないか。

はねつけるような態度を見せながらも、いままで相手にしなかった東京中央銀行と会い、その気がないのなら断ることもできた半沢ら担当者とも会ったのは、なんらかの理由で、関西シティ銀行からの融資が難しい状況になっているからではないか。

その理由を調べるためには西大阪スチールの決算書が必要になるが、「融資を検討したいので決算書の写しを頂戴できませんか」と申し出た半沢に対し、「なに図々しいこといってんねん」と東田は突っぱねた。

「もういい、君に任せたのが間違っていた。明日、私が行ってくる。社長のアポをとってくれないか」

嫌悪感を滲《にじ》ませた浅野の言葉に、中西が慌《あわ》てて電話をかけに行く。仕事に戻った半沢は、やがて、午前十時という時間を浅野に報告する中西の声を耳に挟み、ますます不信感を募らせた。

やっぱりおかしい。東京中央銀行を邪険にするようでいてチャンスを与え続ける東田のやり方には、うかがい知れないなにかがある。

だが、いまの浅野にそれをいっても無駄だ。目の前にぶら下がった実績に目が眩《くら》んだ浅野の頭にあるのは、業績表彰のみ。西大阪スチールは、浅野の頭の中で、すでに実績に組み込まれている。

翌日、浅野は中西を随行し、西大阪スチールへ乗り込んでいった。

帰ってきたのは昼前。

「一応、話はつけてきた」

開口一番、浅野はいった。「金額は五億。借入期間は五年で固定レートにしてくれ。担保なしの信用。至急稟議して欲しい」

デスクに、過去三期分の決算書を始め、財務資料が積まれていた。

「良かったな、中西君。支店長に感謝しろよ」

浅野の報告を隣で聞いていた江島がフロアの端っこにいる中西に声をかける。銀行というのは徒弟制のようなところがあって、若年者から順番にデスクを並べる習慣になっていた。デスクの順番まで官僚的だ。末席の中西は、カウンターの端からぺこりと頭を下げた。

だが、浅野の次の言葉で、中西の顔が強張《こわば》った。

「中西君、明日の朝までに提出してくれ」

半沢も驚いて顔を上げる。「明日ですか。ちょっと厳しいと思います。財務の分析もしなければなりませんし」

席から立ってきた中西は、三期分の決算書を見たまま沈黙していた。自信がないのはその顔をみればわかる。その中西に、浅野はいった。

「社長の気が変わらないうちに緊急稟議だ。もう新人じゃないんだぞ。自分の力でやり遂げてみろ。明日の朝までに仕上げて半沢課長に見てもらい、その後、私に回してくれ。問題なければ即決する」

ワンマン支店長独特の命令口調でいった浅野は、話は終わりとばかりに席を立ってトイレに行ってしまった。

「できるか？」

半沢の問いに、中西はこたえられなかった。

「手作業ですよね、分析」

「そういうことになるな」

最近の銀行ではコンピュータシステムが進んでいて、取引先からもらってきた決算書は、全て専門セクションでコンピュータ処理にかけられることになっている。

会社ごとにばらばらの決算書が共通のフォームで整理され、資金運用表やキャッシュフロー計算書、各種の経営指標が自動的に算出され、信用格付けもそれによって決定する。

できないわけではないだろうが、それを手作業でやらなければならないとなると、これは結構な負荷だった。入行して以来、そうした自動化の仕組みに慣れきっている中西にしてみればなおさらだ。

「とりあえず、午後の予定をキャンセルして稟議書きます」

自席に戻った中西の横顔は引きつっていた。


翌朝、半沢が八時過ぎに出勤してコンピュータを立ち上げると、決裁システムに西大阪スチールの稟議が登録されていた。

「課長、お願いします」

席から立ち上がった中西は、合わせて、プリントアウトした稟議書を半沢のところへ持ってきた。徹夜したのか、目は血走り、表情は疲れ切っている。

「ご苦労さま。早速、見させてもらう」

間に合った——安堵《あんど》の笑みを浮かべた中西は、重い足取りで課長席に背を向ける。

十分ほどかけて書類にざっと目を通し、上げられた財務分析の結果を見る。

新人に毛が生えた程度だから仕方がないが、全体的に理論構成が甘い。次に、数字を再点検しようとしたとき、「ミーティングだ」という江島の声がかかる。いったん中断して支店長室で浅野を囲んでの連絡会に出た。その後、朝礼が始まり、融資課での打ち合わせを終えた半沢が自席に戻ったとき、異変が起きていた。

西大阪スチールの稟議に浅野の決裁が降りていたのである。しかも、すでにオンラインで融資部へと送られた後だ。半沢は慌てた。

「支店長、この稟議、まだ十分、目を通していませんが」

浅野は不満を顔に出した。

「朝一番でといったじゃないか。遅すぎる！」

傍《かたわ》らから江島も口を挟む。

「君さあ、浅野支店長のお話を聞いていなかったのか。中西は徹夜で稟議を上げてきたんだぞ。それをのうのうと遅い時間に出勤してきて、まだ見ていないだなんて」

「融資部に連絡していったん戻してもらいたいんですが」

半沢は主張した。自分の納得のできない稟議は本部へ出したくない。

「緊急を要する稟議だ。課長の認識不足に付き合ってる時間はない」

浅野はきっぱりといい、なおも反論しようとした半沢に、「聞く耳持たぬ」とばかり顔を背《そむ》けたのだった。

中西が稟議でうたったように、業歴は浅いが、特殊鋼の分野ではそれなりに知られたメーカーだという触れ込みは悪くない。悪くはないが——。

「いきなり五億円で、しかも裸ですか」

渋る融資部担当調査役の川原敏夫《かわはらとしお》に、まったくだとは思いつつも半沢は、戦略案件ですからの一言で押した。気は進まないが、なにがなんでも稟議を通せ、と浅野からの厳命が下っていたこともある。

浅野には別な焦りもあったはずだ。

3

支店の業績だけが理由ではない。公的資金は受けたものの中小企業融資残高を減らしていた東京中央銀行全体の問題もある。ちょうど前後して、金融庁の業務改善命令が出たばかりだった。融資額を増やせと本部からハッパをかけられていたものの、鉄鋼問屋がメーンという経営環境でそうそう有力な貸出先を見つけることはできない。既存の取引先に目を向けろといわれても、業績が安定している相手にはとっくに貸し、手つかずのまま残っているのは、万年赤字先や、様々な問題を抱えている中小零細企業ばかりだ。

だが、そうした環境を嘆いても始まらない。追加目標の達成状況によっては、業績考課の表彰が吹き飛ぶことになりかねない。この五億円があるとないとでは、たしかに大違いだ。

「どうだ、川原は」

何度目かの川原とのやりとりを終えてため息まじりに受話器をおいた半沢に、聞き耳を立てていたらしい浅野がきいた。

「担保については、新規工作だからないのが当たり前だといっているのですが、融資金額をもっと少なくできないかと」

「莫迦《ばか》いえ」

浅野は吐き捨て、椅子に座ったまま白眼で半沢を見上げた。「この案件を通せないような融資課長なら失格だぞ」

元人事部部長代理の肩書きをちらつかせる。

実際、人事部内にまだ強力なコネがある浅野は、赴任以来、何人かを栄転させてその力を誇示していた。

栄転させられるということは、左遷させることもできるということだ。役人同様、人事が最大の関心事である銀行員にとって、人事権を握られるというのは、魂を握られることに等しい。

無言の圧力を感じて半沢は押し黙った。

汚ねえな。

そう思ったが、川原を説得した甲斐《かい》あって、西大阪スチールに対する稟議は、提出して三日後、満額承認になった。

銀行の期末を間近に控えた、二月半ばのことである。

4

経済新聞を見てみる。

一行の銀行が抱える何兆円という不良債権の額も、見慣れてしまって新たな驚きは正直なところ半沢にはない。

半沢だけではなく、ほかの東京中央銀行の行員たちも、他行の銀行員たちも、果ては銀行とのつながりはあっても銀行業の内実など知らない国民でさえ、いまやなんの驚きも感慨もないのではないか。

「不良債権が何兆円あるって？　だからなによ」

というふうに。

たしかに、最初は誰もが、銀行が潰《つぶ》れたらどうなるんだろう、という不安を抱いた。

住宅ローンを返せといわれるんじゃないかとか、預金がなくなってしまうのではないかとか心配したわけだ。

ところが、実際には、預金のほとんどは保険がかかっていて保護されることがわかったし、ドラスチックな改革に及び腰の政府は、ペイオフそのものも段階的にしか適用しなかった。

それに、住宅ローンというのは、銀行にとって優良な資産で、取引銀行が潰れても、どこかほかの銀行が引き継いでくれるらしいということもわかってきたのである。

実際に巨大銀行が潰れてみて、国民の生活がそれでどうなるわけでもなく、結局はなにも変わらないということに、みんなが気づき始めたのだ。

北海道などはそのいい例だ。都市銀行の一角だった北海道拓殖銀行が倒産して地域経済が停滞したようにいわれるが、本当にそうか？　実際に地域経済が落ち込んだのは銀行がなくなったからではなく、日本全体の景気が悪いという理由のほうが大きかったはずだ。だから公的資金で銀行を守らなければならないという理屈には誰もが疑問を抱くのは当然である。

〝北拓〟がなくなったからお金が借りにくくなったという経営者もいるようだが、それは北海道に限ったことではなく、いまや日本中どこでも同じような状況なのである。北海道で変わったことといえば、銀行がなくなったので金庫がたくさん売れたということぐらいだ。

日債銀が吹っ飛び、長銀がコケたところで、なんにも変わらなかった。これらは、倒産すべくして倒産したわけで、つまりは資本主義社会なら当然にあり得る淘汰《とうた》だった。

半沢が東京中央銀行の前身である産業中央銀行に入行した一九八八年は、まさにバブルのさなかだった。

学生の就職戦線で都市銀行は人気絶頂。まさか銀行が潰れるなんて、想像もできない時代だった。業績順調の各行は相次いでアメリカの銀行を買収、グローバル戦略を推し進める。それと同時に、国内では地価の高騰と株高を背景にした信用創造をテコに、乱脈融資の幕開けともいえる、金利ダンピング覚悟の貸出し競争が熾烈《しれつ》化していった時期である。

あれから十余年。銀行はまさに凋落《ちょうらく》の一途を辿《たど》った。

まさに巨額の不良債権まみれになった銀行だが、それでも、ひとつの支店という単位でとらえたとき、一社五億円という不良債権額は決して小さくない。

しかも、融資して半年にもならないスピード倒産となれば、なおさら目立つ。

西大阪スチールへの五億円の融資は、二月の最終週に実行され、同額が新規開設された当座預金へ入金になった。

そして間もなく、多少の決済資金を残して関西シティ銀行の同社口座へと振り込まれ、東京中央銀行の口座からほとんどが消えたのである。

「課長、ちょっとよろしいでしょうか」

そういってデスクの前に立った中西が西大阪スチールの決算書がおかしいといってきたのは、四ヵ月が過ぎた六月下旬のことであった。

鬱陶《うっとう》しい梅雨の季節。中央大通りに建つ支店の窓を、降るでもなく降らぬでもない小糠《こぬか》雨《あめ》が濡《ぬ》らしていた。

西大阪スチールの決算月は、四月。

通常、会社の決算書は、納税期限に合わせて二ヵ月後に作成される。西大阪スチールの場合なら六月だ。

出来上がったばかりの新しい決算書を受け取った中西は、そこに記載された赤字に驚き、報告してきたのである。

「赤字？」

半沢は、耳を疑った。西大阪スチールから提出された資料によれば、前期決算は、約一億円ほどの黒字になるはずだった。これでは話が違う。

「原因はなんだ」

中西が手にしていた決算書を奪うように見た。

まず目がいったのは、極端に少なくなった売上げである。電卓を叩いてみる。前期比三十パーセント減。赤字額は四千万円。

かっと頭に血が上った。

「おい、これはねえだろ」

思わず口にした半沢に中西は叱られたようにうなだれた。「理由はきいたか」

「景気が悪くて、売上げが減少したという話でした」

「東田社長がそういったのか？」

「いえ、波野課長です。社長には会えませんでした」

ひょろりとしたネズミ顔の男を半沢は思い出した。ワンマン会社にありがちな、まったく頼りにならないタイプの経理課長だ。

「そういえば、試算表があったな」

新規融資のための書類を浅野が持ってきたときのことである。融資の検討段階で前期末から十カ月も過ぎていたため、浅野は三期分の決算書のほかに、試算表という、いわゆる業績速報をもらってきていたはずだ。

「やっぱり、おかしい」

西大阪スチールのクレジットファイルから引っ張ってきた試算表を眺めた半沢はいった。

「二月の試算表ですでに八千万円の黒字だった会社が、なんで四月の本決算で四千万円の赤字に転落するんだ？　どう考えてもおかしいじゃないか」

「はあ……」

中西も途方にくれている。

その場で波野課長に電話をかけた。

「決算書どうもありがとうございます。ところでちょっとお伺いしたいことがあるんですが、よろしいでしょうか」

「は、はい。私でわかることでしたら」

電話の波野の声は明らかに狼狽《ろうばい》していた。いずれ半沢から追及を受けることを予測していたのかも知れない。

「いただいた決算書、赤字になっているんですが、どういうことでしょうか。社長さんのお話では一億円程度の黒字になるということだったはずです」

「ほんとに申し訳ありません。なにせ、素材産業ってのは相変わらずの不況でして」

「不況は百も承知です。じゃあ、黒字のお話はどうなったんですか」

「売上げが減少してきてまして――」

半沢は波野の言葉を遮《さえぎ》った。

「二月の時点で四十五億円の売上げでしたね。平均すると一ヵ月四億五千万円だ。それがどうして本決算で四十七億円、つまり二ヵ月で二億円しか増えていないのか、説明してもらえませんか」

「は？　二月の四十五億円、ですか？」

波野はとぼけた。

「御社からいただいた試算表ではそうなってますが」

「少々お待ちください」

がさがさという音。電話の向こうで書類でもひっくり返しているのだろう。そのまま、一分近くも待たされた半沢は、「折り返し電話する」という波野の返事で受話器を叩きつけた。

「中西君。最初にもらった三期分の決算書、ちょっと見せてみろ」

一部始終を眺めていた中西は慌ててクレジットファイルから抜き取ってきた。

「これ、君がコピーしたのか。支店長と訪問したとき、一緒だったよな、たしか」

半沢は、表についている税務申告用紙のコピーを指先でとんとんと叩いた。中西は、わけがわからないという顔で首を横に振る。

「いえ。支店長との話が進んで、決算書を要求したらこれが準備してありまして」

「オリジナルは見たか」

「は？」

「だからさ、このコピーの原本は見たか」

中西は緊張したときのクセで、両眼を点のように中央に寄せた。

「いえ、見てませんけど」

半沢は嘆息した。これ以上は中西では無理だ。現段階で浅野に報告したものか、半沢は考えた。いや、まだだ。自分で状況をしっかり把握してからでないと迂闊《うかつ》なことはいえない。

「もういい。ちょっとこれ、借りるぞ」

西大阪スチールの三期分の決算書を引き寄せると、浮かない顔で自席へ引き返していく中西の背中を見送った。

5

「粉飾だと？」

翌朝、財務分析の結果を報告した半沢に浅野は露骨にいやな顔をした。気持ちはわかる。最悪の結果だ。家臣から耳の痛いことを進言された専制君主のように、事実そのものより、それを報告してきた者に対して怒りをおぼえているような態度を浅野はとった。

半沢が指摘した西大阪スチールの財務諸表の疑問は、おおよそ次のようなことである。

まず、提出された決算書にある、売掛金と受取手形、買掛金といった勘定科目の数字にばらつきがあり合理的な説明ができないこと。在庫調整で利益を捻出《ねんしゅつ》している可能性があること。それと関係することだが、税務申告書の写しはコピーで、偽造された可能性があること。また、今年二月までの試算表の売上高は明らかに「作った」ものであることなど。最後の点に関しては、同社経理課長の波野に問い合わせているが、いまだ回答がないことを付け加えた。

「本日、同社を訪ねてみますが、課長から回答がないのは、こちらの指摘が図星だからじゃないかと思います」

「決算書をもらったのはいつだ！」

刹那《せつな》、浅野は開き直り、持っていた鉛筆を半沢が提出したレポートの上に叩きつけた。

腕組みし、頬を膨らませて半沢を見上げる。

「そういうことは審査前にいうべきことだ。いまさらなにをいってるんだ」

「あのとき決算書を精査すればわかったかも知れませんが、それだけの時間的余裕はありませんでした。今回新しい決算書を入手してわかったことです」

「そんなのは言い訳だぞ、半沢課長」

隣で聞いていた江島が鋭い棘《とげ》のある言葉でいった。「あのときだって、きちんと見ればわかったはずだ」

耳を疑うとはこのことだ。功を焦るあまり、十分な時間も与えずにひったくるように稟議を出したのは誰だ、と半沢はいってやりたかった。自分たちの都合で与信判断の時間を省いておいて、後になって責任だけ負えとは無茶苦茶だ。

その江島は、深刻な顔を作って浅野を振り向く。

「どうしましょうか、支店長」

浅野は腕組みをしたまま黙っていたが、やがて「融資した五億円はどうした」ときいた。

「もう流出してます」

「いつ」

そんなもん残ってるはずがないだろ、と思いつつ半沢はこたえた。「実行して一週間ほどしてからだったと思いますが」

「報告しろよな、俺に」

「ご報告したはずですが」

半沢が反論した。銀行には、預金残高の変動があった取引先ごとにリストアップされる管理表がある。毎朝、浅野もオンラインで閲覧すべきことになっているファイルだ。変動の大きなものからリストアップされているから見落としたというのなら、それは浅野のミスだ。もちろん、五億円も減額すれば、日によっても違うがリストの上位に顔を出すのは当然である。

ところが、「記憶にないな」と浅野はいい、「大事なことなんだから、普通に流されても困るんだよ」と責任転嫁としかいいようのない言葉を続ける。

「とにかく、いま君が説明したことが真実かどうか、大至急、西大阪スチールへ行って確かめてこい。そしてもし本当に粉飾なら、即刻、五億円回収だ。とんでもない話だぞ、これは。いいな！」

浅野にいわれるまでもない。

すぐに西大阪スチールに電話をかけたが、東田は出張中、代わりに応対に出た波野も早急な回答を迫る半沢に、忙しいから明日まで待って欲しい、と逃げをうってきた。

「いや、待てません。御社にとっても大変重要なことなので、お時間を頂戴できますか。何時でもお伺いしますから」

押し問答のすえに約束を取りつけた半沢は、業務用車のある地下駐車場への階段を駆け下りた。

西大阪スチールの応接室には、隣接する工場の槌音《つちおと》が響いてきていた。同社は、西区にあるこの工場のほかに、東大阪市内に三千坪の第二工場を有していた。資料によると、第二工場の稼働はいまから五年前。大口販売先の新日本特殊鋼からの増産内示を受け、十億円の巨費を投じて建設した最新鋭の工場だ。

「ひとつ手短にお願いしますよ、半沢さん」

室内はクーラーで冷え切っている。なのに、波野は額に大粒の汗を浮かべてハンカチで何度も拭った。

「まず、昨日お尋ねした件、どうなりましたか。売上げが激減していた件ですが」

波野の視線が泳ぎ、半沢の背後の壁のほうに向けられる。視線を戻したとき、作り笑いを浮かべていた。またハンカチを額に押しつけた。

「すみませんねえ。昨日から忙しくてそれどころじゃなかったんですよ。それは調べてお知らせしますので」

「私が調べましょう。総勘定元帳を見せてください。集計しますから」

そういって半沢は、抱えてきた資料の上に、カバンから出した電卓をおいた。波野の顔が引きつり、笑いが不自然に歪む。

「いえ、そこまでしていただくことはありませんから。私どものほうで集計いたします」

「いいですか、波野さん」

半沢はぐいと体を前のめりにすると、ひょろりとした印象の波野の顔を睨み付けた。

「軽くお考えになっているようですが、これは大変なことなんですよ」

返事のかわりに波野の喉骨《のどぼね》が上下に動いた。

「私の率直な感想を申し上げます。あの試算表の数字、粉飾でしょう。本当は赤字だったのに、それを隠そうとされたのではありませんか。もしそうなら、いまここではっきりしてください」

「いえ、それは――」

波野は動揺した。「それは私にはちょっとわかりかねます」

「わからないとはどういうことですか。試算表は経理課で作成するはずです。あなたがわからないなんておかしいじゃないですか」

「それはそうなんですが、融資の件は、社長と税理士で相談していますので――」

「では、領収書の管理はどなたが？」

波野の言い訳を遮って、半沢は話を変える。

「は？」

「領収書は経理部で整理していらっしゃいますよね」

「ええ、そうですが……」

「じゃあ、法人税を支払った領収書を見せてください。前にいただいているコピーと照合しますから」

波野はぐっと押し黙った。

「ええと、税務関係の領収書だけは税理士事務所で預かってもらっていまして、その――」

申告書の表には、西大阪スチールの顧問税理士事務所の名前と電話番号が記載されている。

「じゃあ、この場で税理士事務所にかけましょうか」

「ちょ、ちょっと待ってください」

慌てた波野を睨み付けた。

「これ以上、シラを切るのはやめましょうよ、課長。粉飾でしょ、これ」

波野はうつむいたままこたえなかった。

「東田社長から口止めされてるんですか」

ぴくりと首筋辺りが動いたが、なおも波野は黙っている。きくまでもなくそんなことだろうとため息をついた半沢は、「これだけ証拠があるんですから、波野さんが黙っていたところで、同じですよ」と諭《さと》すようにいった。

波野の口から西大阪スチールが置かれている状況を説明する言葉がこぼれてきたのは、それからしばらくしてからだった。

「実は、主力の新日本特殊鋼からの受注が激減しておりまして……」

そもそもの見込み違いは、五年前に建設した最新鋭の第二工場だった。新日本特殊鋼から増産の感触を得た東田は、リストラで傷《いた》んだ社業を一気に立て直そうと、巨費を投じて工場を設立したものの、その後新日本特殊鋼の一方的な事情で増産計画は流れ、白紙に戻った。

不確実な口約束で突っ走ってしまったことが、そもそもの間違いだった。結果として過剰債務を背負い、重たい返済負担と金利支払いで資金繰りが悪化、さらに景気の低迷で従来の受注まで細って、業績が極端に悪化してきたのだという。

西大阪スチールは、関西シティ銀行との一行取引を堅持してきた会社だ。なまじ一行の取引しかないため、返済資金が滞ればほかに資金の調達先はなくなる。

東田の指示で二重帳簿が作成されたのは、そうした背景あってのことだった。赤字拡大とともに、その作為は次第に大きくなっていき、在庫を調整する単純な粉飾にとどまらず、架空売上げを計上し、人件費などの固定費を大きく誤魔化す。そうして、波野曰《いわ》く「ありもしない」会社像を作り上げていったのである。

一通りの話を聞き終えた半沢は、「いったい、本当の業績はどうなってるんですか」ときいた。

一気に老《ふ》けたようになった波野は、重い腰を上げて中座すると、やがて段ボール箱に入れた財務資料を持ってきた。

「これが、そうです」

資料を開けた半沢は、思わず目を疑った。

「こんなに――こんなに悪かったのか……」

赤字は、四千万円どころではなく、ゆうに二億円を超えていた。すでに債務超過に転落した業績は、見る影もない重病人そのものだ。

「申し訳ないです」

深々と頭を下げた波野に、半沢はいった。

「これはもう犯罪ですよ、波野さん。それと――」

別なことが気になった。粉飾の規模はただごとではない。「大丈夫なんですか、資金繰りは」

両膝《ひざ》の上に置いた波野の拳《こぶし》が小刻みに震えている。巨額の粉飾を看破されたことに動揺している波野は、救いを求めるような眼差しを上げたが、言葉は出てこなかった。

「うちの資金がなければ行き詰まっていたんじゃないですか。今後の資金繰りはどうなんです」

「社長の話では、大口の取引が間もなく成立する予定だということでした」

「大口の取引ってなんです」

「新規の取引ということは聞いてますが、内容について詳しいことは……」

「それ、ほんとの話だと思いますか」

そうは思ってないだろう、あんただって――。こうなった以上、東田の話なんぞ当てになるかと思ったが、それは口にしなかった。案の定、波野は顔をしかめて、また黙る。

結局、東田満という創業社長が支配するワンマン企業であるこの会社では、経理課長の波野でさえ、大切なことは何ひとつ知らされていない。

「一応、本件については銀行に戻りまして対応を検討させていただくことになります」

半沢は、厳しい言葉を突きつけた。「その際、場合によっては資金を返していただくこともありますから、そのつもりでいてください」

「そんな……」

波野はなにかいいかけたが、半沢は遮った。

「これは大問題ですよ。東田社長には至急、当行においでいただき、事情を説明してもらいたい。そう波野さんからお伝えください。よろしいですね」

「わかりました」

こたえた波野は打ちひしがれた様子だが、同情の欠片《かけら》も湧かなかった。下手な隠し立てに立腹し、できれば張り飛ばしてやりたいぐらいだ。だが、こんな下っ端を相手にしても始まらない。それより東田だ。あのふてぶてしい顔を思い出しただけでも腸《はらわた》が煮えくり返った。

ところが、その東田からは午後になってもなんの連絡もなかった。

「なめやがって」

それとも逃げているのか。

西大阪スチールのクレジットファイルにある、社長の携帯番号へかけてみる。留守電だ。メッセージを入れて待ったが、夕方になっても音沙汰《おとさた》はない。

意図的に避けているとしか思えなかった。

しびれを切らした半沢は、波野に連絡を入れた。

「東田社長に連絡をとりたいんですが、つながらないんです」

「え、そうですか。私からはそちらに連絡するようにいってあるんですがね。少々お待ちください。代わりますから」

「戻ってらっしゃるんですか?」

「は、はい」

なにかいう前に、トロイメライが流れ出し、半沢の怒りが爆発した。

受話器を叩きつけて席を立つ。

「どちらへ」

課長代理の垣内努《かきうちつとむ》がきいた。

「西大阪スチール!」そう一言いうと、足早にフロアから駆けだした。

西大阪スチールの受付に立つと、そこから見える経理課の席で波野がはっとしたのがわかった。

「社長、お願いします」

出てきた波野は全然関係のない方向を見たまま、薄くなった髪に手を当てて、「あちゃー」という。

「社長ですか……」

顔をしかめ、社長室がある背後をちらりと振り返る。取り次ぎを逡巡《しゅんじゅん》し、少々お待ちください、というと社長室へ消え、すぐに出てきた。

「すみませんが、突然いらっしゃっても困ると社長が申しておりまして……」波野は困惑顔だ。

「ご来客？」

「いいえ」波野は首を振った。

「なら失礼」

「あ、ちょっと——」

そういうと波野が止めるのも構わず、半沢はさっさと社長室に向かって歩きだした。ノックもせず、ドアを開け放つ。

「どうも」

顔を上げた東田が顔色を変えた。慌てて追いかけてきた波野が、ドア付近でおろおろしている。

「出ていけ！」

東田は唾《つば》を飛ばしていった。「誰の許可を得て、ここに入ってんねん。不法侵入で警察呼ぶぞ」

「ご心配なく、すぐに引き揚げますから」

半沢はいうと、デスクを回ってきた東田と対峙《たいじ》した。「先日のご融資、返済してくださ い」

「なんやて？」

「返済していただきたいと申し上げてるんです。手続き通りやれとおっしゃるのなら、こちらから内容証明郵便で請求書でもお送りしますか」

「そんなん無茶苦茶やないか。銀行の横暴や。期限の利益を奪うつもりか！」

「社長」

半沢は、腹の中で煮えたぎっているものを抑えていった。「粉飾している会社に期限の利益を与えるほど銀行は甘くない。なめてもらっては困る！」

睨み合いだ。

「小切手を切ってください」

半沢はいった。「金額五億。返済用としていただいて帰ります」

「ふん。小切手が欲しいならくれたるわ。回収できるもんならしてみい」

東田はせせら笑った。「お宅の当座預金は空っぽや。どうせ、不渡りにはできへんやろ。銀行が返済用小切手で不渡り出させたなんていったら、もの笑いになるのはあんたのほうや。おもろいやないか、やってみ」

「逃げられないとわかると、開き直りですか、社長。ヤクザ真っ青だ」

半沢は、ずけずけとモノをいう本来の性格そのままにいった。

「誰が逃げたやて？」

「逃げたのでなければ、どうしてきちんと説明していただけないんでしょうか」

「逃げるわけないやろ。あんたがありもせんこと言うてるから、アホくそうて相手にできへんだけや」

「ありもしないこと？　社長、いまさらそれはないでしょう。あなたがいますべきことは逃げでも、開き直りでも、しらばっくれることでもない。粉飾の事実を認め、謝罪すべきは謝罪し、今後の会社経営について我々と話し合うことではないんですか。誠意を見せたらどうです」

「ふん。銀行に経営相談して会社がよくなったなんて話、聞いたことないわ。あんたらは単なるカネ貸し。人の腹をさぐるのが仕事で、経営はシロウトや。リストラっていや、莫迦のひとつ覚えで経費削減しか口にせん連中に、相談してなんになる」

「数億円の赤字になるまで経営を悪化させたのは、誰の責任ですか」

半沢は断じた。「あなたは経営者失格だ、東田社長」

「ふん、ほざきや。借りた金は返さへんで。絶対に返すもんか。銀行に戻ってお宅のボンボン支店長にそう報告しとき。ほなさいなら」

そういうと、東田は半沢を置いたまま、とっとと社長室から逃亡して事務所から見えなくなった。

その後、再三にわたる説明要請、さらに返済要求を、東田はのらりくらりとかわし続けた。

同社が主力の関西シティ銀行立売堀支店で第一回不渡りを出したと報告を受けたのは、それから一ヵ月後のことであった。

第二章　バブル入行組

1

「倒産」がなんだ。

世の中、この十数年でヘンな免疫ができた。それは銀行員もまた同じで、バブル以前なら、「取引先が倒産した」となればビッグニュースだったが、いまとなっては取引先のひとつやふたつ吹っ飛んだところで、それがどうした、である。
とはいえ、自分の担当先が倒産したとなると話はまた違う。

これには事務負担というやつが伴うからである。

まあ倒産した経験《こと》のある人は少ないだろうから、そういうときカネを借りている銀行がどのような態度に出るのか、詳しくは知られていない。銀行にとって貸し倒れの損失は痛いが、現場の銀行員にとってさらに痛いのは倒産によって煩雑な事務手続きに巻き込まれることだ。

さて融資先企業が「不渡りを出した！」と相成ったとき、銀行ではいくつかの書類を用意することになっている。

当座解約通知書、請求書、相殺通知書などである。

当座解約通知書には、「不渡りを出すような信用不安のある会社に、名誉ある当座預金口座を開かせていたのでは当行の名折れなので、閉鎖させてもらうぞ」というようなことが書いてある。請求書は、「不渡りを出して信用もへったくれもなくなったから、お宅に貸したカネ、耳を揃えて返してくれ」という書類。さらに、相殺通知書というのは、「お前の預金は借入金と相殺させてもらったから悪く思うな」という書面である。

これらは「配達証明付内容証明」郵便という、舌を嚙みそうな仰々しいもので郵送され、これを使うと「内容はばっちりだし、間違いなく相手に届けたぞバカヤロー」という証明になる。

銀行員にしてみれば、もはやチャリンともいわない相手のために、こんなしちめんどうくさい書類をこしらえて取引先に送付するのも結構な手間だ。ついでに、きっちり一円の利息まで正確に明細にしなければならないから余計に神経を使う。

西大阪スチールの場合、借入金は五億円の一口だけだったから、その意味ではまだマシだが、これが長年の取引先ともなると融資だけでも五から十口、預金口座も複数あって、いちがいに相殺するといっても、どの預金をどの貸出と相殺したものか、銀行員もわけがわからなくなる。まるでパズルだ。

「A預金口座の解約返戻金《へんれいきん》いくらを、何番の貸出金元本にいくら利息にいくら、何番の貸出金元本にいくら利息にいくら」と延々続く相殺通知書など、もらったほうでもわけがわからないに違いない。だが、幸か不幸か倒産した当の本人は、どっと押しかけてくる債権者の対応に追われ、ときに逃げだし、ときにノイローゼになり、ときに体調をくずし、またときには自殺をして、中味の検分どころではないので助かっている——というのは冗談だが、ここにひとつ問題がある。

なにをもって倒産というのか？　という問題である。実は倒産の定義というのはいまひとつはっきりしない。そもそもこれは法律用語ではないので、法学部生がよく使う有斐閣の『法律学小辞典』などにも「倒産」という項目はない。

したがって、第一回不渡りを出したものの、これをして西大阪スチールの倒産とするかどうかは、判断が難しい。

そもそも不渡りとは、企業が発行した手形が、当座預金の残高不足で決済できないことをいう。

ちなみに、当座預金というのは、主に会社が代金決済のために開設する口座で、振り出した小切手や手形は、この口座の残高から差し引かれる。便利だが、利息は一切つかないというのが特徴的だ。

不渡り手形といえば、サービスの代金として受け取った手形を相手銀行に呈示して支払いを求めたのに、「当座預金が決済資金不足で払えねえよ」と戻ってきた手形のことだ。ちなみに、「決済」という言葉は難しい印象を与えるので平たくいうと、「支払い」と同じである。

不況になると手形が決済できず、ジャンプしてくれという話が増える。ジャンプに次ぐジャンプで、めったに落ちない手形にもいろいろあって、十月十日《とつきとおか》が妊娠手形、二百十日が台風手形、ヒコーキ手形といえば、めったに落ちないがたまに落ちる手形のことだ。

さらに脇道にそれるが、わざわざ「第一回」不渡り、と回数を表記するのはなぜか？　それはつまり、手形の不渡りは第二回まであるからである。第一回不渡りでは制度上の罰則はないものの、二回目の不渡りを出すと、自動的に手形交換所の取引停止処分の刑に処せられ、「お前は信用できないから、手形や小切手は召し上げる」ということになる。

なんだ不渡りっても手形と小切手を発行できないだけかよ、と思ってはいけない。かような事態は企業社会において信用毀損《きそん》もはなはだしく、「手形を召し上げられるような輩《やから》は相手にできるか」となって、たいていの場合、取引先から総スカンを食う。同時にその時点で「お前に売ったものの代金は、すぐに現金で払ってくれ」ということになって、いわゆる債権者という名の団体さんが会社に殺到、現金で払えないとなると辺り構わず赤札をぺたぺた貼っての差し押さえと相成るわけだ。スジのよくないお兄さんが登場するのもこの場面である。そうなると会社が正当に運転できるはずもなく、世の中でいうところの「倒産」ということになる。

「一回目の不渡りですが、この状況では再生は無理でしょうな、支店長」

副支店長の江島の意見に浅野はうなずいた。二回目まで待つ必要はない、という判断だ。これについては半沢も同感である。巨額赤字を隠しての粉飾は確実なのだから、本当はもっと前に債権回収に動くべきだった。それをしなかったのは、「倒産しなければ、粉飾が問題になることはあるまい。待て」という口頭での浅野の指示があったからだ。浅野がうまいのは、後々問題になるようなこういう指示を書面には決して残さないことである。

だが、結局のところ浅野の思惑は外れ、いまその頭を悩ましているのは、西大阪スチールでの粉飾を本部宛てに報告しなければならないという差し迫った事態をどう乗り切るかに違いなかった。

「とりあえず、君は、東田社長の自宅を訪ねてみてくれ。中西は、請求書の作成。いいな」

中西は、生気のない顔に不安そうな色を浮かべた。まだ経験の浅い中西にとって、債権回収書類の作成は初めてだ。

垣内に中西のフォローを頼んで支店を出た半沢は、地下鉄本町《ほんまち》駅から梅田に向かった。帰宅の客で混雑する阪急電車の京都線。行き先は、東田の自宅がある東淀川区だ。梅田駅を出た阪急電車は、やがて淀川にかかった鉄橋を渡り始める。夜空の下でみる淀川は、黒くよどんで見えた。

最寄りの淡路駅で降り、駅前に密集する商店街を抜けた。ここら辺りは準工業地帯だ。マンションと工場が混在する地域で、殺伐《さつばつ》としている。どこかにメッキ工場でもあるのか、空気につんとした臭いが入り交じっていた。東田が住む、東淀川グランドハイツは、そんな場所に兀然《こつぜん》と建つ高層マンションだった。

半沢は、銀行員の習性でマンションの「定礎」を探すと建築年月日を確認した。

平成四年五月。

「だめだな」

バブル崩壊後とはいえ、まだマンションはいまよりもずっと高値で売買されていた頃の建築である。たぶん、当時の売値は七、八千万円はしただろうが、いまはよくて半値。いやいや、この場所では三千万円でも処分は難しいだろう。となれば、マンション購入時のローンからして担保不足に陥っているはずだ。担保余力があるのなら売却代金から少しは回収できるかと思ったが、どうやらそれも無理である。

エントランスに入ると、そこに男が三人いて、半沢に探るような視線を向けてきた。セキュリティ・システムに部屋番号を入力して返事を待つ。応答なし。代わりに、「東田なら留守やで」というだみ声が背後から聞こえてきた。さっきの男たちのひとり。債権者だ。

「会社がもぬけの殻やさかい、こっちに来たんやけどな。夜逃げしよったんかも知れんな、あの野郎」

見かけはサラリーマン風だが、言葉遣いは荒っぽい。

「あんた銀行さんやろ。いくらかぶったん？」

男は半沢のなりをみて銀行員だと看破した。そのスジの連中か。債権額をいうわけにはいかないので、「まあ、それなりに」とこたえると、「諦《あきら》めたほうがええで」という返事があった。

五億円の債権があるといったらおそらく男は目を丸くするだろうが、「そうですね」と適当に流した半沢の視線は送付物が溢《あふ》れた郵便受けの上で止まる。

ここ何日か放置されているのがひと目でわかった。「夜逃げ」といった男の根拠はこれだ。

この連中の仕業か、郵便受けのフタが壊れていて中味は派手に床にぶちまけられていた。床に散らばったダイレクトメールには靴跡がついたものもある。債権回収の手荒い一端だ。

これ以上、ここで待っていても東田が姿を見せることはないだろう。

「逃げの一手か」

マンションを後にした半沢はそうつぶやき、改めて東田の態度に怒りを覚えた。見下げ果てた奴だ。経営が悪化する要因は様々あるだろうが、どうあれ取引先に迷惑をかければまず謝罪するのが、多少なりとも責任感のある人間の態度である。

「申し訳ございません。やれるだけのことはやらせていただきます」と誠意を見せる相手なら、「仕方がない」と諦めることもできる。だが、こうした批判や叱責の矢面《やおもて》に立つ勇気もないくせに、口ばっかりはイッチョ前の東田のような男が、社長でございと偉そうな顔をしていたかと思うと、頭のフタが抜けそうなほど怒りが沸騰するのだった。

「だめだ。つかまらなかった」

支店に戻った半沢はいった。担保があればまだしも、あるだけの預金を相殺してしまえばあとはなんら回収の方策はない。

「どうします、課長」

真剣に問いかけてくる垣内に、半沢は深い吐息でこたえた。「万事休すだ」と。

債権書類の発送準備が完了したのは結局、終電も過ぎた時間で、同じ社宅に住む垣内とともに銀行前からタクシーに乗った。宝塚にある築三十年のボロ社宅に着いたのは一時過ぎ。別棟に住む垣内と別れて帰宅すると、妻の花に迎えられた。

「大丈夫だったの？」

トラブルがあったから遅くなる、とだけは連絡してあった。

「大丈夫とは言えないな」

腕にかけたスーツを渡し、歩きながらネクタイを緩めた半沢は、それをハンガーにかけた。

「倒産？」

半沢は目を丸くする。花にしてはいい勘だと思ったら、「さっき、垣内さんの奥さんから電話があったの」ときた。

どこの銀行でも似たり寄ったりだが、東京中央銀行の場合、結婚相手の七割は行内だ。銀行員同士の結婚が都合がいいのは、仕事の大変さや難しさを理解してくれることだが、花はといえば大学の後輩で、結婚した今も広告代理店に勤めている。畑違いの花にしてみれば、経済のことなど関心はなく、ましてや財務だの融資だのといってもちんぷんかんぷんの門外漢だ。

「いくら焦げ付いたの？」

「ここだけの話、五億」

業務上の秘密などといって隠したところで、どうせ垣内の妻あたりから聞き出すのだろうから、同じである。

「それって誰の責任になるの？」

「まあ、全員かもな」

浅野の困惑顔と、お前のせいだといわんばかりの江島の口調を思い出しながら、半沢は顔をしかめた。

「全員って？」

「支店長に副支店長、それにオレ。担当者はまだ若いからたぶん免責されると思う」

「でも、手続き通りに審査したんだったら、あなたの責任になるのはヘンじゃない？」

花はなかなか鋭いところをついてきた。

「まあ、それはそうだ。今度はとくに」

稟議での浅野の先走りを説明すると、花は目をつり上げた。

「なんでそれがあなたも含めての連帯責任なのよ。あなたはちょっと待ってくれっていったんでしょ。支店長さんが悪いんじゃない。なんでそうはっきりいわないのよ」

元来が合理主義者で、単刀直入にモノをいう花にしてみれば、時として半沢の仕事はまどろっこしく、理解できないものに映るらしい。

「いま、誰が悪いなんてことといってどうするんだよ。そんなものはそのうち白黒はっきりするんだ」

「本当にそうかしら？」

花は鼻梁《びりょう》をつんと上に向けて、眉をひそめた。「銀行って、そういうことよくあるんでしょ。自分のミスを部下のせいにしたり。そういう話、しょっちゅう聞くわ。あなたが、詰め腹を切らされないとどうしてわかるの」

半沢は言葉に詰まった。妻がいっていることは理屈ではあるのだが、銀行の、いや従来型の会社に照らし合わせてみるとズレている気がする。外でもこの調子でやっているらしく、「奥さんやり手ですね」といわれたこともあるぐらいで、さすがにその時には皮肉かと相手の顔をまじまじと見てしまったほどだ。

「もう。私たちの人間関係を断ち切って大阪にまで来てるんだからね、がんばってくれなきゃ困るわ」

私たち、というのは花と、長男の隆博のことだ。小学二年生に何が人間関係だと思ったが、そんなことをいっても始まらない。かつて大学の後輩だったときにはしおらしかったのに、いつのまにか偉そうになり、いまや子供を人質にして、半沢のことより、自分たちの都合を優先させる女である。半沢が出世して高給を維持し、「あなたのご主人すごいわね」といわれればそれで満足という、浅い考えも透けて見えるから腹が立つ。

「もしそうなって一番嫌な思いをするのはオレなんだぞ。わかってんのか」

かろうじて半沢は反論する。行内では歯に衣着《きぬ》せぬ半沢も、どうも花を相手にすると歯切れが悪くなるのだった。

「わかってるわよ、そんなこと」

花はきっとなっていい返してきた。「私たちだって、嫌な思いするのよ。そういうことも考えてよね。最低でも部長ぐらいにはなるっていったじゃない」

いつの話だよ、それ。結婚したての頃か。

半沢はあきれ、舌打ちひとつで反論の言葉はもはやどこかへ行ってしまった。

2

「一件五億はちょっとひどいな」

渡真利はいうと、持ち上げた焼酎のコップ越しに半沢の表情をうかがった。「本部でも噂になってるぞ」

渡真利は、融資部企画グループ調査役になっていた。

「しょうがねえだろ。支店長が強引にとってきた案件だ」

「それが通用すればいいけどな。お前んとこの支店長、最近、よく関西本部に顔を出してるらしいぞ」

西大阪スチールが第一回不渡りを出して、ちょうど一週間が過ぎていた。

いま梅田の居酒屋でテーブルを囲んでいるのは、出張で来阪してきた渡真利と半沢のほかに、苅田と近藤の四人だ。苅田は、昨年東京から異動になっていまは関西法務室勤務の調査役。一方の近藤は、大阪事務所に設置されたシステム部分室の調査役になっていた。

「詳しいことはわからないが、根回しじゃねえか」

「根回しだと？」

渡真利にいわれるまで浅野の関西本部通いを知らなかった半沢はうなった。

「なんの根回しかはわかるな」と渡真利。

「なんの根回しさ」

ホッケをつつきながら、ぼうっとしたところのある苅田がきいた。苅田は、相変わらずの学者タイプでどこか浮き世離れしたところがある。

「責任逃れの画策ってところだろ」

どうでもよさそうにつぶやいたのは近藤。近藤は最近も体調が悪いのか顔色がすぐれない。

この連中と会うと、内定をもらって「拘束」されていたあの夏のことを思い出す。ディズニーランドへ行き、箱根の温泉へ行き、プールへ行き海水浴へ行く。ひとつのグループに与えられる一日の予算を使い切るまで毎日遊んだ。解放されるのは夜十一時過ぎ。毎日同じことの繰り返しだった。

いろいろなことを語り合った。半沢はいまでも覚えている。当時、渡真利が熱く語っていた夢はプロジェクト・ファイナンスだ。オレは数百億、千億単位の開発事業を手がけるんだ——アルコールが入ると渡真利の熱弁はとどまるところを知らなかった。

その渡真利は、研修後の辞令で新宿支店に配属になり、その後、赤坂支店を経由して、希望のプロジェクト・ファイナンスとは無縁の融資部へと進んだ。そのまま入行から十六年経過したいまも、中小企業融資の周辺から脱していない。

このことについて渡真利の意見を聞いたことはないが、プロジェクト・ファイナンスを手がけたいという夢はすでに半ば破れたといっていいだろう。

そういえば、バブル当時、銀行志望者の応募理由にはプロジェクト・ファイナンスがやたらに多かった。湯水のように融資を実行し、融資のための投資案件紹介という本末転倒がまかり通った時代、巨額融資を伴う大プロジェクトを手がけることはバンカーのあこがれだったからである。

だが、当時手がけられたプロジェクトがその後の不況で採算割れを起こし、巨額損失の一因となったことは想像に難くない。その意味で、夢はかなわなかったかも知れないが、その道に就かなかった渡真利は、ある意味で運を拾ったといえなくもない。

一方、関西法務室調査役の苅田は、銀行に入ってからも司法試験を目指していた。当時、銀行には、行内の有資格者を増やそうという観点から様々な研修制度があった。苅田は、その中でも最難関の「司法試験コース」に選ばれたのだ。

研修期間は二年間。その二年間、苅田は銀行実務から解放され、司法試験を目指すための勉強だけをすることを許された特別な存在だった。同期入行の連中が、支店の新人としてコキつかわれているとき、苅田は優雅に六法全書片手に日夜勉学に励んでいたのである。

当初こそ、同期の連中からしきりにうらやましがられた。「苅田はできる。たぶん、一年目で司法試験を突破するだろう」。そんな噂がまことしやかに流れる中、研修コース一年目に受けた司法試験で苅田は惨敗。そして二年目もまた不合格となったところから、雲行きが怪しくなった。

その後苅田には法務室での下働きという仕事が与えられ、「これから先、司法試験を受けるのなら自分でやんなさい。だけど、せっかく与えた機会をフイにした代償は払ってもらうよ」とばかり、同期のほとんどが課長代理になっても、ヒラのまま据え置かれた。

あのとき、試験に合格していれば苅田の将来も違ったかも知れない。だが、いまだに苅田の資格欄には司法試験合格の文字はない。まだ諦めきれずにチャレンジしているという噂を小耳に挟んだこともあるが、本人に確かめたことはなかった。

結局、苅田がヒラから役付きへ昇格したのは、同期トップから三年遅れてのことだった。肩書きこそ渡真利と同じ「調査役」だが、渡真利が半沢と同じ六級職であるのに対し、苅田は五級職と一段階の開きがある。いちがいにはいえないが、年収にして二百万円以上の差があるはずだ。

もうひとり、いまシステム部に在籍している近藤も同じ「調査役」だが、職給は苅田と同じ五級職に止まっている。

苅田の例もそうだが、昇進の遅れにはそれなりの事情というものがある。近藤の場合は、病気だった。このがたいのいい男が病気で苦しむのだから、皮肉といえば皮肉なものだ。

いまから五年前、近藤は新規開設された秋葉原東口支店にいた。

肩書きは課長代理。バブルが崩壊して十年近くが経ち、銀行の業績は巨額不良債権によって絶頂から真っ逆様に転落。そんな中で新設された秋葉原東口支店は、業績不振のさなか、「実績を上げろ」と頭取直々に命令が下された鳴り物入りの戦略店舗だった。

それだけにプレッシャーもきつい。もちろん、戦略店舗に抜擢《ばってき》されるぐらいだから、それまでの近藤に対する評価は高かったはずだ。事実、課長代理への昇格はトップグループ。仕事のできる男と見込まれての転勤だった。期待通りの実績を上げれば、同期トップでの快走間違いなし。ところが——。

近藤は思うように実績を上げられず、悩むことになる。近藤がまかされていた新規顧客獲得は、支店で最も難しい仕事である。これも噂で聞くところだが、上司との折り合いも悪かった。とくに、当時支店長だった木村直高は厳しいことで有名な男で、人情の機微など完全無視する専制君主タイプ。一方の近藤は、知的で繊細なところのある男で、会議や課内のミーティングなどでことごとく木村から標的にされた。

近藤は疲れてしまったのだ。

統合失調症で、一年間の休職。

銀行という職場で、病気による長期の戦線離脱は昇格に響く。しかも、統合失調症ともなると人事考課上のマイナスは計り知れず、いまや近藤は部下もなく名刺もない部署での飼い殺しだ。年収は、調査役にもかかわらず七百万円を切る。子供は二人。専業主婦の妻と、縁もゆかりもない大阪という土地で、社宅住まいをしていた。

浮かない顔で箸《はし》を動かしている近藤を見ていると、「お前、人事部が新たな実験をしてるの、知ってるか」と切り出されたときのことを思い出す。近藤が職場に復帰してしばらくしてからのことだ。「もう大丈夫だからたまには一杯やろう」と近藤に誘われて行った新橋の焼き鳥屋だった。

「人事部の実験？　なんだそれ」

思わず箸を止めてきいた半沢に、近藤が話したのは、「電磁波」についてだった。

「いいか、半沢。これからいうことはお前には信じられないかも知れない。だけど本当のことだ」

そう前置きした近藤は、人間の脳というのは思考するとき微弱な電波を発しているんだといった。

「その電波をキャッチして分析すれば、その人間の考えてることがわかる。いま世の中の先端技術っていうのはそこまでのレベルに達しているんだよ」

半沢は、話の趣旨がつかめず黙った。近藤は、休職の間、実に様々な書物を読んだといった。政治や経済に関するものはもとより、歴史あり物理あり、実に多様なジャンルにまたがる読書遍歴をとうとうと語って聞かせた。

「なんでオレがこんな書物を読んだと思う」

「さあ」

半沢は首を傾《かし》げた。そのときにはまだ近藤の「脳」を疑っていない。実は、近藤の休職が統合失調症によるものだということは後で知った。このときはただ、体調を崩したとしか、半沢は聞かされていなかったのである。

「なんでだ」半沢はきいた。

「それはさっきの電磁波と関係がある」

それからの近藤の話に半沢は、どうリアクションしていいかわからなかった。

ある日、近藤は自分に語りかけてくる部長の声を聞いたのだという。

仕事で疲れ、やりかけの仕事を「明日でいいか」と机の中に突っ込んだそのときだ。

「お前さあ、しっかりやれよなあ」

あきれたような声で突如いわれた近藤は、びくりとして背後を振り返った。誰もいない。それが自分の頭の中に直接送られてきた声だと理解するまで、しばらくかかったという。

「だけど、その事実を相手は小出しにしてきたんだ」

真顔で、近藤は続けた。「たとえば、初めて聞く本のタイトルがささやかれる。この本を読めってな。信じられないだろう。ところが、実際本屋へ行って探してみると、たしかにそういう本があるんだよ。それを読むと、次はこれ、その次はこれ、というように、オレの知らない本のタイトルを奴らは次々と指定してきた。それを読んでいくうちに、電磁波と脳の関係がだんだんわかってきたんだ」

「奴らって誰だ」

近藤のいわんとすることは想像はついていたし、近藤が見舞われている状況がどういうことなのか、話の途中からおおよそ見当がつき始めていた半沢はきいた。

「人事部に決まってるだろ」

近藤はこたえた。「これは奴らの実験なんだ」

人事部はひそかに電磁波を使って行員を管理する手法を検討中なのだというのが近藤の

主張だった。予算は青天井、最先端のＩＴ技術を使い、行員の脳から発生する電波を捕捉して解析し、脳に直接指令を送る。それが人事部が目指している管理方法なのだと——。

人づてに近藤の病気のことを聞いたのは、その後のことだ。何度か近藤と会い、飲んだこともあるが、半沢からは二度と電磁波のことは口にしなかった。結局、近藤がいまどんな精神状態にあるのかわからないまま、時間だけが過ぎていったことになる。

「支店も大変だなあ。取引先に振り回されてさ」

その近藤は、さもかわいそうにといわんばかりだ。

「オレにしてみれば取引先に振り回されたというより、支店長に振り回されているような気がする」

半沢がいうと、近藤のなまっちろい顔が、その夜初めて笑顔になった。

「大変だなあ、ほんとに大変だ。それに引き替え、オレは楽だ」

リアクションに困り、三人が黙る。楽なはずはない。

「なかなか、思うようにはいかないものさ」

そう近藤はいった。「仕事なんてそんなもんだろ。誰か夢を実現させた奴がいるか」

「いない」

と真っ先に渡真利がいった。目は少しマジになっている。

「押木がいる」

そういったのは、苅田だった。

半沢ははっとした。なにか後頭部辺りを一撃されたような感じだ。そうだ、押木がいた。押木の夢は、国際派バンカーになって世界を飛び回ることだ。エリートサラリーマン家庭の出身者が多い行員たちの中で、押木は、青森から出てきた農家の長男だった。

社会人になるまで海外へ行ったことは一度もなく、卒業旅行でほとんどの学生が海外へ飛んでいるとき、カネがなく親に頼ることもできなかった押木は、学習塾でのバイトを続けながら英会話学校へ通っていたのだ。

こつこつと地道にやる男だった。派手さもなく、実際おとなしい男だったが、将来のこととなると人なつこい表情の中で目の色が変わった。顔がぱっと華やいで、まるでスーツケースひとつ提げて飛行機のビジネスクラスに乗っている自分がいままさに目の前に見えているかのような、うれしそうな顔をする。

半沢はそんな押木が好きだった。

だが、もう押木はいない。

九・一一。アメリカの同時多発テロで、貿易センタービルの崩壊とともに押木は行方不明になり、遺体は結局見つからないまま、いまに至っている。

「奴はアメリカに行きたがっていた」

渡真利はいった。「やりたい仕事ができてたんだから、それだけは幸せだっただろう」

「だといいな」

苅田がしんみりした口調でいった。

「押木の家族はどうした」

そうきいたのは近藤だ。「家族がいただろ」

「奥さんと子供が二人。小学校と幼稚園、だったかな。みんな、まだアメリカにいるらしい」

「どうして」

近藤がまたきいたが、渡真利はふっと小さなため息をついてすぐにはこたえなかった。

「きいた話だけど——諦めきれないんだってさ」

「そうか。そうだろうなあ」

半沢はいい、そしてとっくりの酒を注いだ。

「いろいろあるさ」と渡真利は自分を納得させるような口調でいう。

まるで通夜のようにしんとなったところで、「ところで、半沢の話だが」と苅田が話題を戻した。

「いまさら根回ししても遅いんじゃないのかな。だってもう〝実損〟は確定だろ。なにか回収できる手だてでもあるのか」

「いまのところ、ない」

半沢はこたえた。

「融資実行までの経緯もよくない。お前もお前だ、半沢。なんであんな融資を通した」と渡真利。

「通したわけじゃない」

思わず声を荒らげる。「支店長が勝手に先走っちまったんだよ。オレ個人が気に入らないからって、とりやめにしましょうっていえるか？」

「まあ、それはそうだが」

渡真利はいい、少し押し黙って湯割の焼酎を口に運ぶ。

「それが組織というものだ」

苅田がいった。

「よくいうぜ。お前、支店で働いたことねえじゃないか」と近藤。

「どこにいても、組織は組織だ」

苅田が反論し、「処分になるのか」と眉をひそめて渡真利にきいた。そういう情報は、当事者であっても、支店にいる半沢より融資部の渡真利のほうが早い。

渡真利は顔をしかめ、遠慮がちに半沢をちらりと見た。

「たぶんな」

「もうそんな話になってるのか」

不機嫌になって半沢はいった。「まだ一週間だぞ」

「回収の見込みなしじゃあ、一週間だろうと関係あるか。さらに悪いのは、実行後、五ヵ月しか経っていないってことよ。しかも、粉飾が見破れなかったときている。これはまずい」

悔しいが、粉飾の件については渡真利のいう通りだ。いくら浅野にせっつかれても、自分で納得するところまでやるべきだった。このたったひとつの倒産事件で、支店の業績考課表彰の夢は泡と消えた。

「痛恨だな。浅野さんも上を狙っていたんだろうが、これでちょっと難しいんじゃないか」

近藤の言葉に、渡真利は何事かいおうとしたが、その言葉は飲み込む。だが、半沢には、お前もだぞといわれているような気がした。

「まあ、起きてしまったものは仕方ない」

気持ちを切り替えるように渡真利はいい、「それより、本当になにか回収する手だてはないのか」と改めてきいた。

「担保余力なんかどこにもないよ。会社と自宅は、関西シティ銀行にべったりだ」

「東田っていったっけか、その社長。ほかの銀行に預金、隠してあるなんてことはないか。たまにそういうことしてる中小企業の経営者がいるよな。いざというときのために資産を隠している奴が」

「それがあれば苦労はしない」

「探したのか。真剣に探してみたか」

半沢は顔を上げた。渡真利の言葉に、いつになく切迫したものが混じっていたからだ。本部内で、自分の立場はよほどまずいものになっているに違いないと悟って、半沢は黙った。

「探したのかってきいてるんだよ、半沢」

「調べようがない」

「だったら探偵を使ってでもいいから、調べろ、半沢」

「なんか、渡真利のほうが必死だな」

やりとりを聞いていた苅田がいった。「なにかあるのか？」

三人に見つめられ、渡真利は口ごもる。そして、「ここだけの話だぞ」というと、半沢を睨みつけた。

「お前んとこの支店長、あの融資はお前のミスだと主張してる」

「なに？」

絶句した半沢に代わり、近藤が短くきいた。「どういうこった、そりゃ」

「つまりだ」

渡真利は体をぐいと乗り出すと、声をひそめた。「西大阪スチールでの信用事故は、融資課長である半沢の力不足により、通常であれば当然に見破ることのできた粉飾を看過した故に起きたもので、半沢の財務分析を信用しておこなった自分の与信判断は間違ってはいなかったと、こういうことを吐《ぬ》かしているわけだ」

怒りで体が震えた。根も葉もない。

刹那《せつな》、眉根を寄せた浅野の顔が胸によみがえった。西大阪スチールが第一回の不渡りを出した日の夜の打ち合わせで見せた困惑した表情だった。

「本当か、それは」半沢はきいた。

「ああ、本当だ」

半沢は拳をテーブルに叩きつけた。「お前、そういうことは早くいえ。そんな大事なこと、隠してんじゃねえよ!」

「隠してたわけじゃない。それをいったら、お前、明日から支店でどんな顔して浅野に顔を合わせるつもりかと思って気兼ねしてただけさ」

「顔のことなんて心配してる場合か」

吐き捨てた半沢に代わり、「それより、どうなってるんだ、その根回しは」と興味を抱いたらしい苅田がきいた。

「いまのところ、全員が全員、浅野さんの主張をはいそうですかと飲んでるわけじゃない。だから、その点、あまり心配するなといいたいところだが、なんせ、あのオヤジは、浜田《はまだ》さんとつながってるからな」

浜田順三《じゅんぞう》は元人事部長で、いま専務取締役。今回の信用事故はもちろん浜田の耳にも入っており、処分が出るとすれば、浜田の決裁を経てくるはずだ。

「そもそも浅野を支店長にしたのは浜田専務だ。そうなると、浅野には有利かも知れない。人事部にも遠慮ってものが働くだろうからな。浅野を支店長不適格とすれば、浅野を推薦した専務の見込み違いだといってるようなものだ」

「だが、五億円の損失については、誰かが責任をとる必要がある、と」

近藤はいい、頰を膨らませた。「すると半沢はスケープゴートか？」

「冗談はよせ」

半沢は吐き捨てた。「オレは、浅野の出世のために踏みつけにされる覚えはないぞ」

「だったら、回収しろ、半沢」

渡真利の意見は明確だった。「債権回収あるのみだ。とんずらした東田とかいう社長を探し出すんだ。探し出して、とことん絞り上げろ」

債権回収あるのみ——そうはいっても、事はそう簡単ではない。

そもそも、東田にそんな資産があるとも思えないし、仮に、どこかにあったとしても、情報不足の現状では調べようがない。そんな閉塞《へいそく》した状況の中、ある信用調査会社の男が支店に訪ねてきたのは、事件から十日ほど過ぎたある日のことだった。

3

普段、その手の民間調査機関に課長の半沢が応対することはまずない。だが、西大阪スチールの信用調査だといってその男がやってきたとき、あいにく、担当の中西が外出中で、問題が問題だけにほかの課員に任せるわけにもいかず、半沢が相手をすることになったのである。

相手は来生卓治《きすぎたくじ》という同年代の男だった。大阪商工リサーチという会社の、肩書きは信用課課長代理。調査ボードを見ながら、常に下を向いて話す。だが、ときおり、相手の言葉を確かめるように上げる視線には抜け目なさが漂っていた。

「西大阪スチールさんの倒産状況について調査をしているんですが」

「依頼主は?」

「いえ、それはちょっと申し上げられないことになっていまして」

調査員の常套句《じょうとうく》だ。半沢とて知りたい訳ではない。

「そういうことは伏せておいて、こっちの情報だけは教えろと？　都合が良すぎるんじゃないですか」

嫌味をいった半沢に、陰気な顔にかすかな笑みを浮かべ、「すんまへんなあ」と頭を掻《か》いた。「なにぶん、それが私らの仕事ですねん。東京中央銀行さんの債権額についてなんとか教えていただくわけにいきませんか」

「それでうちにメリットがあるのなら情報提供しますが、ちょっとね」

融資課にいるとこの手の調査員がちょくちょくやってくるが、たいていはいい加減な返事をしてお引き取り願うのが常となっていた。信用調査会社だからといって顧客情報を流すわけにはいかないからである。

すると、来生は思いがけないことをいった。

「それでは私のほうで申し上げますので、正しいかどうかだけでもお教え願えませんか」

手元の資料から数字を読み上げる。

あっと驚いて半沢は相手を見た。融資の金額と金利、相殺した預金残高などほとんどの狂いなく正確な数字だったからだ。

「どうでっしゃろ」

「その数字、どこで聞いたんです」

半沢はきいた。

「まあ、ちょっとしたルートですわ」

「ちょっとしたルート？」

半沢は疑わしげに相手を見た。「それくらい教えてくれてもいいんじゃありませんか。いくらなんでも、うちの取引内容がそんな形で外部に漏れているというのは気分のいいものではない。本来は秘匿されるべきものだから」

「ということは、金額は正確だということで？」

「誰から聞いたんです」

来生はいったん調査ボードに視線を落としてこたえるべきか躊躇《ちゅうちょ》したが、「まあ、いいでしょう。実は、波野さんです」と意外なことをいった。

「あの課長が？」

「お伺いしたところ、親切にいろいろと教えていただきました。人のいい方ですなあ」

あの男……。波野のネズミ顔を思い出して、半沢はあきれた。

不渡りが確定した日、西大阪スチールを訪れた半沢が目にしたのは、閉鎖された事務所だけだった。社員の姿はすでになく、後で聞いた話では「これはもうだめだ」となった午前中に帰宅命令が出ていたらしい。

波野と会ったのはその二日前、粉飾決算がらみで従来通りの返済要求を突きつけたのが最後になった。そのときの波野は、「社長じゃないとわからないもので」と逃げの一手で、ならばいまの状況を説明しろという要求にもまともにこたえようとはしなかった。

東田も行方不明だが、あれから西大阪スチールの社員たちがどうなったのか、その消息はまったく半沢のもとに入ってきていない。

「波野さんはいまどうしてるんですか」

「此花区《このはな》のご自宅を調べてお邪魔したんですが、もともと実家はあの辺りで会社をやっておられるということで、そちらにいらっしゃるそうです」

そして西大阪スチールと関係がなくなった途端、ぺらぺらと実状を話し始めたというわけか。

半沢はむかつき、来生の「この数字でよろしいんでしょうか」という問いに、「波野さんがいうのならそうなんじゃないですか」とぞんざいにこたえた。

「それで？　あの会社の負債総額はいくらぐらいになるんです」

「まだ正確なところはわかりませんが、いろいろな方の話を総合すると、十億円ちょっとにはなると思います」

「その程度？」

半沢は驚いた。東京中央銀行でその半分の五億円、関西シティ銀行では三億円ほどの焦げ付きになる。後の二億円はどこかはわからないが、予想していたよりもはるかに少ない負債だ。

「売掛けのある先はどうしたんですか」

「少しは残っていたようですが、主だったところはほとんど綺麗にされたようです。そういう意味では立派な社長さんですわ、東田さん」

なにが立派なものか。半沢は怒りを覚えた。冗談じゃない。ならば東田は、本業の関係者にはきっちりと返済し、銀行だけに巨額の焦げ付きをつくったというのか。

半沢の胸中とは関係なく、来生はしゃあしゃあと続けた。

「清算貸借対照表を作ってみれば、もう少し負債は増えるかも知れませんけどね」

「ちょっと待ってください。あなた、西大阪スチールの真正な決算書を入手したんですか」

清算貸借対照表というのは、会社の資産から、回収できない売掛金などを削除し、正味どのくらい残っているかを検討する資料だ。それを作成するためには、前提として、その会社の真正な貸借対照表がなければならない。

ちなみに貸借対照表というのは、いわば会社の断面図である。元手がいくらで、いくら借金をし、そうやって集めた金で、どんな資産を有しているのかが一覧表になっていると考えるとわかりやすいかも知れない。

東京中央銀行には、いまもまだ粉飾された決算書しかなく、結局、東田は、きちんとした決算書の提出を拒んだまま、行方をくらましていた。それを来生は入手しているかも知れない。だとすれば、出所は波野しかない。

「ええ、持ってますよ」あっさりと来生は認めた。

「その資料、見せていただけませんか」

半沢の言葉に、来生は渋った。

「いえ、これは私どもがいただいたものなので、ほかへはちょっと……」

「こうして調査に協力しているじゃないですか。お宅が当店に調査にいらっしゃるのは今回限りではないでしょう。良い関係を保っておいたほうがいいと思いますけどね。――ほかには出しませんよ。行内限りで用が足りればシュレッダーにかけます」

来生は、半沢の顔を見ながら逡巡《しゅんじゅん》していたが、やがて「まあ、いいでしょう」といって、カバンから書類の入った袋を取り出した。半沢はその書類の分厚さに目を見張った。

「とりあえず三年分の決算書と財務資料です」

部下を呼んだ半沢が資料のコピーを命じて待つ間、話題は西大阪スチールの倒産による影響へと移った。

「すると西大阪スチールの取引先は、ほとんど焦げ付かなかったということですか」

「そんなことないですよ。連鎖でいった先もありますからね。そこが残りの負債を抱えたんですわ」

「ほう。なんという会社ですか」

「竹下金属って会社。聞いたことありませんか」

半沢は首を振った。

「売上げ五億円ほどの小さな会社で西大阪スチールをメーンの取引先として長年やってきた会社だと聞いています。決算書に明細がついていますから、それをご覧になってもわかると思います。興味がおありでしたら、資料もありますよ」

来生は、どこかで仕入れたらしい決算書の写しを取り出した。竹下金属の最新の決算書だ。興味はあまりなかったが、とりあえずコピーをとった。銀行にとって信用調査会社など邪魔くさいことこの上ないが、情報を得るためにひたすら下手《したて》に出る一方で、ここまでの情報を集めているというのは少々驚きだった。

「東田社長の行方が相変わらずわからないんですが、それに関する情報はなにかないですか」

「いや、実は私もそれ、捜しているんですけど、どなたもご存じないんですよ。負債総額は予想よりも少なかったけどゼロやおまへん。スジの悪いのもうろついているから、どこかに身を隠してはるんやないですか」

「マチキンには手を出していない？」

「それはなかったんちゃいまっか。もしそんなことにでもなってたら、ただではすまんか

「ったと思いますが、そういう話は聞きませんわ」

　間もなくコピーが出来上がると、来生は調査協力の礼をいって帰っていった。自席に戻った半沢は、むさぼるように西大阪スチールの決算書を読んだ。

4

会社がなぜ不渡りを出すのか、考えたことがあるだろうか。

会社はなぜ倒産するのか、疑問に思ったことはないか。

手形が不渡りになる端的な理由は資金不足だが、そもそも不渡りというのは手形を振り出している会社だけがなるものであって、現金商売しかしていない会社に不渡りはない。

ちなみに、会社ならどんなところでも手形を振り出しているだろうと思うかも知れないが、そんなことはない。

たとえば、土木建築の業界では〝いつもニコニコ現金払い〟がモットーであり、売掛金はあっても手形払いはない。世の中には様々な会社があるから中には例外もあろうが、現金決済の会社が行き詰まるのは、銀行がそっぽを向いたときだ。だから、業績が悪い中堅ゼネコンなどが倒産するときというのは、銀行が見捨てたときと相場は決まっている。銀行が「この会社は潰そう」とか、「これ以上、こんなボロ会社は支えきれない」とサジを投げたときである。

カネは、会社にとって血液と同じだといわれている。これはわかるような、わからないような話である。感覚的にはわかっても、じゃあその血液はどのように流れているかという具体的なことになると、一般人の感覚では理解できない話である。

たとえば、会社が銀行から融資を受けるときの理由のひとつに、「納税資金が不足しているから貸してください」というのがある。納税資金というのは、法人税などを支払うための資金である。

妙な話だ。儲《もう》かったから税金を払うのに、なんでわざわざ銀行から借りなきゃならないのか。わけがわからない。

この種明かしは、会社というのは儲かった金をすぐに次の投資に回してしまっているので、いざ税金を払えといわれても、それだけのまとまった金は手元には残っていないということに尽きる。だから融資を受けなければ税金が払えないといった状況が発生するのである。

この仕組みは、カネという血液がどう流れているのかを解明するひとつのヒントになるかも知れない。

実際、カネの流れというのは、シロウトにとっても難しいがプロである銀行員にしてみても、そう簡単に解明できるものではない。

ときに何時間も数字とにらめっこして、それでもピンとくればまだ幸運なほうで、いくら眺めてもわけがわからないこともあるのだ。

西大阪スチールの決算書、そしてどういう経緯かは知らないが、来生が入手した関西シティ銀行の資料を注意深く点検した半沢が検討したのも、そのカネの流れだった。

同社の資金が、血液が、どのように流れ、消えていったか。

だが、今回の場合もまた、どうもそう簡単に理解できるという類《たぐい》のものではなさそうだった。

検討してすぐ、ある疑問が浮かび、しかもその疑問は、結局、どうにも解けない難問として、半沢を悶々《もんもん》とさせた。

「どうされたんです」

その日の午後八時過ぎのことである。書類を眺めて難しい顔をしている半沢に気づいて、課長代理の垣内がきいた。「なにかおかしなところでもあるんですか」

「おかしいというか……。どうも売掛金の数字が気になる」

それを発見したのは単なる偶然にすぎなかった。もし、西大阪スチールの決算書だけを眺めていたら、こうした矛盾に気づかなかったかも知れない。

「売掛金ですか」

垣内が覗き込む。

前職が証券本部だったこともあって、垣内は数字にはうるさい。ただ、いままであまりにも財務内容がしっかりした大会社ばかり相手にしてきたために、中小企業レベルにはやや厳しすぎる面もあってそれが玉に瑕《きず》といったところだが、財務を読む目はたしかだ。

ちょっといいですか、と財務資料を自分のデスクまで運んでいって、あれこれ電卓を叩いていた垣内だったが、しばらくすると、「とくにおかしなところはないようですが」といってきた。

「実は最初はオレもそう思った」

「一応、三期分の比較貸借対照表から簡単な資金運用表までこしらえてみたんですが、理屈に合わない数字は見あたりませんね。どこがヘンなんですか」

「これを見てみろよ」

垣内に見せたのは、竹下金属の決算書だ。

「西大阪スチールの下請け会社だ。連鎖倒産しただけあって、明細を見ると売上げの九割以上が同社向けになっている」

「なるほど、べったりって感じですね」

明細をめくりながら垣内がいう。この鋭い男がいつ気づくかと思って見ていたが、半沢が予想したよりも早く、垣内は、西大阪スチールの書類との齟齬《そご》を指摘してみせた。

「竹下金属向けの支払総額と、竹下金属で計上している金額が一致しませんね」

「その通りだ」

半沢はいい、手元に集計してある金額に視線を落とした。西大阪スチールの詳細な財務資料によると、竹下金属向けの年間仕入れ額——つまり竹下金属にしてみれば売上げに当たる金額は、七億円を超える。一方、竹下金属が計上している売上げは五億円を少し切る金額でしかない。ちなみに両社の決算期はともに四月で、締めのズレによる誤差ということは考えにくい。

要するに——。A君とB君がいる。A君は、B君に七億円払ったといっているのに、B君は五億円しかもらっていないといっているのに等しい。

「差額はどこへ消えた」

「この資料の出所はたしかなんですよね」

目先のきく垣内は決算書の真正を疑ってかかった。さんざん粉飾で苦しめられたから、そう思いたい気持ちは理解できる。

「西大阪スチールの顧問税理士に問い合わせたいところですが、無理でしょうね」

半沢はうなずいた。税理士には守秘義務があるから、東田の了解がない限り、いくら倒産企業とはいえ第三者に内容を開示することはない。

「どうされます」

「竹下金属って会社をちょっと見てこようと思う」

垣内は目を丸くして腕時計を見た。

「これからですか?」

「この近所だ」

竹下金属の決算書に住所が印刷してある。西区新町の住所だった。支店から徒歩でも十分とかからない場所である。半沢は、スーツの上着を腕にかかえ、支店を後にした。


鉄鋼の町を歩く。

いわゆる船場商人といえば繊維問屋だが、半沢が勤務する大阪西支店のエリアで圧倒的に多いのは鉄鋼問屋だった。

同じ都心でも、東京と大阪《こちら》で違うのは、この辺りの会社のほとんどが自前の土地建物を所有していることだろうか。考えようによっては、担保力があるわけだから融資しやすい環境といえなくもないのだが、それがバブル時代にはマイナスに働いた。

地価が高騰し、会社の内容に似合わぬ過剰な余力を抱えてしまった多くの会社が、それを担保にした様々な投資に手を出した。設備投資などまだマシなほう。本業とは無関係な株式投資、金、投資信託といった運用商品を購入するために、土地を担保に入れて金を借りたのである。

もちろん、巷間《こうかん》いわれているように運用商品の購入を勧めたのは、多くの場合、銀行だった。当時の銀行はいまからは考えられないほど信用されていて、「銀行さんのいうことだから間違いはないだろう」と誰もが信じた。

ところが、その後の株価下落により、含み損ばかり抱えた多額の負債が残った。それだけならまだしも、土地の値段もそれに応じて下がってしまったので、いざ運転資金を借入れする段になって担保がない、という事態に陥ったのである。

「運用商品を買うための融資と運転資金は、別枠ですから」と口から出任せをいって投資信託を買わせた行員も少なくなかったので、後になって担保不足で融資を断られる段になると、「約束が違う」と揉《も》めるケースが続出。銀行不信の一因となった。

たとえば平成三年のバブル末期になると、銀行に対する不信感をあおるような事件がたて続けに起きた。トップバッターは、住友銀行がからんだイトマン事件。巨額のカネが闇社会へ流出したこの事件では、奇怪な人物が暗躍する闇社会と銀行との接点にスポットが当てられた。数千億円ものカネの流れは、いまに至るまで解明されていない。日本興業銀行が料亭の女将《おかみ》に騙《だま》されたお粗末極まる巨額詐欺事件が発覚したのもこの年。「コーギンつってもたいしたことねえなあ」と世の中の失笑を買った。つづく平成六年には住友銀行名古屋支店長射殺事件が起き、なんだかよくわからないままに事件は迷宮入り。「住銀は真相がわかってるのに、自分の都合が悪くなるから隠してるんちゃうか」と当時もっぱらの噂だった。とはいえ、なにしろ迷宮入りだから、真相についてはいまだ不明だ。そして極めつけは平成九年に起きた、証券会社の損失補塡《ほてん》問題に起因した第一勧業銀行のスキャンダルだ。旧大蔵省の色ボケ接待やら官民癒着やら、出るわ出るわの大不祥事で、四十五名もの破廉恥官僚と銀行員が逮捕されるに至って銀行は信用という看板を自ら瓦解《がかい》させ、銀行不信の総仕上げとなったのである。

バブル崩壊後の不況で、大阪市西区の鉄鋼問屋街も相当に傷んだ。鉄鋼という業種柄、不景気による影響の深刻さも半端ではなく、バブル崩壊後の十数年の間にかなりの問屋が会社を畳み、ぽつぽつと櫛《くし》の歯が欠けるように淘汰が進んだのだ。

午後八時過ぎとはいえ、八月の大阪の蒸し暑さは半端ではない。これが日中ともなれば、いわゆる油照りで、汗かきの半沢などハンカチを二枚持ち歩いても足りないぐらいである。

竹下金属は、そんな中小零細企業がひしめく裏通りに細長い三階建ての社屋を構えていた。

常夜灯に照らし出され、ぼうっと明るい空を背景に汚れたコンクリートの壁面を塗り込めたようにして立っているその建物は、中小企業のなれの果てにふさわしいうらぶれた印象だ。

一階がガレージで、その奥が事務所になっている。いまそこには「お取引先各位」で始まる謝罪文が一枚、貼り出されていた。

不在かと思ったが、三階の窓に薄明かりが漏れていた。郵便受けには「竹下清彦」の表札。会社の上が自宅になっているのだ。明かりは、その自宅からだった。

インターホンを押すとだみ声が出た。西大阪スチールさんの件でお話を伺いたいと申し出ると、「いま忙しいんで」というぶっきらぼうな声がこたえる。

「なんとかお話を伺わせていただけませんか。私どもも困っておりまして」

考えるような間を置いてインターホンは一瞬静まり返り、「五分だけやで」という声とともに切れた。

やがて三階のドアから、六十前後の男が顔を出した。地味なスラックスに白いシャツ姿。ごま塩頭によく日焼けした赤ら顔は、会社経営者というより現場労働者に近い。

「すみません、夜分に突然押しかけまして」

一言詫《わ》びた半沢に、「どんなご用でっか」と社長の竹下はきいた。

「西大阪スチールの東田社長の消息をご存じないかと思いまして」

「消息？　それがわかればとっくに怒鳴り込んでるわ」

タバコ臭い息を吐きながら竹下はいった。

「すると、東田社長とは？」

「顔も見てへんよ。あの日も、入金待ってたけどいっこうに入ってこん。おかしいな思って電話をかけたときには、すでに会社はもぬけの殻や。狐につままれた思いですわ。おかげでこっちも、取引先に迷惑かけてしもた」

愛想はないが、この男は逃げないで自宅にとどまり、誠意を見せるだけ立派である。

「不渡り後もまったく連絡なしですか」

「ありまへん。ところで、なんでウチになんか来たん?」

「ちょっとこれ見てください」

半沢はいって、西大阪スチールの資料を見せた。

「西大阪スチールは御社に対して七億円の仕入れがあることになってるんですが、調べさせていただいたところ、御社の売上げは五億円ほどだということがわかりまして」

「なんやこれ、おかしいな。本物でっか」

竹下は書類をしばし眺めたが、首を傾げただけで返してきた。

「うちの決算は間違いないですわ。間違ってるとしたらこっちや。どうせ、あの男のことや、なんか胡散《うさん》臭いこと考えてたんちゃう?」

「胡散臭いこととは?」

竹下は声を落とした。

「たとえば……脱税、とか」

「脱税?」

「そや。あの会社、今回はさすがにあかんかったらしいが、長いこと儲かってきたはずや。こういう仕入れの水増しで利益を隠してきた可能性はあるな」

「でも、最後は数億円の赤字でした」

赤字ならば脱税することもあるまい。そう思ってきいた半沢に、竹下は「信用できまっかいな」といった。

「あの東田って男、うちも長年つきあってきましたが、どうも腹の底が見えんっちゅうか、えげつない商売しよる。うちも散々迷惑かけられてきて、景気さえ良かったらほかの取引先を開拓しよ思ってたぐらいですわ。今回の件でも、大口の大事な客にはカネを払ったのに、わてらのような零細企業には知らん顔や」

「そうでしたか」

半沢はあきれた。大口債権者に義理立てした反面、小口債権者が泣かされたというのが真相らしい。

「西大阪スチールさんとはどのくらいのおつきあいなんですか」

「つきあい自体は長いですわ。うちも数年前まではもっと大きな商売やったけど、不景気で大口の取引先から淘汰されてしもた。結果的に西大阪スチールしか残らなかったというのがホントのとこやな。どうせこんな仕打ちされるんやったら、もっと前に会社やめときゃよかったで」

竹下は顔をしかめた。

った。

「まだ管財人から連絡ないけど、負債総額は全体でどのくらいになるんやろ」

来生から聞いた金額を口にすると竹下は目を丸くした。そして怒りを新たにしたようだった。

「配当はあるんやろか」

「それはわかりません。ただ、不動産などの大きなものは全て押さえられてしまってますから、あまり期待できないと思いますが」

半沢自身、配当は「あまり」どころか「ほとんど」期待していなかったが、竹下の胸中を思ってそれは口にしなかった。

「望み薄やな……これからどうすればええんやろ」

がっくりとうなだれた経営者を、半沢は言葉もなくただ見守るしかなかった。

5

西大阪スチールの法的整理について管財人から通知が来たのは翌日のことであった。破産の申し立てが裁判所に受理された旨の報告とともに、債権届出書が入った封筒が届いたのである。

同じ日、融資部からも一通の知らせが半沢のもとに届けられた。こちらは、西大阪スチールの貸し倒れについて、ヒアリングをしたいので、担当の中西とともに東京の本部へ出頭せよという内容である。事前になんの打診もない、寝耳に水の出頭命令だ。

驚いた半沢は副支店長の江島に報告したが、書面を一瞥しただけで江島はそれを返してよこした。

こいつ、知ってやがったな。

その態度から察した半沢に、江島は涼しい顔でカレンダーを覗き込んだ。

「スケジュール、きっちり空けとけよ。身から出た錆《さび》だ」

半沢は黙った。

まだ用があるのか、という顔で椅子にかけたままの江島が見上げる。

「ヒアリングは私たちだけなんでしょうか」

「とりあえずは実務担当者に事情をききたいらしい」

「そうですか」

腑に落ちないものを感じつつ背を向けた半沢を、「言い訳がましいことはいわないほうがいいぞ」という一言が追ってきた。

「言い訳?」

「だからさ」

気が利かない奴だといわんばかりに江島は声をひそめた。出かけていて空の支店長席を一瞥し、「余計なことをいうと、コレがコレだ。〝次〟のこともあるだろ」

最初のコレで親指を立て、次のコレで、両手の人差し指を頭の脇で立ててみせる。

〝次〟というのは、次のポストということである。融資課長の半沢の評価は、支店長の浅野が握っている。怒らせると、評価に響くぞという脅しだ。

「中西にも、言い含めておいてくれ。当店の恥にならないようにな」

切って捨てるつもりだ。

中西に面談の予定を伝えると、「えっ」といったきり、完全にびびった。半沢のデスクの前で棒立ちになった中西の顔面から血の気が失《う》せていく。

「こんなことになって残念だが、君の責任までは問われないだろうから心配するな」

そもそも、入行二年目の中西には荷が重かった。銀行に限ったことではないが、新人のミスは大目に見てくれる。

「おい、お手紙届いたか」

融資部の渡真利から電話がかかってきたのは、その夜九時過ぎのことだ。

「来た。そっちではどういう話になってんだ」

「どうもこうもない。ちょいとばかりいいにくいが、お前、マジ立場悪いぞ。数億円単位の粉飾が見破れなかったことについては、完全に融資課長の落ち度ってことになってる」

「おい、融資を取り上げた経緯についての認識はあるのかよ。あの状態じゃ誰だって

「通用するか、そんな話」

渡真利ははねつけた。「要するに、稟議のための稟議だったと、こっちじゃそういうことになってる。五億円の損失という事実は動かない」

「稟議のための稟議だと？」

稟議承認を得るためにやっきになり、肝心の与信判断をおざなりにしたという意味だと渡真利はこたえた。

「それがみんなオレの責任か」

半ばやけになった半沢の耳に、重い吐息が聞こえてきた。

「面接には融資部だけじゃなく、人事部の次長も出席するらしい。形は違うにせよ中味は査問委員会に近いと思ったほうがいい」

「なんだよそれ」

半沢は言葉を怒らせた。

「だからいってるだろう。回収だ、回収」

渡真利はわめいた。「とにかくだ、一社五億の損てのがでかすぎるんだよ。こうなってくるともう、融資取り上げ時の経緯がどうのという話じゃない。結果ありきなんだよ！」

「そう簡単にいくか」

――」

「よく聞けや、半沢」

渡真利は改まった。「これだけの実損が出て、誰も処分されないなんてことはない。誰かが、この責任をとる羽目になる。浅野さんが自分は悪くなかったと根回しし、それがある程度認められれば、お前が詰め腹を切らされるのは自然の流れだ。このままいけば、浅野、江島ご両人には叱責状程度で済みそうだが、逆にお前の将来はない。だけどな、たしかに五億円は巨額だが、銀行全体を見てみれば、数百億円単位で債権放棄する時代だぞ。本音でいうと、そんなもんたいしたことはないんだ。こんなつまらんことでお前にコケて欲しくない。回収は銀行のためじゃない、お前のためだ」

「心配してくれて、ありがとよ」半沢は皮肉をこめた。

「なんとかしろ半沢。ヤバいぞ」

渡真利との電話を切ってから、半沢は頭を抱えた。

なんとかしろといわれても、具体的にどうするというアイデアはない。そもそも、そんな単純な問題でもないし、やろうと思ってできるぐらいならとっくにそうしている。

腹は立つ。功を焦って無理な案件を引っ張ってきた挙げ句、失敗の責任は部下に押しつけようとする浅野のやり方は卑劣だ。だが、それに対抗するための手段が渡真利のいうように債権回収しかないとなれば、これはもう打つ手がないのも同然だった。

現状を打破する妙案は、いくら考えても頭に浮かんではこなかった。

そのヒアリングの日、半沢は朝六時台の「のぞみ」に中西とともに乗り、東京に向かった。

面談は十時から。最初に中西が入り、四十分ほどして出てくるまで、半沢は融資部のフロアに用意された待合室にひとりでいた。

やがてドアがノックされ、疲れ切った表情の中西が帰ってきた。相当絞られたか、ひどく動揺しているようだ。

「課長、入ってください」

同じフロアにある会議室が面談場所になっている。

テーブルを挟んで向こう側に三人。「どうぞ」という声で、半沢は反対側の席にかけた。

「大阪西支店の半沢直樹さん、ですね」

気取った第一声だった。「はい」と一応こたえたが、相手の自己紹介はない。

「今日、わざわざ大阪から来ていただいたのはほかでもありません。あなたが取り上げた西大阪スチールですが――」

話している男の前には、オレンジ色のファイルが一冊載っていて、男はそれを片手でぱんと叩いた。西大阪スチールのクレジットファイルだ。

「今年の二月に五億円の融資を実行し、先月不渡り。融資額のほぼ全額が実損になった件について、経緯をお伺いするためです。あらかじめ申し上げておきますが、このような機会を設けたのは、その与信判断の過程で重大な過失があったのではないかという疑義があるからにほかなりません。ですから、お答えは慎重に願います」

なにか意見でも求めるように言葉を切って、相手は半沢を見たが、黙っているとそのまま続けられた。

「あなたが書いた報告書によると、同社の決算書が粉飾だったそうですが、我々としてはそもそも二月の時点でそれが看過されたことのほうが問題だと考えています。どうしてそんなことになったんです？　その点についてあなたの意見をお伺いしたい」

「緊急の稟議で十分に審査する時間がありませんでした」半沢はこたえた。

「ですが、あなたは融資部の川原調査役に本件を承認するよう強く迫ったらしいですね。十分に審査する時間がなかったのに、そんなことをしていいんですか」

言い訳がましいことは、いわないほうがいいぞ、という江島の発言を思い出したが、相手の男の顔を見た途端、無視することに決めた。浅野のことを庇《かば》えば、まさに思うツボだ。浅野は、全ての責任を半沢に押しつけようとしているのだから。

「別に自分の意思でそうしていたわけではありません。指示に従ったまでです」

質問者は三人並んでいるうちの真ん中。左側の二十代の男は記録役で、半沢が口を開くたびにボードになにか書き込んでいる。右はおそらく人事部次長だと思うが、こっちは怒ったような顔で半沢を睨み付けていた。いま半沢の言葉を聞いて、その顔がさらに渋面になり、「こいつは浅野の息がかかった野郎だな」と裏が読めた。

その次長が口を開いた。

「君は融資課長だろ。自分の意思じゃないなんて言い訳、よく口にできるな」

「言い訳？」

かちんときた半沢も相手を睨みつける。「言い訳ではなく、事実です。これは支店長マターですよ、あの――」

相手のネームプレートを読もうとしたが、腕に隠れて半分見えない。「お名前は？」

「小木曾次長」

融資部のほうがいった。こいつの名前は、定岡《さだおか》だ。さっき待合室にいるとき顔を出した渡真利に聞いた。同期入行の有望株らしい。東大出身で、「鼻持ちならん奴だ」という注釈付き。たしかに、本部エリートにありがちな気取った話し方をする男だった。

「西大阪スチールを訪問した浅野支店長が決算書と財務資料を持ち帰り、翌朝までに稟議をまとめて提出するよう指示を受けました。その通りにしたまでです」

「その過程で君は粉飾を見破ることができなかった。後で私も検討したが、君のキャリアなら看破するのはそう難しくはなかったはずだ」

「そんな時間はありませんでした。その前に手元からとりあげられてしまったので。浅野支店長には自信があったんでしょう」

「支店長のせいってことはないだろうよ。君は、この五億円の損失という結果をなんとも思わないのか」

小木曾は非難がましくいった。「君には反省の色がまったくないように見えるんだがね」

「ここでしおれて見せろとでも？」

半沢は失笑した。「それで融資金が戻ってくるのならそうします。いまはそんなことをしている場合ではないし、粉飾を見破れなかったのは事実だが、それはあなた方融資部だって同じじゃないですか、定岡さん。資料は同じものを提出しているんです。融資部は承認するまで三日かかっていますが、やはり粉飾には気づかなかった。支店だけを責めるのは違うんじゃないですか」

定岡の顔が赤く染まった。

支店の人間なら、本部に呼びつけられた途端大人しくなると思っていたらしい。だが、半沢はそもそもそんな性格ではなかった。それに、大阪西支店の融資課長として支店に出るのは新人以来の十五年ぶり。元来が本部での大企業取引を得意としてきた人間だ。中小企業相手の融資部に対して臆《おく》する気持ちは欠片もない。どういったところで処分が出るのなら、せめてこの連中の勘違いを徹底的に指摘してやるぐらいの考えだ。

「ゴ、ゴリ押しだったそうじゃないか」

定岡がかろうじて反論した。おぼっちゃん育ちのエリートは、面と向かって喧嘩をふっかけられると弱い。

「ゴリ押し？　ゴリ押しされれば融資部は稟議を承認するんですか。大丈夫だと思ったから承認したんでしょう」

半沢は、畳みかける。「支店には営業目標があるんだ。それをクリアしなければならないという事情もある。できれば融資したいと思うのは当然だし、出した稟議を押さない支店がどこにある」

定岡は、怒りに頬を朱にそめ、反論に出た。

「当行は現場主義だ。与信判断の場面において現場の意見が最も尊重される。それは、現場が最終責任をとることの裏返しだろう。今回の件も同じで、当部の担当調査役は否定的な見解を出していた。しかし、支店からの強い要望が出たためにそれを勘案し、承認やむなしという結論を出したんだ。稟議承認の条件に、〝本件以降の新規融資取り上げは当面、控えること〟という一文が入っていただろう。覚えてくれてるかな？　それとも、一度実行してしまった融資のことなどもうお忘れですか」

「条件を付けたら免責されるとでも？　それはないだろ。承認案件に責任もとれない融資部なら、やめたほうがいい。本部審査の意味がない。そう思いませんか、小木曽次長」

小木曽はさらに怒りの表情を浮かべただけでこたえなかった。定岡は押し黙り、ボードを持ったまま記録係の手は動かない。

「記録！」

半沢が鋭く言い放つと、記録係はびくりと体を震わせた。「都合の良いことばかり記録してんじゃねえぞ！——定岡調査役」

真っ赤になった定岡の顔の中で燃えるような目が半沢を見ていた。「この件について、担当の川原調査役はなんといってるんだ。与信判断に問題があるというからには、当然、ヒアリングしているんだろう。どうなんだ」

定岡は唇を噛んだ。半沢はばんとデーブルを叩いた。

「ヒアリングしたのかどうかってきいてるんだ！」

「ヒアリングは……してない」

「ふざけるなっ！」

半沢は怒鳴った。どうせ、浅野の根回しを真に受けての今回の面談に違いない。一社五億円もの損失の責任を誰に押しつけるか、あらかじめ結論ありきの予定調和。まさに茶番だ。そんなものに黙って蹂躙《じゅうりん》されるつもりは半沢にはなかった。

誰もが押し黙った中で、半沢は一転して平静な声を出した。

「少し脇道にそれたようです。わざわざ大阪から出てきたんだから、なんなりと質問してください。どうぞ、小木曾次長」

小木曾はいまにも嚙みつきそうな顔を向けたが、ふん、と鼻を鳴らしただけで言葉はなかった。怒りと緊張で声を震わせた定岡との差し障りのない問答がほんの少し続いただけで面談は中途半端なままうち切られ、半沢は中西とともにさっさと銀行本部を後にしたのだった。

夕方支店に戻ると、「ちょっと」と浅野が支店長室を指した。

「君、どういうつもりだ」

着席した途端、浅野は不機嫌に言い放った。

「なんのことでしょうか」

「自分には責任がないといったそうじゃないか」

面談の内容については小木曾辺りからすでに耳に入っているのだろう。

「そうは申しておりません。ただ、ありのままを話しただけです。融資部も人事部も、今回の西大阪スチールの貸し倒れ責任を支店に押しつけようという意図がみえみえでしたから。あのままでは一方的に支店のミスで片づけられてしまうと思います」

「まったく反省の色がないと文句をいってきたぞ。どういうことなんだ。それじゃあ困るんだよ。小木曾次長は君の態度についてもかなりご立腹だそうだ」

面談でどう話したところで、褒《ほ》められることはなかった、と理解しているから、浅野の態度はある程度予想できた。

「今回の件ではただでさえ本部の受けはよくない。どんな処分が出るかわからないが、覚悟しておけよ」

「もちろん、覚悟しています。ただひとつだけ――」

半沢は浅野を直視した。「無抵抗のまま、支店に全責任を押しつけられるようなことはさせないつもりですから、ご安心ください」

ぐっと浅野は言葉に詰まった。浅野のたくらみでは、全責任を負わすのは支店ではなく、半沢ひとりだ。それを逆手にとって嫌味をいった半沢に、浅野は不愉快極まる顔で話をうち切った。

「お疲れさまです」

自席に戻ると、課長代理の垣内が小さな声でいい、ちょっとお時間よろしいでしょうか、と席を立ってきた。

留守中の引き継ぎでもするのかと思ったが、予想に反して垣内が出したのは、一枚の伝票だ。

「実は、午前中に山村《やまむら》代理が発見して持ってきたんですが」

山村は営業課の課長代理だ。担当は為替。つまり、振り込みなどを行う係の長だ。

それは、「振込依頼票」のコピーだった。

依頼人は、東田満。振込先は、亜細亜リゾート開発という会社だ。

「金額を見てください」

「五千万円？」今年四月の日付だ。

「ご存じでしたか」

「いや。知らなかった」

垣内は嘆息した。

「やっぱり、そうですか。午前中に調べものがあって伝票をめくっているうちに、山村さんが偶然発見したらしいんです」

「なんのカネだ、これ」

目先のきく垣内らしく、すでに亜細亜リゾート開発について調べあげていた。

「海外の不動産投資物件を手がけているデベロッパーのようです」

「投資資金か。あるいは海外のどこかに家を買ったか」

「数億円の赤字を出している会社の経営者がそんなことしますかね」

半沢は垣内のいわんとするところを察して、顔を見合わせる。「どこかにカネを隠してるんじゃないでしょうか」

その言葉は、垣内の口からそろりとこぼれてきた。

「お帰りなさい。どうだったの、本部のヒアリングは」

半沢が靴を脱ぎ終えないうちに、花が切りだした。

「まあまあ、かな」

「あなたには責任がないって、ちゃんと説明したの？」

さてどう説明したものか。スーツを脱ぎ捨て、アンダーシャツ姿になった半沢はダイニングの椅子にかけた。

「説明はした」

半沢のための食事を作ろうとキッチンに立った花は、半沢を振り返る。

「それ、どういうこと？」

午前中に行われたヒアリングの内容について話す。

「そんなのあり？　裏で支店長さんが仕組んでるんじゃないの」花は憤慨する。

「たぶんな」

「それがわかってるのに、なんで黙ってるのよ、あなた」

花は料理そっちのけでダイニング・テーブルの向かいの椅子をひいた。「あなただって、長年本部にいたんだから、対抗して根回しすればいいじゃない。そんなヒアリングで人事部の人なんか相手に喧嘩売ったら損するのは、あなたよ。被害者ぶってても始まらないじゃない」

カチンときたが、夫婦喧嘩をするには疲れすぎた一日だった。

「喧嘩にもなるさ。オレが悪いって、認めるわけにはいかない。それなのに向こうは決めつけてくるんだからな」

「渡真利さんとか、いるじゃない、融資部には」

苛々《いらいら》した口調で花がいう。

「そういうんじゃないんだよ」

待っていても出てこないので、椅子を立つと冷蔵庫からビールを出してくる。プルトップをひいて、コップもなしに飲む様を、花はコワい顔でじっと見ていた。

「じゃあ、なによ」

「五億円の損が出てるんだぜ」

「だから？　それは支店長さんが悪いっていったじゃない」

花は体を乗り出した。手にピーマンを持ったままだ。「だけど、支店長さんは、うまく根回しして責任転嫁しようとしてるんでしょ。そこまでわかってるんなら、あなたが一方的に被害者になることないじゃないの」

「そんなことわかってるさ。だけどな、銀行には銀行のやり方ってのがあるんだよ。ただ、単純に根回しには根回しで対抗するってわけにはいかない。そういうもんなんだ」

だんだん面倒くさくなってきて、半沢はいった。そういうもんなんだ、といったところで納得する花ではないが。案の定、

「そういうの、銀行の常識は世の中の非常識っていうんじゃないの」

ぴしゃりと決めつけてきた。

第三章　コークス畑と庶務行員

1

大阪港にまで続く荒涼とした大地を、半沢は走っていた。一応舗装はされているが砂と埃《ほこり》で覆われた道路には、轍《わだち》の跡がくっきりとついている。ここに出入りするのは、運送屋のトラックか、商談を運ぶ商用車ぐらいのものだ。遊びにくる者は誰もいない。遊ぶところでもない。もちろん、半沢の駆る軽自動車も、その例外ではない。

道の両側はコークス畑だ。真夏の直射日光が白いボンネットに照りつけ、ガスの切れかかったエアコンは、冷房を最強にしてもぬるい風しか運んではこない。じっとりと汗が滲み出る。フロントガラス越しに見えるのは、延々と続く黒いコークスの山と、そのまた向こう側に霞んでいる工場か倉庫の低い建屋。そしておもちゃのように小さく見える、くすんだ黄色をした重機だけだ。

やがてその視界に、マッチ箱を立てたような二階建て社屋の小さな影が現れた。

西大阪スチールの経理課長だった波野吉弘の実家が経営しているという会社である。このコークス畑もその会社、波野商店が所有しているはずだ。社名と住所は、大阪商工リサーチの来生から聞いた。

波野を訪ねてみようと思ったのは、一晩考えたすえの結論だ。東田の秘密を探るためには、経理課長として東田の近くにいた波野にきくのが最も手っ取り早いはずだ。

たちのぼる陽炎《かげろう》と埃っぽい空気にぼやけていた社屋は、すぐにはっきりとその輪郭を現し始めた。半沢は、踏み込んでいたアクセルを緩めながら、ハンドルに覆い被さるようにして、フロントガラス越しに会社の様子をうかがった。

築三十年は経っていそうな古い社屋だった。荒れた大地の底から生えてきたのではないかという印象の建物だ。鉄骨造りの壁は埃にまみれ、二階へ上がる外階段は古アパートのそれに似ている。

駐車場はとくにない。建物のほうに鼻面を向けるようにして四台並んでいる国産車の隣に同じように頭から突っ込んで車を止め、サイドブレーキを引いた。

アポなしの訪問である。

果たして波野に会えるかどうかはわからない。

電話をすれば、たぶん断られるだろうという読みもあって押しかけてきたが、そもそも波野が本当にここにいるかすら、怪しい。勤めているといっても、常勤の社員かどうかもわからないからだ。もちろん、波野がいたとしても話が聞ける保証はどこにもない。

踏みしめると鳴く階段を上って、ガラス張りの扉の前に立った。閉め切った事務所内に見える社員は、数人だ。すでに車の音を聞きつけて来客を予想していたらしい女子社員と目が合った。五十過ぎの女で、薄いブルーの制服姿だった。半沢はドアを開けた。

波野が、いた。

事務所の隅のデスクにいて、愕然《がくぜん》とした顔で入ってきた半沢を見つめていた。何もいわないうちから腰を浮かし、ネズミ顔の眉間《みけん》に縦皺《たてじわ》を刻んだ。

「ちょっと、なんなんですか。もう関係ないでしょう！」

ヒステリックに口走った波野は、来客と事務所を隔てているカウンターの内側まで来て、持っていた書類をそこに叩きつけた。

奥に、兄の社長なのか、波野とどこか似たところのある男がひとりいて、ボールペンを握りしめたまま成り行きをうかがっている。胸に社名を入れた灰色の制服姿の波野と違い、こちらは半袖のワイシャツにネクタイ姿だ。

「お仕事中、申し訳ありません」

辞めた途端、商工リサーチの来生に西大阪スチールの決算書を売り飛ばした奴は誰だといってやりたかったが、まずは下手《したて》に出た。「ちょっとお伺いしたいことがあるんですが、お時間いただけませんかね」

「帰ってくれ！」

波野は唾を飛ばし、頬を震わせた。アレルギー反応でも起こしそうなその態度を半沢は冷静に観察し、そして少々あきれてみせる。

「それはないでしょう。別にあなたを責めようというのではありません。東田社長の件でご存じのことをお伺いしたいだけです」

「突然こんなところまで押しかけてきて！　誰にここを聞いたんですか」

「波野さんのことをご存じだという方に、こちらだと伺ったものですから」

来生の名前は出さない約束だ。波野は嫌な顔をしたが、具体的に誰とはきかなかった。

「迷惑なんですよ。私はもう西大阪スチールの社員じゃない。こっちだって給料の未払いはあるし、被害者ですよ。もう放っておいてもらえませんか！」

奥から、さっきの社長らしき男がコワい顔をして出てきた。

「つきまとうようなことしなさんな。とっとと帰れ！　銀行屋には用がない」

「つきまとおうとは思っておりません」

半沢は冷静にこたえたが、波野の兄はカウンターを回り込んできて、半沢の腕をつかんで押し出そうとする。予想した範囲だが、押し問答になった。

「出ていかないんなら、警察を呼ぶよ！」

どこか気弱な弟と比べ、兄貴のほうはかなり強気だ。

「いいんですか、波野さん」

自分はカウンターの内側にいて様子をうかがっている波野に声をかけた。「協力していただけないと、あなたにも警察の事情聴取ってことになっちゃいますよ。それでもいいんですか」

「なにをいい加減なことを！」

喧嘩腰で兄は肩をこづいてきた。

「警察を呼ぶのならどうぞ」

半沢は低い声でいい、カウンターの波野に目をやった。「西大阪スチールさんの件で、東京中央銀行としては被害届を出すつもりです。あなたも東田社長の共犯だと解釈されますよ。いまここで話していただければ、そんな面倒なことにならずに済むかも知れないのに。いいんですね、本当に」

共犯、という言葉に、明らかに波野は反応した。

「なにが被害届だ。口から出任せいうな！」

「ちょ、ちょっと待ってくれ、兄貴」

なおも手を出してきた兄を、波野が背後から止めた。兄は、弟のほうへと怒った顔を向ける。

「なんだ、お前！　なにか俺に話してないことがあるのか」

「いや、そんなのはないよ。た、たとえ誤解でも、警察沙汰にでもなれば面倒だろ。話すだけで済むのなら、そっちのほうが簡単だ。まあ、俺も一応、あの会社の経理は見てたんだからさ」

態度を変えた弟に憤然とした表情を向けたまま兄は、半沢の胸ぐらをつかんでいた手をおろした。納得した表情ではない。その手が握りしめていた辺りをぱっと払い、半沢は波野に案内されるまま、入り口脇にある応接室へと入った。


「話ってなんです」

ソファにかけ、テーブル越しに対峙した波野は、落ち着かない態度できいた。

「東田社長と連絡がとれません。どこにいらっしゃるか、ご存じありませんか」

「社長とは、不渡りを出した日の朝に、顔を合わせただけで、その後のことは……。昼前に電話があって、不渡りを出すから、全員自宅待機させてくれと指示があったきりです」

その時間に社員を帰宅させたらしいことは知っていたから、矛盾はない。

「それだけですか。じゃあ、もう――」

「いえ、もう一つ」

半沢は手帳に挟んできたコピーを出し、二つ折りのそれを広げてみせた。亜細亜リゾート開発という会社宛てに振り込まれた五千万円の伝票、その写しだった。

「四月二十日の日付が入っています。粉飾で赤字隠しをする会社の経営者にしてはずいぶんと大きな買い物だ」

波野はそのコピーを凝視したが、一言の感想も漏らさなかった。

「ご存じだったんでしょう」

半沢は怒りを滲ませた声でいった。ご存じでしたか、ではなく、ご存じだったんでしょう、だ。この男は気が小さい。もし、波野が知っていたとしたら、こういう質問の仕方をされれば動揺するだろう。

「いいえ、知りません」

しかし、波野は首を横に振った。

「そんなはずはない」

波野の眼底を見据える。動揺したように落ち着かないそぶりを見せたが、嘘をいっているという確信は持てない。

「東田社長名義ですが、これを処理したの、波野さんでしょう」

「ち、違いますよ、私じゃありません」

また見つめる。瞳はふらついたが、真実から嘘の範疇《はんちゅう》へと変じる境界線辺りでなんとかもちこたえた。「この件は私、ノータッチです。というか初耳で……」

「波野さん」

半沢は、うんざりした声を出した。「本当のことをいいましょうよ。経理課長だったあなたが、いくら社長個人のこととはいえ、この件をまったくご存じないというのは信じろといわれても無理です」

「本当ですって！　知らないんです、私。本当に！」

半沢は舌打ちした。

「警察の前で同じことがいえますか、波野さん。宣誓した法廷でも知らないと主張できますか。もし、嘘だとバレたら、あなた自身罪に問われることになるんですよ」

「だって、知らないものは知らないんですから！」

波野はやっきになっていった。

「でも、粉飾については知っていたじゃないですか」

「それは、そうですが……」

口ごもった波野は、半沢から視線を外した。それは、テーブルの端から滑り落ち、床の辺りを彷徨《さまよ》う。

「あの粉飾、一筋縄ではいかない仕掛けがありますね」

竹下金属の仕入れ代金水増しだ。それを指摘すると波野の顔が青ざめ、口ごもる。

「社長がやったことですから、私は関係ありません」

「経理課長職にあった以上、関係ないは通用しないよ、波野さん。子供じゃないんだから」

わざと意地悪くいうと、「そんな——!」と波野は泣きそうな顔になった。

相手の男がどうしようもなく情けなく、薄汚れて見え、半沢はわからないように顔をしかめた。こんな男のためにわざわざ大阪の外れまで足を運ばされたことも腹立たしい。粉飾を指摘したときのこの男がとった非協力的な態度、小賢《こざか》しい言い逃れのひとつひとつが頭に浮かんできて、それまではどうにかおさまっていた半沢の怒りを目覚めさせた。

次に口にした半沢の言葉は、怨念《おんねん》という名の表面加工で黒光りする毒々しさを孕《はら》んでいた。自然、言葉遣いまで変わった。

「東田は金を隠しているだろう。どこにある。どこの銀行の、どこの支店だ。知ってるのなら、いま吐け、波野。こうして穏便に話ができるのはいまだけだぞ。返事次第では、臭い飯を食ってもらうからな。手が後ろに回ってもいいのか」

波野は震え上がった。真夏が突如真冬に逆戻りしたかのように。見えない力で絞り上げられた雑巾のように、腰から上をぶるっとねじれさせ、髪を逆立てた。

「し、知りません——!」

黙って睨みつけると、波野はすがりつくような涙声になった。「本当です。本当ですって!」

「嘘だ！」

決めつけたとき、波野は青ざめ、目は恐怖に引きつった。

「信じてくださいよ、半沢課長さん。お願いですから。この通りです。もう許してくださいよ」

そういいざま、波野はがばっとソファを下りると、すり切れた絨毯を敷いた床に土下座した。

「なにやってんだ、吉弘！」

どうやら外で話の成り行きをうかがっていたらしい兄が飛び込んできて、半沢を睨みつけた。

「もう帰ってくれ！」

こちらに向けられている波野の薄くなった頭頂部を一瞥し、半沢は無言で立ち上がった。

「なにか思い出したら、すぐに連絡してください。それがあんたにできる唯一の罪滅ぼしだ」

嗚咽《おえつ》が高くなった。

さっきピークに達した怒りがすっと鎮《しず》まっていく。すると、コークス畑の黒々とした景色が半沢の心の中にまで広がってきた。会社の前に止めた車に戻った。ぎらつく日光を受け、爆発寸前にまで熱された空気を外へ逃がし、着ていた上着を助手席に放り込む。タバコの匂いのするビニールシートに体を預け、エンジンをかけた。車をターンさせながら、半沢は自分が薄汚れた金貸しになった気がした。

「いや、オレは薄汚れた金貸しだ」

その自覚を背負いながら、再びコークス畑を駆けた。

2

「海外の別荘をお考えですか」

店内にあった物件のパンフレットを手に取って見ていると、店員が近づいてきた。四十代とおぼしき品のいい女性だった。

「どこかお気に入りの地域か国はおありですか？」

半沢は考えるふりをする。

「そうだね。オーストラリアのケアンズなんかいいかも知れないな。気候だけなら、マレーシアも捨てがたいね。常春《とこはる》の国だ」

「いいところですよねえ。よく行かれるんですか？」

魅力的な笑顔をほんの少し傾け、彼女はきいた。

「マレーシア？　数年前まではよく行ってたんだが。仕事ではもっぱら中国だね。しかも南のほう。暑いばかりでだめだ」

「お仕事でですか」

曖昧《あいまい》に返事をした半沢は、目に付いたパンフレットを抜き出した。タイにある高級物件。値段は円換算で一千八百万円となっている。

御堂筋《みどうすじ》にある亜細亜リゾート開発の直営店舗だ。波野のところからいったん支店に戻り、溜まっていた未決裁書類を片づけて、すぐに出てきた。この店の存在は、昨夜のうちにインターネットで調べ上げており、波野のところへ行って手がかりがなかったら訪ねてみようと決めていた。

「あちらでコーヒーでもいかがですか。パンフレットをお持ちしますので、ゆっくりご覧ください」

それほど広い店内ではないが、片隅に接客用のテーブル席が用意されていた。平日の昼下がりということもあって、客は半沢ひとりだ。

誘われるままゆったりとした椅子にかけると、ほどなくプラスチックカップに入ったコーヒーと、一抱えもあるパンフレットを持って彼女は戻ってきた。

「あの、もしよろしければこちらにご記入いただけませんか。当社で開発した分譲物件以外でもご希望の物件があればお探しして、ご案内しておりますので。私、河口《かわぐち》と申します」

差し出された名刺の肩書きはチーフアドバイザーだ。アンケートには、適当な会社名と代表取締役の肩書きをつけておいた。

「当店のことはどちらでお知りになりましたか」

その問いに、半沢はあえて回答していなかった。

「いやあ、実は親しい取引先の社長から勧められたんで、どんなものかと思ってねえ」

「そうでしたか」河口は親しみのこもった笑顔を見せる。

「西大阪スチールの東田さんなんだけど、ご存じですか」

河口の顔が綻《ほころ》んだ。

「はい、存じ上げております」

「あの社長、どこに買ったって聞いたんだっけな。それこそ、ケアンズじゃなかったかなあ」

河口はにっこりとほほえんだ。

「いいえ、マウイ島です」

「ああ、そうか。いいとこに買ったな」

演技というより半ば本心で半沢はいった。「あそこはいいよね。自然に囲まれていて、本当にすばらしい。お宅が開発したリゾートマンション？」

「開発は私どもで。マンションではなく、東田様は一戸建てですけど」

海外不動産に五千万円という金額ならそうだろう。オーストラリアなら、プール付きでもその半値以下で買えるはずだし、値段からするとたしかにハワイの相場だ。

「たしか、五千万円とかいっていたな。同じような物件があったら見せてもらいたいんだけど。地図もある？」

半沢はにっこりとほほえんで付け加えた。「東田さんの隣じゃだめだよ」

河口は遠慮がちな笑い声を上げ、少々お待ちください、といって席を立ったがすぐに戻ってきた。マウイ島の地図といくつかの見取り図を持って。

河口は写真入りのパンフレットを片手に物件の説明をしながら、地図上に所在地を書き込んでいく。辛抱強く五件分の説明を聞いた半沢は、ようやく「東田さんの別荘はどのへんにあるの」とさりげなくきいた。

「この辺りですね」

海沿いの高台という説明だ。

「別荘ができたらそこに住むなんて、東田さんはいっていたよ」

「もちろん、永住も視野に入れて考えていただける高級物件です」

くそったれに住まわせるには惜しい物件だ。絶対に競売にかけてやると思いつつ、半沢は大きくうなずいた。

「ハワイの別荘だった。マウイ島の一戸建てだとさ」

垣内は唇を丸めて口笛を鳴らす真似をしてみせた。

「もう向こうに逃げてるんですか」

「内装工事が済んでいないそうだ。だから、少なくともこの物件にはまだ住んでいない」

パンフレットのコピーを垣内に見せた。海を見渡す白亜のリゾート物件である。見ているとむかつく。

「いずれにせよ、奴が金を隠し持っていたのは確実ですね。五千万円全額とはいかないまでも、いくらかは回収できるでしょう」

にこりともしないで垣内がいう。「別荘にこれだけの金を使うということは、ほかにも資産を隠し持っている可能性がありますね」

「おそらくな。探す当てがあるとわかっただけでも、進展だよ。あるかどうかわからない宝を探すのは苦痛だからな」

「どうされます、課長。上に報告しておきますか」

意味ありげに、垣内がきいた。

まだ事実関係が確認できていない。この段階で、浅野に報告すれば、余計な面倒を伴うことにもなりかねない。全ての責任を半沢に押しつける浅野の動きも気に入らなかった。

もし回収の見込みがあれば、今度は自分の手柄にしようとするのが関の山だ。そんな奴に、迂闊な情報を流すわけにはいかない。

「しばらく我々だけで様子を見よう。上には内緒にしておいてくれ。知らせるとまた何を言い出すか、わかったものじゃないからな」

「同感です」

垣内はいうと、「真の敵は背中にありってことですね」と付け加えた。

3

翌朝のことである。

二階にある融資課の店頭に地味なスーツを着た十人ほどの男たちが現れたかと思うと、まっすぐにカウンター最奥まで来て、そこにいる垣内に身分証を見せた。

男は四十代。愛想の欠片もない見下した態度の小男だった。後ろに控えている連中も年格好にばらつきはあるが似たりよったりの仏頂面《ぶっちょうづら》で、雰囲気は銀行に文句をいいに来た消費者団体に似ていなくもない。

支店長席を振り返った垣内が、半沢に耳打ちした。

「こういう者ですが、支店長さんいますか」

国税だ。舌打ちしたいのをこらえた。面倒が転がり込んできた。

「いらっしゃいませ」

支店長室にいて電話をかけていたらしい浅野があたふたと部屋を飛び出してきた。

「査察なんでね。頼むよ、支店長」

取り澄ました顔で男はすでにふんぞり返っている。男の身分はおそらく統括官だろう。

査察の場合、一度に数十人、ときに百人近い人数が投入される。それがいくつかのグループにわかれて、捜索拠点に向かうのである。おそらく、銀行に来る以外にも捜査対象となる会社や個人宅などに同時に入っていると思われるが、それぞれのグループを率いているのは統括官と呼ばれる、いわば中間管理職だ。

「は、はい。どうぞ。おい、半沢君。三階の会議室にご案内して」

カウンターのドアを開けると、会釈のひとつもなく、男たちはぞろぞろと入ってきた。

会議室に案内した半沢を、「あ、君さあ、ちょっと待ってよ」と小男の統括官は呼び止めた。年齢は半沢と同じか少し上だろう。

「出してもらいたい書類があるから。メモとって」

横柄な口調で男はいった。

「預金関係ですか」

「そう」

電話の横にあったメモを手にした半沢に、男は次々と書類名を読み上げていく。

「普通預金の印鑑票、口座番号の先頭が45から49までのもの全部。昨年一年分の振込依頼票。平成十二年五月から七月までの定期預金の払出伝票――」

かなりの量だ。たちまち数枚のメモ用紙が文字で埋まった。だが、それだけの書類を用意しても、実際に調査しているのは、その中に含まれたたったひとつの会社や個人である。どこの会社か、誰を調べているのか、知られないように動くのが国税のやり方だ。

「それと――」

男は続けた。「コピー機もってきて」

「は？　コピーですか」

思わず聞き返した半沢に、「聞こえなかった？　あんた耳遠いね。コピー機だっていったの。コピー機。コピー機ぐらい銀行員でも知ってるでしょう」

その言いぐさに査察官の間から笑いが起こった。

銀行には様々な人間たちがやってくるが、こと態度が悪いという点で国税はヤクザの比ではない。ヤクザならせいぜい店頭で怒鳴り散らすぐらいが関の山だが、こいつらは銀行の中にまで土足で入り込み、国家権力を笠に着て威張り散らした挙げ句、気に入らないことがあると「シャッター閉めるか？」と常套句と化した脅しの言葉を吐く。間違ったエリート意識、歪んだ選民思想の産物で、つまらぬ奴らに権力を持たせるとこうなる、の典型だ。テレビドラマの「窓際太郎」など現実には存在しない。

「すぐに持ってきてよ。こっちは忙しいんだ」

男は横柄にいって、話は終わりだとばかりに背を向けた。

手伝いにきた若手にコピー機の搬送を命じ、営業課長に必要書類を書き付けたメモを渡すと、副支店長の江島がやってきて、「お昼はなにがよろしいでしょうか」などと愛想を振り撒《ま》き始めた。

国税がやってくると、彼らが「帰る」というまで行内に足止めを食らう。いつ帰るともいわず、上げ膳据え膳の殿様商売、どうせ局に帰れば上役にへこへこしているに違いなく、その腹いせに銀行に当たっているのではないかと勘ぐりたくもなる見下げ果てた連中だ。

ばかばかしくなって半沢が聞こえないように舌打ちしたとき、下から若手が四人がかりでコピー機を運んできた。

「おい、こっちに置いてくれ」

統括官ではない、別な男がいった。「こっちこっち。気をつけろよ、銀行員なんて力ないからさあ」

また笑い。運んできた一人がそれに反応した。

「なんですか、そのいい方は」

融資課の横溝雅也《よこみぞまさや》だ。

「横溝——!」

慌てて半沢が制したが、横溝は査察官と睨み合う。私大のラグビー部だった横溝は、茶々を入れた査察官を見下ろすように威圧した。

「なんだ、おい。銀行員がなにか文句でもあるのか？　シャッター閉めるぞ」

相手の査察官は莫迦のひとつ覚えで応戦した。

「よせ、横溝。すみません、よくいっておきますから」

査察官だけではなく、江島にまで睨まれながら半沢は詫び、「来いよ」と部下の腕をとって無理矢理会議室から引っ張り出した。

「なんなんすか、あいつら。何様だと思ってるんですかね」

「あんな連中、相手にするな」

「でも、課長。あいつら、公務員でしょう。オレたちの税金で飯食ってるクセに、あの態度はないでしょう」

「そういうもんなんだよ、国税ってのは。いいか、腹が立っても、絶対に相手にするなよ。わかったな」

「はい」

渋々うなずいた横溝だが、査察との摩擦はそれからも続いた。

最初は印鑑票だった。

営業課の業務で使うものまで会議室に上げろといわれ、交渉に行った課長代理と一悶着あった。さらに、なにを勘違いしたのか、資料を探しに一階の営業課フロアまで降りてきて、女子行員を恫喝《どうかつ》し、接客を中断させてまで伝票類を探しに行かせるという横暴が一件。このときには、銀行員と勘違いした顧客に怒鳴られる一幕があって、見ている行員は溜飲《りゅういん》を下げたらしい。

その後も、「あれを持ってこい、なにが足りない」とわがまま、迷惑な要求のオンパレードで、午前中はまったくといっていいほど仕事にならなかった。

自席に戻った江島が、電話で上鰻丼《うなどん》を十人前頼んでいたのを小耳に挟んだが、もちろん、代金は銀行持ちである。だが、このとき、その江島の電話を聞いていたのは、半沢だけではなかったらしい。

「おい。横溝、中西、食事が来たから会議室に運んでくれ」

やがて江島にいわれ、二人は黙って立っていった。ちょうど十二時を回った頃だ。

「まったくいい身分だな」

垣内がボールペンを動かしながら吐き捨てるようにいう。「課長、先に飯、上がってください。食えるときに食っとかないと、今日はなにがあるかわかりませんから」

「そうだな」

食事中のメッセージボードを立ててフロアを出た半沢が、三階へ上がる階段脇で押し殺した笑いを聞いたのはそのときだった。庶務行員室からだ。昼間はほとんど無人のはずだが、いまそこに人影がある。

「なにやってんだ、お前ら」

半沢の登場で、ぎくりと振り返ったのは、横溝と中西、それに業務課員の柏田和人《かしわだかずと》の三人だ。室内にはどこか饐《す》えたような臭いが漂っている。臭いの元は柏田だ。三十過ぎて独身の柏田は、風呂に入らないことで有名な男である。洗濯していないワイシャツは皺が寄って襟《えり》ぐりは黄ばみ、よれよれのスーツの肩にはフケが飛び散っていた。髪はぼさぼさで脂ぎっており、顔は吹き出物で埋まっている。なにせ顧客から「不潔だから担当を代えて欲しい」とクレームが来るほどの御仁だ。よく江島に注意されてはいるが所行はいっこうに直る気配がない。

見ればテーブルの上に、鰻丼の丼が十個並んでいた。

しかしいま、鰻は取り払われて、別な皿に盛られている。

かきむしった指を頭髪の間に入れたまま、柏田は引きつった顔を半沢に向けていた。

「あ、ちょっと、ラップを取ってからと思いまして」

丼を隠すようにしながら横溝がいった。

こいつらがなにをしようとしているか、一目瞭然だった。笑うわけにもいかないが、怒る気にもなれない。

「鰻屋に迷惑がかからないようにしろよ」

横溝と中西が顔を見合わせて、ニヤリと笑うのを見届け、食堂のある三階へ上がる。昼食は担々麺だったが、さっき見た光景が瞼《まぶた》にこびりついていて、食欲はほとんど失せていた。

午後も国税は延々と居座り続けた。査察から半沢への呼び出しがあったのは、午後九時過ぎのことである。

「融資の資料出してくれ。今年の一月から六月までに割引以外の融資を実行した取引先、法人も個人も全部」

「かなりの件数がありますが」

「いいんだよ、そんなこと心配しなくて。早く持ってきて」

融資課の全員で手分けして、全部で八十冊近いファイルを台車で運び入れる。

「いったいどこ、調べてるんですかね」

三階からの階段を下りながら垣内がきいた。

「さあな。オレたちに知れると、証拠湮滅《いんめつ》を図るとでも思ってるんだろうよ」

「つくづく、見下げ果てた奴らですね」

「まったくだ」

国税局の査察は、一日で終わりというわけではない。調査開始日には証拠書類確保のために大挙してやってくるが、その後は数人単位の捜査班となって、何日も、ときに何ヵ月もかけて調査を進める長丁場だ。通常の税務調査よりも、はるかに手間暇かけて、大口の脱税を立証するのがその捜査手法である。警察の犯罪捜査と似たようなものだ。

ようやく、江島の内線電話が鳴ったのは、午後十一時過ぎのことだった。

「よし。終わったぞ。全員、資料を引き揚げに会議室に上がってくれ」

その言葉で、居残っていた男子行員が重い足取りで三階への階段を上がる。代わりに、カルガモの行列よろしく査察官が会議室からぞろぞろと出てきた。気のせいか、どの顔も元気がないように見える。

「ひでえな、これは」

資料が散乱した会議室を見れば、奴らに「片づけ」という意識がまったくないことは明らかだ。まるで、敵の軍隊に蹂躙された領土のような惨状に誰かれともなくため息を漏らし、憂鬱《ゆううつ》な撤収作業は、深夜零時近くまで続いた。

ところで、その提出した資料の中に、西大阪スチールも混じっていた。

五億円の新規融資は二月で、統括官が指示した提出条件に該当するからである。戻ってきたファイルは担当の中西にではなく、自分のデスクに置いた。いま同社の債権回収は、中西ではなく半沢がやっている、課長マターだ。

だが、なにげなくファイルを開いてみた半沢は、おや、と思った。

例のハワイの物件の資料を挟んでいた。

それには半沢の自筆で詳しい住所が書き込んであったのだが、いま手元に戻ったそれはコピーに変わっていた。

おい、と垣内に見せる。

「オリジナルと間違えてコピーのほうを残してしまったんでしょうね。だとすると、あいつら——」

「査察が調査していたのは、西大阪スチールと東田だったんだ」

半沢が断じたとき、「フケ飯うまかったか。ざまあみやがれ」という横溝の悪態が聞こえてきた。

4

大阪商工リサーチの来生に連絡をとったのはその翌日だ。

午後、支店二階の店頭に現れた来生を前回と同様応接ブースへ案内した半沢は、「西大阪スチールと新日本特殊鋼との関係が知りたい」と切りだした。

「関係といいますと、どのようなことでっか」

来生は抜け目ない目を半沢に向ける。この男にとって情報は商品だ。それをタダで差し出すべきかどうか逡巡している顔だった。

「波野課長の話では、新日本特殊鋼からの増注を期待した東田が五年前に工場を新設したがそれが空振りに終わり、業績悪化を招いたということだった。本当だろうか」

「かつて、西大阪スチールと新日本特殊鋼が親密な関係にあったことは間違いありませんわ。五年前の工場増設はそうした関係を裏付けるものと思います。それにその後の経緯についても波野さんのいっていることは正しいと思いますわ」

「その五年前からいままで、西大阪スチールと同社との受注関係はどんな状況だったんだろう。なぜ見込み違いが生じたのか、その理由が知りたいと思ってね」

「新日本特殊鋼自体、あまり景気のいい会社ではありませんからね」

来生は知っていることは話そうと決めたらしかった。「五年前というと、同社の社長が交代した時期なんですわ。これは西大阪スチールの同業者から聞いた話ですけど、そもそも東田社長は、前任の社長が若い頃から親密につきあってきたんですわ。個人的な親密関係を背景に下請けとしてのしてきてたわけです。事実、前任社長が任期をつとめた五年間で、西大阪スチールの売上げは急伸してますねん。ところが、この間、新日本特殊鋼は鳴かず飛ばず。その業績悪化の責任をとる形で前任社長が更迭され、本格的なリストラが始まったんです」

「要するにリストラの一環で、取引先が整理されたということか」

「そうです」来生はうなずいた。

「東田は、前任社長が更迭されることを知らなかったんだろうか」

「クーデターでしたから」

「ほう」半沢は驚いていった。

「解任動議が出されてクビです」

「東田にとっても、突然の出来事だったと？」

「そういうことですな。新日本特殊鋼は創業者一族から社長を出してたんですが、以来、同社のオーナー色は薄まってます」

「その五年間に、西大阪スチールとの取引は縮小されていったわけか。それはもう挽回《ばんかい》不可能だったんだろうか」

「会社の方針で、それまで西大阪スチールが受注していた割のいい仕事はほとんど転注か、値を叩かれて採算が悪化していったということです。新社長の方針といっていますが、本音の部分では、前任社長と親しかった西大阪スチールを邪魔者扱いしたという噂もありますな」

　来生の言葉が事実なら、すでに五年前から西大阪スチールの業績悪化はまぬがれなくなっていたことになる。

不況の嵐が吹きまくる鉄鋼業界で、新日本特殊鋼に代わる取引先を探すのは容易ではなかったはずだ。やがて行き詰まるとわかっていても、いわゆる過小資本というやつで、借入金の多い日本の中小企業のこと、会社を畳めば残るのは借金だけだ。そのとき東田がなにを考えたのか。

「つまり、東田は五年前から倒産を予測していたということですか」

その夜、来生から聞いた話をすると垣内が声をひそめていった。

「おそらく、この五年間に、東田は、粉飾して銀行を欺《あざむ》き続けた。そうする一方で、おそらく仕入れの水増しやらなにやらで金を蓄えたとは考えられないか。そして、第二の人生を送る場所もハワイで手に入れた」

「すると、これは――」

意味ありげな垣内の目に半沢はうなずいた。

「おそらく、計画倒産だ」

5

「よくやるよ、まったく」

渡真利はため息まじりにあきれてみせた。

「あんなデタラメな面接に黙ってられるか」

半沢は嚙みつくようにいい、ビールのジョッキをぐいと傾けた。梅田駅の地下街にある居酒屋だ。

西大阪スチールの信用事故について、融資部のヒアリングでやりあったことが部内の話題に上っていると渡真利はいった。

知ったことかである。

「定岡の奴は相当頭に血が上ったらしいな。しきりにお前のことをこきおろしてやがった。ちょいと釘をさしといたが、どうにも収まりがつかないらしい。もっと厄介なのは、人事部の小木曾次長だ。根に持つタイプだぞ」

「だからなんだ」

半沢は突っ張った。「そもそも、身内の川原に事情も聞いてないくせに呼びつけるとは失礼千万だ。ついでに、支店に非ありきの予定調和で、謝罪を前提にしてやがった」

「そう怒るな。融資部なんざ所詮そんなもんよ。お前だって知らないわけじゃあるまい。で、小木曾次長だが、なにがなんでもお前のアラを探すつもりらしいぞ。融資部に大阪西支店の裁量臨店を提案しやがった」

「なに？」

裁量臨店とは、融資部が支店に赴いて行う、貸出内容の検査である。期間は三日間。適正な与信判断が行われているかをチェックし、毎日検査終了後に講評があり、現場行員との検討会が催される。

検査役は五名程度。リーダーは支店でいうと副支店長クラスで、後の四人は課長クラスだが、たいてい検査役になるのは支店での役目を終えた出向前の行員と相場は決まっていた。

臑《すね》に傷持つ連中だ。副支店長クラスのリーダーは、所詮支店長になれなかった落ちこぼれ。検査役の四人に至っては、融資課長どまりの凡才ぞろい。実務は知っているだろうが、一流とはいい難いドサ回り銀行員だ。

支店の融資判断になど、ケチをつけようと思えばどうにでもなる。融資課長として、恥ずかしくない仕事をしてきたという自負のある半沢にしてみれば、来るなら来い、といったところだが、面倒なのは事前準備だ。銀行の検査には様々あって、手間がかかるのは検査そのものより事前準備というのはいつものことだが、裁量臨店もまた例外ではない。

検査前になると深夜までの残業覚悟で対策が行われるが、その中には金融庁に見られてはまずい資料の隠蔽も含まれる。こうしたヤバい書類は、段ボール箱に詰めて融資課長の自宅などに隠すのだが、これを〝疎開〟などという。

銀行というところは外面《そとづら》がいい。とにかく検査だけはいい点数を取ろうと必死だが、そもそも、検査対策が大変なのは、日頃の融資内容に問題があることの裏返しだ。だが、きれい事ばかりでは仕事にならないので、かくして融資の実態と検査のいたちごっこは永遠に続くことになるのである。

「なんで人事部が融資部の臨店を指図するんだ」

渡真利は、芝居がかった口調でこたえた。

「面接の結果、大阪西支店の融資スキルに問題があると思量され、貴部での臨店調査が必要と思われる——とまあ、こんな高尚なお手紙が人事部長から融資部長宛てに届いてね。どういうことかわかるかな」

とぼけた口調とは裏腹な真面目な顔を半沢に向けた。「要するにアラ探しに行ってこいと、こういうことだ。小木曾は、あの面接でお前にメンツを潰されたと思ってる」

「オレが気に入らないのなら、直接、オレにいえってんだ。腰抜けめ」

半沢は吐き捨てたが、どうこうできるものでもない。

「それが奴のやり方よ。組織的に追い落とそうとしやがる。いっておくがマジ汚ねえ野郎だぞ。目的のためには手段を選ばない」

「渡真利、お前、少しぐらいフォローしてくれてるんだろうな」

「莫迦《ばか》いえ」

渡真利はまん丸の目を剝《む》いた。「少しどころか、大変なフォローをしてますよ。当たり前だろうが。それで、肝心の債権回収のほうはどうだ。小木曾とか定岡とか、そんな小物をいくらけちらしたところで、五億円の実損のままじゃあ、どうしてもお前の立場は弱いぞ。わかってるんだろうな」

ハシゴをして、二軒目の店でしこたま飲んでいた。渡真利も半沢も酒は強い。渡真利に至っては、身上書の特技欄に「酒」と書く。

それから話題は不良債権から同期入行の消息へと変わっていった。

前回渡真利と飲んだときは、苅田、近藤と一緒だった。だが、今日あえて声をかけなかったのは、二人がいると遠慮しなければならない話があるからだと、渡真利はいった。

「次長レースのトップが出たぞ。事務部の門脇」

「MBAか」

「東大、UCLA」

渡真利は、ほんのわずか嫌な顔をした。東京中央銀行に限らず、どこのメガバンクでも海外留学制度がある。狭き門の行内選抜をくぐりぬけ、二年か三年かかるMBAコースへの留学は、出世への登竜門だ。アメリカやイギリスの経営学修士号を取得し、アメリカであれば米州本部で三年から五年の「奉公」をして、帰国するのが決められたパターンとなっている。

その登竜門に挑み、渡真利は落ちた。希望したプロジェクト・ファイナンスを手がけている行員の多くがMBA取得者だったことから、渡真利にしてみればせっかく銀行に入ったのに希望職種に就けなかったのは、このときの試験で落ちたからだという結論になっているはずだ。

「門脇はたしか、オヤジが白水銀行の取締役だったな。行くところまで行くだろうよ」

銀行で取締役にまで出世しようと思ったら、おきまりの条件がある。

一流大卒、血筋、ＭＢＡの三点セットだ。門脇はその全てをクリアしている。

ちなみに、取締役レースを勝ち抜き頭取にまで上り詰めようとするのなら、複雑な行内人脈を統《す》べるリーダーシップなど、条件はさらに難しいが、実は東京中央銀行の前身である産業中央銀行の場合、「顔」もまた重要なファクターだった。

〝産業中央紳士〟を彷彿《ほうふつ》とさせるロマンスグレーのルックス。代々の頭取候補たちは、履歴をみればどんぐりの背比べだが、ルックスも必要となると人選は意外に絞られる。ところが、この慣習を覆す前例ができたのは、東京第一銀行と産業中央銀行が合併したときの頭取、高橋太介《たかはしたすけ》である。高橋は、どうみてもへちゃむくれで、東京第一銀行ではなく産業中央銀行であれば絶対に頭取の椅子に座ることはなかっただろうといわれている。

実はこれには後日談がある。当時、産業中央銀行には、岸本真治《きしもとしんじ》という次期頭取と目されるホープがいたが、この岸本は、黒縁眼鏡にハゲ茶瓶《ちゃびん》、ウミガメみたいな面容《めんよう》でこのままでは美容整形でもしない限り、頭取職は無理。そこで困った産業中央銀行の連中が、合併行の初代頭取にブ男の高橋を据えることで譲歩し、見かけが悪くても頭取になれるという前例を作って、次の岸本への禅譲を円滑に進めたというわけである。その岸本の後、いま東京中央銀行の頭取である五木孝光《いっきたかみつ》は産業中央出身。ルックスもよろしく、全銀協会長職を歴任し、不良債権処理の難局をなんとか乗り切った。嘘のような本当の話だ。

「門脇は陰険な性格丸出しでルックス最悪だが、前例がある以上、頭取の椅子も夢じゃない」

口の悪い渡真利の言葉に、笑いながら半沢も同意した。

「その一方でそろそろ、本格的な出向も出るぞ」

三十代の出向ならば、在籍のままで銀行への復帰が濃厚。それが四十代となると、片道切符の転籍出向となって、二度と銀行に戻ることはない。

ふと渡真利は表情を曇らせ、「近藤なんか、危ないな」といった。

「おい」

咎《とが》めてみたものの、本音では半沢も同じだ。それは渡真利もわかっている。

「そろそろ、人生の分岐点が見えてきてもおかしくない。近藤も苅田も、オレもお前もだ」

渡真利のいう通りだ。

「お前の不良債権なんか、コイントスだな。裏が出れば片道切符の出向含み。表が出れば前線での試合続行」

嫌なことを渡真利はいった。まったくその通りだ。

「渡真利さんは、なんて？」

その夜、半沢の遅い帰りを花は起きて待っていた。渡真利と会うといってあったからだ。花は花で、今回の事件を相当気にかけている。

「人事部の小木曾って野郎がこの前のヒアリングを根に持って、裁量臨店になるらしいな。オレは債権回収に失敗すれば出向だとさ」

出向ときいて花の顔つきが変わり、怒りに青ざめた。

「力になってくれないの、渡真利さんは」

「くれてるさ。いろいろ情報提供してくれて助かってる」

じっと、花に見つめられ、半沢は落ち着かなくなって、お茶くれる、といってみる。花は動かなかった。半沢の血液型はA型で、花はB型である。

「出向って、銀行に戻れるの？」

「まあ、無理だろうな」

「でも、柿沢さんは戻ってきたじゃない」

柿沢は、かつて半沢が一緒に仕事をしたことのある優秀な男で、証券本部から、新しく設立された証券子会社に二年ほど出向し、昇格で古巣に戻ってきた。

「奴の出向はひも付き。今度のとは意味が違う」

「給料はどうなるの。出向したらもう上がらないんじゃないの。家のローンだけじゃないのよ。これから隆博の教育費だってかかる。両親たちだって、いつ病気になって面倒みなきゃいけないかも知れない。大丈夫なの」

「だからどうしろっていうんだよ」

半沢は苛立った。「何にいくらカネがかかるなんて話はわかってる。出向したら給料なんぞ減ることはあっても増えることはない。だけどな、いまそんなことを心配しても仕方がない。オレにとっていま大事なのは、債権回収だ。それに失敗したらどうなるなんて考えるのは、その時になってからだ」

「あなたはそれでいいかも知れない。だけど、その結果、私たちの人生が左右されるとしたら、これが考えずにいられる？　そうでしょ。大問題よ」

「そうだよ、大問題だ」

腹をたてて半沢は吐き捨てた。「だったら、せいぜいオレの仕事がうまくいくように祈ってることだな。それとも、君が出世してくれてもいいんだぜ」

「私はあなたのために、こっちへ転勤してきたのよ。会社だって、骨を折ってくれたのに、そんな言い方はないんじゃない？　お茶なんか自分で淹《い》れてよ」

そういうと花はさっさと、隆博が寝ている寝室へ行ってしまった。

6

「かなり急な話なんだが、来週水曜日から裁量臨店があるそうだ。そのつもりで早急に準備してくれないか」

江島からそう告げられたのは、渡真利と会った翌週のことだった。表情が厳しいのは、臨店の結果は管理職である自分の評価へと直結するからである。

「いいか。そうでなくても、当店は西大阪スチールのことで本部から目を付けられてるんだ。これで裁量臨店の結果が悪かったら、それみたことかとなる。君だって、困ったことになるぞ。絶対に、いい評価を引き出してくれ。これから五日間、必死でやれ」

臨店の標的は、あくまで半沢だ。からくりを知っている半沢にしてみれば、蚊帳《かや》の外にいる江島の慌てぶりはむしろ滑稽《こっけい》だ。

江島は目を三角にして檄《げき》を飛ばした。

「融資課長の君がしっかりしてもらわなきゃ困るんだ。頼むぞ。後で支店長や私に恥をかかせるようなことになったら、そのときは責任をとってもらうからな」

いまから責任云々《うんぬん》の問題じゃねえだろ、と思ったが、武闘派で頭の中はからっぽの江島など相手にしても始まらないので黙っていた。

ほかの銀行でも似たりよったりだが、東京中央銀行の場合も、中小企業融資に対する着眼点はそれほど多くはない。

正しい業績判断、適正な融資とそれに見合う担保。これに尽きる。

このあたり前のことを当たり前にするために、銀行業界では金融庁があれこれと指針を作成し、さらに銀行独自のルールがあり、書類の作成が義務づけられている。

それがきっちり行われているかどうかが裁量臨店でのポイントだ。自信はあるが、千に近い融資先を抱えている大阪西支店で、全社への融資を再検討するのは無理がある。

五日間という準備期間は、あっという間に過ぎ、東京の融資部臨店チームの五人が大阪西支店に姿を現したのは、検査日当日の午前九時前のことだった。

副支店長、融資課のベテランばかりで組織された臨店チームの平均年齢は五十近い。その五人のほか、もうひとり知っている顔を見つけて、半沢は眉をひそめた。

人事部次長の小木曽だ。

「やあ、次長までわざわざ！」

浅野が見つけて声をかけると小木曽は、「どうもどうも」と政治家のように右手を上げ、視界の端で半沢をとらえた。臨店グループは首班のひとりを残して、会議室へと上がっていく。浅野は、今回の臨店を率いる首班、加納真治《かのうしんじ》と小木曽を上機嫌で支店長室に案内し、ドアを閉めた。

なんの話をしているのか、半沢にはわからない。だが、半沢にとってよからぬ結果を用意しているストーリーの序章が始まったらしいことだけは間違いないようだった。

間もなく、臨店チームから当日の検査対象リストが渡された。

全量検査ではなく、人員と時間に限りがあるためサンプリング検査になる。無作為抽出が原則のはずだが、内容を見た半沢は、それが業績が悪化している会社を中心として構成されていることに気づいた。意図的なものである。

初日の検査対象は全部で百社。読み上げ、担当課員が提出したファイルを段ボールに詰めて台車で運び上げる。そのとき時間は午前九時を回っていた。それから午後四時頃まで、臨店チームによる検査が行われ、その後「検討会」が開かれるという段取りだ。

ときに激しくやりあう場面もある検討会だが、たいていは立場的に上になる臨店検査役が、支店の若輩者をとっちめるという構図が一般的になっている。とくに最近は、一昔前と比べて支店で融資を任されている行員が若く、しかも少人数で繰り回しているためミスも出やすい。それは大阪西支店の場合でも例外ではなく、課員の責任は最終的に融資課長がとるとなれば半沢の立場は苦しい。おおかた小木曾来店の目的は、この検討会で半沢率いる融資課が非難の集中砲火を浴びるのを自分の目で見ることだろう。それにしても、どんな理由を付けたか知らないが、そのために朝から駆けつけるとは、小木曾の執念深さも相当なものだった。

「いよいよ、君の真価が問われるな」

その小木曾は、三十分ほどして支店長室から出てくると、半沢のところまで来ていった。

「西大阪スチールの件ではえらくご立派な口をきいていたが、君に対する他の評価はそれほどではないぞ、半沢課長」

小木曾はいうと、薄くなった髪を七三に分けた、その生え際を喜びで赤く染めた。

「人事部から裁量臨店するよう働きかけられたそうで。ずいぶん、当店のことをご心配いただいてるんですね」

「口の減らない男だな、君も」

小木曾は臨店チームのいる三階会議室へと姿を消した。

その日、午後四時三十分から検討会が始まった。

ちょうどコの字になった会議テーブルの一辺に臨店チームの五人がかけ、対面するかたちで半沢ら融資課員が並ぶ。浅野と江島、そして小木曾の三人は、審判員よろしくその中央に陣取っていた。

検討は、臨店検査役各人が順番に発表するかたちで進められる。この日検査した会社について一社ずつ、担当者と一問一答形式で検討していくわけだ。

赤字企業が多かったから多少心配したが、最初は順調に進んだ。雲行きが怪しくなってきたのは二人目、灰田《はいだ》という検査役になってからだった。

五十過ぎ、自己主張の強そうな男だった。

「林本工業。担当だれ？」

最初の検査役から灰田にバトンタッチした途端、刺々《とげとげ》しくいわれ、その場の雰囲気が微妙に変化していくのがわかった。検査役の性格ひとつで、質疑応答のテンションは変わる。融資畑が長い半沢は、裁量臨店も数多くこなしてきたが、いつも思うのは検査役との相性だ。

合わない奴というのは、必ずいる。

灰田もまたそんな一人に違いなかった。

「私です」

挙手したのは、まだ経験の浅い中西だった。おどおどした中西の態度から、その後の展開を予想した半沢は内心顔をしかめた。

「君ねえ、この会社はどういう先？」

どういう先ときかれても答えようがない。灰田にしてみれば、なんらかの答えを期待しているのだろうが、質問はあまりに具体性を欠いている。案の定、質問にどぎまぎした中西から出たのは、「ええ、当店の店周にありまして、古くから鉄鋼問屋をやっている……」。

「そんなことをいってるんじゃないよっ！」

灰田はぴしゃりと遮った。狡猾《こうかつ》な目が、煮えたぎるような怒りの眼差しとなって中西に向けられていた。わざと曖昧な質問をしておいて、返ってきた答えに見当はずれだと怒ってみせる。意図的にやっているのでなければ、この男は単なる莫迦だが、いずれにせよ半沢の立場からすると「質問が悪い」ともいえないところがつらい。

「要注意の赤字先なんだろう？」

「はあ」

「はあじゃないよ、君。まったく！」

灰田はぶるっと頬を震わせた。その視線が今度は半沢に向けられる。

「この会社に対して、課長の指示はなんですか」

そこに書いてあるのにあえて聞く。知事に当選したときの公約をわざと聞く、意地の悪い議員みたいなものである。

「現状維持ですが」

半沢はいった。

「それがおかしいっていってるの！」

灰田の白い顔に、朱がさした。まるで融資課全員が叱られているように黙る中、灰田のボルテージが上がっていく。

「だいたい、この会社の業績見通しはどうなってるんだい、担当者」

「はあ。それはその――」

中西は、頭の中が真っ白になっている。代わりに半沢がいった。

「人員削減を進めていまして、前期は退職金の支払いが嵩《かさ》んで赤字でしたが、今期はトントンで進んでいます」

「それはいつの時点でのことだよ。どこにそんな証拠がある」

灰田はいった。

「試算表もとってないじゃないか」

中西が顔を上げてなにかいいかけたが、口を噤《つぐ》んだ。そうだ、いわないほうがいい。こいつを相手になにをいったところで、火だるまになるだけだ。

「試算表、そのファイルに挟まってませんか」代わりに半沢がいった。

「ない」

とぴしゃり。であれば、すみません、というしかない。

「ただ、社長とはよくお会いしていますから、その都度業績は確認しております」

半沢の言葉は、灰田からの反撃を食らった。

「だったら、なんでメモがない？」

「まあ、たしかに、メモの形式にはしていませんが……」

林本工業の赤字は、そうたいしたことないというのが半沢の認識だった。だから中西に任せているのであり、本当に注意しなければならない先には、それだけの注意を払っている。少人数で業務を回している手前、全てにパーフェクトな仕事は無理だ。肝心なところをしっかり押さえるメリハリが必要だし、そうでなければ融資課はオーバーワークでパンクする。

だが、そんな理屈が通る相手ではなかった。

「課長がその程度じゃあな!」

灰田は、吐き捨てる。なにをいってるんだ、と思ったが反論はできなかった。含み笑いを浮かべた小木曾が、このやりとりを満足そうに眺めているのが目に入った。さぞかし、溜飲を下げたに違いない。

灰田とのやりとりをきっかけに、その後に続いた検査役からも一方的にやられる場面が続いた。どれも重箱の隅をつつくような指摘ばかりなのだが、間違ってはいないから反論はできない。理想と現実の違いを指摘し、担当者を叱りつけ、半沢や垣内の教育のせいにし、挙げ句、こんなレベルの低い店は久しぶりだという発言まで飛び出して、検討会の二時間はまさに惨憺《さんたん》たるものだった。

臨店初日が終わった。首尾よく融資課の連中をとっちめたと臨店チームの五人が意気揚々と引き揚げていった後、半沢は浅野に呼ばれて怒鳴りつけられた。

「どういう準備をしてたんだ！」

その浅野の背後の支店長室のドアが開いており、にやついた小木曽がタバコを吸いながら、高みの見物を決め込んでいる。

「準備はしっかり進めたつもりですが、今日指摘されたところまでは手が回りませんでした」

「手が回らなかったで済むか！」

浅野は唾を飛ばして怒り狂い、それからの三十分間、融資課員だけではなく外回りの業務課員もいる前で、反論の機会もないまま、半沢は一方的な叱責を受けなければならなかった。

「課長、ちょっと気になることがあるんですが」

垣内が小声でいってきたのは、浅野が小木曽とともに支店を後にしてからだ。どうせ二人で祝杯でも上げるつもりだろう。先ほどの検討会では、半沢だけではなく垣内も検査役の標的になった。その悔しさをまだ滲ませている垣内は、「林本工業の試算表のことです」と続ける。

「なかったってやつか」

「ありました、あの試算表。あったはずです」

垣内は意外なことをいった。

「どういうことだ」

「いえ、中西がもらってきて、ファイルに挟んでいたはずなんです。実は、先日、課長がお留守で私が検印したとき、見た記憶があるんです。――おい、中西」

垣内に呼ばれ、末席の中西が立ってきた。

「林本の試算表、君、もらったよな」

垣内にいわれ、中西もうなずいた。

「本当か」

「はい。もらったはずなんですが、ファイルにないといわれたんで、もしかしたらどこかで抜け落ちたかなって」

すると垣内がさらに気になることをいった。

「林本だけじゃなくて、ほかの資料でもあるはずのものがないといわれたケースがあったようなんです」

最初小声だった垣内の話に、課員たちが立ってきて、半沢のデスクを囲んだ。

「なにかおかしくありませんか？」

そういった垣内の声は思いがけない疑惑を示唆していた。

7

翌日。臨店チームは午前八時四十分に支店に到着した。昨日同様、小木曾も顔を出し、「まあ今日もよろしくお願いします」という浅野の挨拶に気を良くして支店長室に入っていく。

臨店チームから検査対象リストが出されたのはその直後だ。すぐさま課員全員で対象となる貸出先のクレジットファイルを段ボールに詰め、昨日と同様、会議室に運び上げる。今日は、庶務行員の小室喜好《こむろきよし》が台車を運びついでに、運搬を手伝ってくれた。

庶務行員というのは、支店の雑用を主に仕事にしている専門職のことだ。銀行のATMコーナーに行くと、よく腕章を巻いて案内を担当している行員がいるが、彼らが庶務行員である。大阪西支店には、四名の庶務行員が在籍し、小室もそのうちのひとりだ。よく気がつく働きもので、「キヨさん」で通っている。

「キヨさん悪いな」

制服を着た小室は、いつものように寡黙な笑いを返してきた。口よりも手を動かす、がキヨさんのモットーだ。銀行員にはむしろその逆が多い。

「よろしくお願いします」

半沢が首班の加納に声をかけると、「お願いされても手加減はしないからね」という敵意のこもった返事がある。半沢のほうは見向きもしないで、顔は広げた朝刊に向けたままだ。ほかの検査役も思い思いのことをして作業前の時間を過ごしていたが、段ボール箱を運ぶために何度か往復したキヨさんに目を留める者はいない。お高い検査官にとって、庶務行員などとるに足らぬ空気のような存在なのだ。

「昨日はずいぶん遅くまでやったそうじゃないか」

そのとき検査役のひとりが半沢に声をかけた。

「ええまあ」

何食わぬ顔でこたえる。実際に作業が終わったのは、午前二時。全員がタクシーで帰宅した。

「つけやき刃で乗り切れるほど甘くないよ」

すでに喧嘩腰の灰田が脇から半沢を睨み付ける。そんなことはいわれなくてもわかっていた。「そうですね」、と一言いった半沢はそのまま課の朝礼をするため融資のフロアへ下り、裁量臨店二日目が始まった。

裁量臨店の評価は、AからEまでの五段階だ。昨日の結果はすでに江島から聞いていた。Dだ。Cまでは合格。Dは不合格だが、三日間この調子だと、再検査となって、問題ありとされる。

そうなれば小木曾の思うツボだ。西大阪スチールの貸し倒れも起こるべくして起きたという理屈で、一方的に半沢の責任問題に発展するのは火を見るより明らかだ。

この日、検討会は午後四時から昨日と同じ会議室で行われた。

昨日の検討会をふまえ、問題がある、という認識で検査役が一致しているせいか、最初から鋭く突っ込まれる展開になった。

受けて立つ支店の課員は若い。性格に問題があったり、統率力がなかったりといった理由で出世の階段は踏み外したが、検査役はいずれも長く融資畑で生きてきた人間たちだ。経験という点で、入行五年目までがほとんどの課員たちが太刀打ちできる相手ではない。

悪意を感じる場面も多々あった。

たとえば「業績の見通しが甘い」と断言される場面が何度かあったが、ならばどんな見通しならいいのか、という点は曖昧なまま一方的に押し切られたりする。

見かねた半沢が、試算表や業績予想は提出してもらってモニタリングしてます、と何度か発言すれば、検討の記録がないとくる。記録があればあったで、「観察が甘い」。ああいえばこういう。要するに、何でもケチをつけて「この支店はだめだ」という結論へと結びつけようとする。意図的なものだ。

今日は三人目に灰田の順番が回ってきた。

「高石鉄鋼。担当者は？」

挙手したのは横溝だった。鋭い眼差しで睨み付けた灰田の第一声は、「だめじゃないか、君」だ。いきなりの叱責である。

「ここは去年赤字だった先だよな。先日の君の稟議をみると今年は黒字化するとなってる。本当に黒字化するのか」

「します」と横溝。血気盛んな男らしく、むっとした顔でいった。それが気にくわないのか、灰田は鼻を鳴らした。とっちめてやる、と決めたような顔だ。案の定、横溝に対する集中砲火が始まった。

「どこにそんなことが書いてある。君ひとりがそういってるだけじゃないか」

灰田は決めつけた。

「いえ。業績予想だって聞いてますし、リストラの進捗《しんちょく》状況だってヒアリングしてます」

「ほう」

楯突《たてつ》いてきた相手に灰田は目を細めて、「どこにあるんだよ、そんなの」とファイルを机に叩きつける。

「どこにもないじゃないか!」

横溝の顔色が変わった。

「そんなはずはありません。その会社に対する融資額は大きいので、課長にいわれて資料はもらってきてます」

「嘘つけ！」

灰田ははねつけた。「昨日からこの支店の担当者はこんなことばっかりいってますよねえ。きちんと確認もしないで、大丈夫だとか問題ないとか。全て独断だ」

何人かの検査役が同意し、その視線は横溝から半沢へと向けられた。

「どうなんだい、融資課長。ちょっといい加減すぎやしないか」

「高石鉄鋼に対しては、リストラの状況も含め、業績はヒアリングしていますし、それは記録で残してあるはずです」半沢はこたえた。

「支店長、見たことある？」

灰田にきかれ、浅野は「ちょっと記憶にないですねえ」とこたえ、半沢を睨み付けた。

「そんなはずはありません」と半沢。

「じゃあなんでない、課長」

立腹してきいた江島に、「いい加減だよなあ」という灰田の迷惑そうな言葉がかぶさってきた。

「ご支店はねえ、融資云々という以前のところに多々問題があるんだよ。ないものをあるといったりさあ」

「半沢課長は、与信判断には自信があるといってるんだがね」

ここぞとばかり、小木曾が初めて口を開いた。

検査役何人かから失笑が漏れる。「これで？」といったのは、首班の加納だ。

「自信は結構だが、自信過剰ってやつじゃないですか」

小馬鹿にしたように灰田がいい、あざけるように顎《あご》を上げた。

「いえ、その記録はファイルの中に入っているはずです」

半沢は冷静にこたえた。

「どこにあるんだよ！」

激怒した灰田がファイルを投げてよこした。それは半沢から逸《そ》れ、隣にいた垣内の胸の辺りまで飛ぶ。

「課長、どうぞ」

垣内の真剣な眼差しからつたわってくるのは、ここが勝負どころだという気迫だ。ファイルを受け取った半沢は、ゆっくりとページをめくっていく。あるわけがないと、灰田はそっぽをむいた。小木曽にとってはこれ以上ない見せ物に違いない。次第に半沢の顔に焦《あせ》りが滲んでいくのを、息を飲んで期待している。その感情のうねりが手に取るようにわかった。

最後までページをめくった半沢は、顔を上げた。

「ありませんね」

「ふざけるなっ！」

灰田が立ち上がり、拳をテーブルに打ち据える。しかし、その動作は次の半沢の言葉で止まった。

「今朝はあったんですけど」

「なに？」

「リストにはあることになっている」

半沢はいい、このとき初めて手元のリストを灰田に見せた。どのファイルにどんな資料が挟んであるか、昨夜のうちに作成したリストだった。午前二時までかかったが、ようやく役に立つときがきた。

「いい加減にしろよ、半沢課長」

脇から口を挟んだアホな副支店長は無視して、半沢は、「どうも昨日から、いくつか資料が紛失しているようですが、あなた方こそどういう管理をされてるんですかね」と口火を切った。

怒りの炎に油を注ぐ一言だ。

「私たちがなくしたというのか、君は！」

灰田は狂ったように髪を逆立て、怒鳴った。

「現にないじゃないですか」

「支店長、この融資課長は問題あるんじゃないか」

たまりかねて首班の加納が口走る。声もなく小木曾が笑った。会心の笑みだ。

「君は私たちが大切な資料を紛失したといいたいのかね」

あきれ果てた顔で加納がいった。「ひどいな、こんな侮辱を受けたのは初めてだよ、小木曾次長」

「お察しします」

小木曾はしたり顔だ。「いい加減に、自分の非を認めたらどうだ、半沢」

「私どもに落ち度があるのなら、率直に非は認めます。その用意はいつだってある。ですが、このケースは違います」

「悪あがきはよせ、半沢。素直になれよ」

小木曾は余裕を浮かべて、いたぶるようにいった。

「その言葉は、そっくりそのままあなたにお返ししますよ、小木曾次長」

「なに」

小木曾が顔色を変えた。

「横溝」

半沢は部下を呼び、「キヨさんを頼む」といった。

「はい」

会議室の隅の電話まで走り、横溝が内線で二階の庶務行員室にかける。すぐに、キヨさんが遠慮がちに入ってきた。

「庶務行員の小室です」

紹介し、「昼食の間に、誰かここに入ったかな」と半沢はきいた。

「はい。あの方が入ってこられました」

指をさされ、小木曾が顔を引きつらせた。

「実は見張ってくれてたんだよね、キヨさんは。どこから？」

「窓です」

小室は会議室の窓を指した。「窓掃除をしながら、いわれた通り」

「実はうちのファイルから資料が紛失してるんだ。キヨさん、それがどこにあるか知らないかな」

「お探しのものかどうかはわかりませんが、あの方がファイルからなにかをご自分のカバンに入れていたようですけど」

「ありがとう。もういいよ」

会議室の空気が凍りついた。

怒り狂っていた灰田は、動揺した眼差しを小木曾に向けている。いま小木曾の顔面は真っ青で、唇が震えていた。

「ちょっとカバン、見せてもらっていいですか」

小木曾は無意識のうちに、足元のカバンに手を伸ばした。

「失礼」

立っていった垣内がいい、ひょいとそれをとりあげる。中に入っているものをひとつずつ、垣内は取りだした。新聞。文庫本。ミステリーがお好きなようで。携帯電話。タバコ。そして——、資料の束をつかんだ垣内は、それを高々と掲げると、完全に固まっている小木曾の前に力任せに叩きつけた。

8

「振りかかる火の粉を払ったまでのことさ」

小木曾の不正行為に対し、人事部長名で謝罪文が届いたのは先日のことだ。本来あるべき重要書類を隠蔽し、裁量臨店の正当な評価を妨害した行為があったことで、二日目までで裁量臨店は中止され、初日の評価は取り消しになった。

「小木曾はもうだめだ。いま謹慎中だが、杉田人事部長の怒りは半端じゃない。よくて出向。悪くすれば、依頼退職だ」

電話の向こうで渡真利は含み笑いを漏らした。

「当然だな」

半沢はいい、「本件について、そっちの調査は？」ときいた。

裁量臨店そのものが小木曾の指示だった点はすぐに問題になった。東京中央銀行とはいえ、正義の切れ端ぐらいはまだ残っていたと見える。半沢に対する個人的感情から、検査内容に介入があったのではないかという疑惑がもたれたのだ。

「灰田ってうるさいのがいただろう。奴が部内調査で認めた。ほかの連中も小木曾から、お前の行状がよくないからと事前の示唆があったと証言している。それで一件落着といいたいところだが、お前のほうにもあれがあるからな」

西大阪スチールに対する不良債権だ。

「それは関係ないだろ。部内調査の件、身内だからって、手加減するつもりじゃないだろうな」

「それはない。ただこの一件はお前にとっては両刃《もろは》の剣《つるぎ》だぞ、半沢」

渡真利は、ふと声をひそめた。「役員会で西大阪スチールの不良債権に注目が集まることになった。小木曾はやりすぎだが、本当のところどうだったんだといっている役員もいるらしい。包囲網は狭まってると思ったほうがいい。回収状況に進展はあるか」

「あるわけねえだろ」

半沢はカッとしていった。「それでなくても、裁量臨店のおかげでかき回されて、ここんとこ仕事どころじゃない」

「そういう理由が通用すると思うなよ」

「銀行ってところは、つくづく理不尽な組織だな」

半沢は嘆息した。

「いまごろ気づいたか。それじゃあ、もう一つ教えてやろう。銀行ってところはな、情け容赦も血も涙もない組織なんだよ。よーく、覚えとけ」

「うるせえ。切るぞ」

受話器を叩きつけた。

あの野郎。ふん、と鼻息をついて腕組みした半沢に、中西がやってきて来客を告げた。

裁量臨店の件では、融資課全員が溜飲を下げた。褒められたことではないが、全員がまとまって、ついでに活気まで出てくるから不思議なものだ。

カウンターに六十ぐらいの男が立っていて、ぎこちなく頭を下げた。はて、誰だったか。刹那、首を傾げた半沢だが、すぐに思い出した。ごま塩頭に赤ら顔。竹下金属の社長だ。

「先日はどうも。どうぞ、こちらへ」

応接室へ案内された竹下は、「この前の話が気になりまして」と切りだした。西大阪スチールの件だ。

「あれから私なりに、西大阪スチールへの売上げがいくらになるのか計算してみましたわ」

竹下は大きな紙袋をソファの脇においていた。そこから、ごっそりと資料を取りだしてテーブルに置く。会社の経理資料である。手書きのリストを一枚出して、半沢に向けた。

「そちらで、西大阪スチールの経理資料をお持ちでっしゃろ。照合してもらえまへんか。どのくらい誤魔化してるんか、知りたいんですわ。調べてもらえまへんやろか」

面白い。来生から仕入れた財務資料は三年分ある。それぞれの決算期での両者の売買金額がどの程度ズレているのか、単純にそれを比較してみた。

「三年前は一億円程度のズレ。二年前も同じ。ところが去年は二億円の誤差がある」

それだけの金額を西大阪スチールは過大計上、経費を払ったことにしている。だが、実際にその金は竹下の会社に支払われることなく、どこかへ消えた。そのどこかとはおそらく、東田の懐である。

「この決算期だけのズレを単純に計算しても、四億円になりますね。竹下さんの債権をゆうに回収できる金額ですよ。それに、こうした経理上の不正操作が竹下さんの会社だけとは限りません。ほかにもあると考えるほうが自然です」

「それをどこかに隠し持ってますな、あの男。どこに隠しよったんやろ」

竹下はいい、タバコに火をつけた。低い声に、凄みがある。再び半沢を見上げた目にはただならぬ怒気が漂っていた。

「許せまへんわ」

煙と一緒に吐き出された言葉に、半沢もうなずいた。この仕入れの水増しにより、西大阪スチールの資金繰りは余計に苦しくなったはずだ。一方で東田は、粉飾決算によって利益が出ているように見せかけて銀行から資金を調達していた。

金に色はついていない。だが、なんのことはない。仕入れ代金の水増し分は、銀行からの借入金で賄《まかな》われたに等しい。

つまり、半沢が貸し倒れた五億円は、東田の隠し資産に形を変えただけのことだ。

「管財人の弁護士に会ってきましたわ。隠し資産については知らないようです。どこか国外にでも、持ち出したんやろか」

「少なくとも、一部はおそらくそうなってるようですよ」

ハワイの邸宅のことを話すと、「くそったれやな」竹下は吐き捨てた。

「それとも騙されたほうが悪いんやろか」

「いいえ、騙したほうが悪いんですよ、社長。当たり前じゃないですか」

「あんたとは気があいそうやな」

竹下はタバコを唇の端にくわえたまま、半沢をすがめて見た。「決めた。絶対に見つけ出して回収したるで。よろしかったら一緒にやりまっか？」

半沢はにっと笑った。

「こちらこそ、お願いしまっせ。社長はん」

テーブルの向こうから差し出された手をがっしりと握ると、竹下はタバコをもみ消しながらいった。

「よっしゃ。ところであんたに頼みがあるんやけど――下手な関西弁使わんといて」

第四章　非護送船団

1

「一社、見つけた」

竹下のだみ声は、まるで受話器からはみ出さんばかりだ。

三日後のことである。半沢が提案したのは、まず東田の隠し資産がどのくらいあるのか調べ上げてみようということだった。

そのためには、竹下金属と同じように、西大阪スチールの下請けを当たり、仕入れの水増しを探る必要がある。

決算書から仕入先を全てリストアップし、その所在を半沢が信用情報システムで調べ、竹下が各社と連絡を取るという役割分担だ。これがうまく機能した。

「淡路鉄鋼ちゅう江坂《えさか》にある会社ですわ。やはり、西大阪スチールの倒産で連鎖でいきよったらしいわ。社長は板橋っちゅう男で、法人会の知り合いにきいたら、奈良に引っ込んでるいう話やった」

「連絡つきそうですか」

「携帯の番号はわかる。止められてなかったらつながるやろ。かけてみるわ。一緒にどうでっか」

「もちろん」

それから半日ほどして竹下が知らせてきたアポは翌日の午後七時だった。

支店前で待ち合わせし、地下鉄経由で近鉄奈良線に乗り継ぐ。菖蒲池《あやめいけ》駅から徒歩十分ほどの住宅街に、社長の板橋平吾《へいご》の自宅はあった。木造二階建て、青息吐息だった淡路鉄鋼の業績を反映したとおぼしき、古い小さな一軒家だ。

そこに板橋はひとりで住んでいるらしい。

「社長仲間の名前を出して、なんとか話を聞かせてもらうことになったんやけど、電話で話した限り、かなり非協力的なおっさんや。わてら招かれざる客いうところかな」

竹下が玄関脇のインターホンを押した。

すぐにドアが開き、たしかに不機嫌な顔をした男が出てきた。

「電話いたしました竹下です。こちらは銀行の半沢はん」

めんどくさそうに半沢と竹下を見た板橋は、「なんなんです?」ときいた。

「いまさら、西大阪スチールさんの話なんかしても始まらんのに」

「そうでもないんですわ」

竹下がいった。「どうも、西大阪スチールの東田はんには隠し財産があるらしい」

板橋は一瞬、目を見開いた。

「うちの仕入れも水増しされてましたんや。そうやって利益をちょろまかして、計画倒産したんやないか。そう思って、この半沢はんと調べてるところです。債権者同士、協力しませんか。金戻ってくるかも知れまへんで」

「あのな、電話でも申し上げましたけど、そんな話なら、お断りしますわ」

板橋は暗い目をしていった。

「断る？　なんでですのん。失礼ながら、お宅さんにとっても得にはなっても損にはならん話や思いますけどな」

「もう放っといてもらいたいんや」

板橋はいった。「そんなことしていまさら金が戻ってきたところで、会社が立ち直るわけでなし。もうええやないか」

「そやけど、多少遅くなっても迷惑かけた取引先に支払いができまっせ」と竹下。

だが、板橋にはとりつくシマもなかった。

「とにかく、放っといてください。もう西大阪スチールの件で、これ以上、つきまとわんといてくれるか。迷惑や」

バタンと鼻先でドアを閉められ、半ば茫然《ぼうぜん》となった竹下が半沢を振り返った。「なんやあれ」

「引き揚げましょう。これじゃ話にならない」

わずか数分の話し合いである。あまりに一方的で、釈然としない。

「多少、時間がかかっても金が戻ってきたほうがええに決まってるやないか。別にそのために調査費負担してくれいってるわけでもないのに」

たしかに、竹下のいうとおりで、釈然としないのは半沢も同じだった。

大阪商工リサーチの来生から、淡路鉄鋼の倒産情報を聞いたのはそのさらに翌日のことである。

売上げ十億円の中小企業だ。業績は数年前から赤字。債務超過で、四行ある取引銀行からの融資総額は、年間売上げを超える十二億円に上るという。

負債はそれだけではない。仕入れ代金や給料未払いも含めると、淡路鉄鋼の負債総額は軽く二十億円を超える。それに対して、西大阪スチールからの未回収金は、一億円ほど。

西大阪スチールから一億円の貸し倒れを回収したところで、焼け石に水には違いない。会社の再建は無理だし、板橋自身の自己破産も不可避だ。

自暴自棄のすえの態度だったのか。ところが、その夜新たにもたらされた竹下の情報で、半沢の考えは微妙に形を変えた。

「あの板橋って男と最近、ゴルフ場で会ったたって社長がおるんや」

「ゴルフ場で？」

「そらまたえらい優雅な話や思ったんやけど、その社長がおもろいこといってたで。板橋は、西大阪スチールの東田と、東田が独立するまで勤めていた中之島にあった会社で先輩後輩の関係やったらしいわ。あの板橋って社長、東田と裏でつるんでるかも知れんで」

2

「昨日、竹下金属の社長が訪ねてきました。銀行屋と一緒に」

「ほう」

東田は目を細め、心配なのか落ち着かない様子の相手をじっと見つめる。その視線にさらされ、板橋は居心地悪そうに座り直し、手にしていたお猪口《ちょこ》をテーブルにとんと置いた。

神戸の夜景を見下ろすことのできる高級マンションの一室だった。マンションの名義は神戸市内で会社を経営していた東田の義理の叔父。いまその叔父は寝たきりになっていて、資産のほとんどを東田が管理していた。ここなら、うるさい債権者に踏み込まれることはない。

「気づいたかも知れません」

頭は悪くない。だが、かつて同じ会社にいた頃から、気の小さい男だった。

「だからなんだ」と東田はぶっきらぼうにいった。

傍らにいた女がすかさず酒をつぐ。新地の店から連れてきた馴染みの女だった。時間は午後十一時を過ぎている。この日、東田が帰ってくるのを、板橋はじっとマンション前に車を止めて待っていた。誰に見とがめられるかわからないのに、小心者の板橋は、焦ると冷静な判断ができなくなる傾向がある。要注意だ。

「で、でも、国税の査察も入ってるいいますし、その――」

盃を投げつけ、板橋の胸の辺りを濡らした。はっと、口を噤んだ相手に、誰のおかげで借金踏み倒せる思うてんねん、と一喝する。

「泣きついてきたのはお前やないか。銀行から借りるだけ借りて首が回らなくなって助けを求めてきたのは誰や？　あの借金生活に戻りたいんか。一生、銀行のために働きたいんか、お前は――」

じっと聞き入る板橋は、唇を真一文字に結んで、石になった。

こいつに一枚嚙ませたのは失敗だったかも知れない。

とりあえず、借りられるだけ借りて、倒産しろ、と東田はいった。そしてほとぼりがさめるのを待て。その後のことは俺が面倒を見てやると。

それには条件をつけた。東田の計画に加担することだ。

退路を断たれ、まさに人生の崖《がけ》っぷちにいた板橋に、否、という言葉はなかった。

「三年待てや」

はっとした顔で、板橋は顔を上げる。

「そのときには、俺の新しい事業も軌道に乗ってるやろ」

中国での特殊鋼生産。そのための用地の視察に間もなく出発することになっている。現地法人を立ち上げた暁には、東田個人も中国に移住するつもりだった。中国とハワイ。この二つの国を行き来する生活。それが東田が思い描いているプランだった。そのための元手は十二分に確保してある。

「気をつけてくださいよ、東田さん」

弱々しい声を、板橋は出した。

「国税にやられたり、銀行屋にかぎつけられたら元も子もありませんから」

「うるさいわ」

再び気分を害した東田がドスのきいた声でいったとき、インターホンが新たな来客を告げた。

やがて入ってきたスーツ姿の男は、すでに飲んできたのか、琥珀《こはく》色の照明の下でも顔が赤くなっているのがわかる。

「どうしたんです、不機嫌な顔して」

その場に不釣り合いな軽快な口調に、東田は板橋のほうを顎でしゃくった。

「びびってるんや。連鎖で倒産した社長と銀行が話をききたいといってきたらしい。からくりに気づいたんやないかってな」

「ほう」

東田の女から盃を受け取った男は、なみなみと注がれた酒を口に運んだ。じっと板橋を見つめている表情の裏側で、緻密《ちみつ》な頭脳が動いているのがわかる。

「隠し資産があるはずやいうて。それを協力して暴こうというんです」

「で、なんて答えたんです」

「もう放っておいてくれと」

「なあんだ」

男は拍子抜けしたようにいった。「どうせなら、協力するフリをして攪乱《かくらん》させることもできたでしょうに」

「なるほど。相変わらず冴えてるなあ」

東田が褒める。男はまんざらでもなさそうに笑い、「訪ねてきたのは知ってる相手ですか」ときいた。

「竹下金属って会社の社長ですよ。社名は知ってるでしょ。経理の操作につかったあの会社です。それともうひとりは銀行員でした」

「どこの銀行？」

「銀行名はわかりません。名前しか。たしか、半沢っていったと思いますわ」

男は東田と顔を合わせた。

「ほう」

盃が空になると、すかさず酒が注がれる。少し考え込んだ男から、上がり込んできたときのさっぱりした表情が消えた。そして盃の酒が空になるまでに、今度は少々時間がかかった。

3

書類に埋もれた。埋もれていた。茶色い電灯の光が降りそそぐ書庫にいて、半沢はハンカチで、額をぬぐった。ハンカチはいつでも手が届くよう、手前の段ボール箱の上に置いてある。

午後八時。経費節減のために東京中央銀行では就業時間を過ぎるとエアコンが切れる。信じられないが、本当だ。冬は、暖房も切れる。そういう銀行は少なくない。

根っからの汗かきである半沢は、とっくに汗だくだった。

ハンカチはもう二枚目。もう一枚は、背後の書架に干した。さっき、検印をもらいにきた部下の横溝が見つけ、「きったねえ」といいやがった。

うるせえといった半沢に、そのとき横溝は「なにしてんすか」と両膝に手を置いて覗き込んだ。

「見ての通り、調べもんだ」

「手伝いましょうか」

手近な綴《つづ》りを一冊放った。振込依頼票の綴《と》じ込みだ。

「東田満の振込依頼がないか調べてくれ」

「西大阪スチール、ですね」

「おう」低い声で半沢はこたえる。総力戦だ。誰の担当とか、そんなことは関係ない。西大阪スチールの債権回収次第で、支店の業績は百八十度変わる。

「よっしゃ！」

気合いを入れた横溝が、段ボールの上に座り込んだ。

しばらく、綴りをめくる乾いた音だけがした。腹も減っていた。忙しくて昼飯を食う暇もなかった。営業店に勤務する銀行員は、ほとんどが昼食後、帰宅するまで飯を食わない。さすがに最近は慣れたが、入行したての頃、夜になると腹が減って仕方がなかった。

今夜はそれを思い出した。

見終わった綴りを元に戻すと、立ち上がり、次の綴りに手を伸ばす。

そんなことが何度も繰り返される。

探しているのは、東田のカネの動きだ。

ハワイに別荘を買ったことは、わかった。わかったのは偶然の産物といっていい。だが、それだけではないはずだ。

竹下金属社長の竹下と探った隠し資産の規模は、少なくとも数億円。もしかすると、十億円近くあるかも知れない。

それを暴く手がかりを得るために、できるところから手をつけようと半沢は考えた。それでまず、店内に保管されている過去の振込依頼票を当たっているのだった。

書庫に近づいてくる足音がして、課長代理の垣内が顔を出した。

「課長、預金係から連絡があって五年間の出入金明細、できたそうです。こっちの作業は代わりましょう」

「頼む」

「資料はデスクに置いておくようにいってあります」

垣内と交代して二階に上がる。蒸し風呂のようになった店内に残っているのは、融資課員だけだ。支店長の浅野は午後六時前に店を出、副支店長の江島も、浅野の帰宅を見届けるとそそくさと姿を消した。

垣内が揃えた資料は、東田が東京中央銀行に開設した普通預金の出入金明細だ。西大阪スチールとの取引開始は今年の二月下旬だった。

ところが、東田個人は、五年ほど前から東京中央銀行大阪西支店に普通預金口座を開設していたことを、先ほど担当者の中西が気づいて半沢に報告してきたのだった。普通預金の動きを探ればなにか見えてくるかも知れない。

たとえ期待薄であっても、東田の隠し資産の概要か、あるいは東田自身に結びつく情報なら、なんであれ欲しい。

西大阪スチールのメーンバンクは、長く関西シティ銀行がつとめてきた。東京中央銀行に社長の個人口座が開設されていたからといってたいした取引のあろうはずはない。睡眠預金に近いのではないか。そう思っていた。しかし、ひと目で半沢の予想が外れたことがわかった。

電気代が引き落とされていたからだ。それだけではなかった。水道、ガス、電話、保険料金——生活口座だ。

どういうことだ？

東田は、東京中央銀行を個人のメーンバンクとして利用していたのか？

手を止めて半沢は考えた。可能性はある。

会社のメーンバンクに私生活まで知られたくない、と思っている経営者は少なくないからだ。

企業と銀行との取引では、様々な駆け引きがある。とくに担保に関する部分では熾烈《しれつ》を極める。個人で使う金まで虎視眈々《こしたんたん》と見張られたのではかなわない、だから私生活のメーンとして使う銀行口座は、あまり融資に関係のない銀行に置く、というわけである。

だが、隠し資産として流れた数億以上のカネがこの口座を経由していった痕跡がないのはすぐにわかった。ハワイの不動産を買った日付、あるいはその近辺のどこを探しても、大口の出入金は見当たらなかった。

明細に記録された様々な支払いや入金をひとつひとつチェックして浮かびあがってくるのは、東田の私生活だ。

この口座には、毎月二十五日に六十万円の現金が振り込まれている。「給与」とはなっていないし、そもそも赤字とはいえ中堅企業の社長である東田の給与としては少なすぎるから、おそらく、どこかにある給与の受け皿口座から、東田個人が生活費として振り込んでいるものと思われる。実際にこの口座を利用しているのは、東田の妻だろうと半沢は推測した。

だいたい週に一度のペースで、五万から十万円の現金が口座から引き出されていた。口座振替は、先の生活基本料金のほか、新聞やフィットネスクラブの会費。クレジットカードの引き落としが数口、インターネットプロバイダーからの数千円の請求、生命保険が二口、損害保険が一口。そんなところだ。

振り込みが何件かあった。

フラワー教室や、カルチャーセンター、学校の授業料。授業料は二口あって、いずれも神戸にある私立高校——。ボンボン学校である。個人向けの定期送金が数口あるのは、ピアノや水泳といった習い事か。それと学習塾。

かなりの引き落とし件数があるが、だいたい毎月同じ内容だ。このカネの動きから浮かびあがってくるのは、そこそこに満たされた、裕福な生活ぶりである。一般家庭と比べると、多少金額が大きいということを除けば、そう変わったことがあるわけではない。

「ここからなにかをつかむのは、たぶん無理だ」

そう思いかけたとき、気になる振り込みを一件、見つけた。

振り込みの相手はハシダクリーンサービス。金額は七万円。日付は七月だ。

「クリーニング業者か……」

翌日、コンピュータで前夜見つけた振り込みの明細を調べた。

振込先は、同じ東京中央銀行神戸支店の当座預金だ。口座番号もわかる。正式社名は、橋田クリーンサービス株式会社。衣服のクリーニングではなく、中堅規模の清掃業者のようだった。

融資管理システムで、担当課を調べた。大店である神戸支店には取引先の規模別に複数の融資課が存在する。橋田クリーンサービスの担当は、融資第一課だ。課長の三国は、課長会議で何度か話したことがある相手だった。

「実は債権回収の一環でご協力いただきたいことがありまして」

電話をかけ、挨拶の後切りだした半沢に、三国は気さくに応じた。

「協力？　うちでできることであれば。なんなりとおっしゃってください」

「担当されている橋田クリーンサービスさん宛てに当店の不良債権先が現金振り込みをしています。この会社は、住宅のクリーニングを手がける業者でしょうか」

「ええ、そうですが。それがなにか」

やはり。半沢は続けた。

「もしできましたら、この振り込みでどこの住宅を清掃されたか、こっそりたずねていただけないでしょうか。実は、社長が雲隠れして困ってるんです。直接会って話がしたい」

電話の向こうで、三国は逡巡していた。

「それは、橋田さんにしてみれば顧客情報を出すことになる。難しいかも知れませんよ」

「それを承知でお願いします」

「不良債権先とおっしゃいましたね」

半沢は抱えている事情を話した。

「そういうことでしたら、先方にきいてみましょう。ただし、橋田さんにはご迷惑はかからないようにお願いします」

「承知しています。実は少々急いでおりまして」

三国の承諾を取り付けて、受話器を置く。折り返しの連絡は、一時間ほどしてあった。

「例の件ですが、同社の経理担当者から手を回して内々に調べてもらいましたよ。東田さんから依頼されて七月に清掃したのは、宝塚市内にあるマンションだそうです」

「宝塚?」

手元にある、西大阪スチール関連の資産一覧表に宝塚にはマンションはない。

三国から所在地を聞き出した。

「隠し資産ですかね」

半沢が書き付けたメモを見て、隣席から垣内が声をひそめる。

「かもな」

デスクの電話で出入りの司法書士にかけ、その住所の登記簿謄本《とうほん》を手配した。それから竹下に連絡し、途中経過を伝える。

「宝塚のマンションか。ちょっと小耳に挟んだところによると、東田はいま家族とばらばらに暮らしてるらしいな。そっちに住んでるのが東田なら俺も行ってとっちめてやりたいところやけど……」

倒産した経営者が家族と離れて暮らすのは、債権者から逃れるためだ。

倒産した時点で家族と離れ全国を転々とする者は少なくない。家族を債権者から守るため、離婚して単身、逃亡者のような生活をしている経営者もいる。

社長業は孤独だ。

カネ回りのいいときには周囲からちやほやされるが、いったん、窮地に立つや、誰も救いの手をさしのべてはくれない。連帯保証の名のもと、全ての債務を一身で背負わなければならない。

カネの切れ目が縁の切れ目。銀行もまた同じである。半沢自身、本当にカネに困った相手に信用で――つまり担保なしで、カネを貸したことはいままでに一度もなかった。信用状況が極端に悪化してしまったら、融資できるのは担保があるときだけ。貸し渋りと非難されようが、貸し剝《は》がしとのそしりを受けようが、担保がなければ見殺しにするのが銀行だ。

「お願いです。今度だけ――今度だけ、なんとか助けてもらえませんか」

たとえ土下座して社長に頼まれようと、温情で「うん」というわけにはいかない。銀行という組織が融資するのは、貸したカネを返せると信ずることのできる相手だけだ。

「社長、それはできない。ここは自力でなんとかしてもらうしかない」

この大阪西支店の課長職になってからも何度か、半沢はそういいつづけてきた。

晴天に傘を差しだし、雨天にとりあげる——まさにその通り。

融資の要諦《ようてい》は回収にあり——まったくその通り。

カネとは、裕福な者に貸し、貧乏な者には貸さないのが鉄則。そういうものである。

それこそが銀行融資の根幹だ。

バブルまでのメーンバンクは、困ったときに助けてくれる銀行だった。

だが、いまやそんな銀行はどこにもない。

かつて——護送船団方式で守られていた銀行は、困ってもお上が助けてくれた。だから、義理人情優先モードで中小零細企業に融資し、貸し倒れの山を築いたとしても安心していられたのだ。

だが、いまは違う。

銀行不倒神話は過去のものとなり、赤字になれば銀行もまた淘汰される時代になったのである。

だから、銀行は中小企業を助けることができなくなったのだ。取引先会社を守ってきた日本的金融慣行であるメーンバンク制が崩壊したのは、同じく金融慣行であった護送船団方式が崩壊したことに起因しているといっていいのではないか。

市場から淘汰されないために、いま銀行で大切なのは、取引先を守ることではなく、自らを守ることである。

銀行はもはや特別な組織ではなく、儲からなければ当然のように潰れるフツーの会社になった。銀行が頼りになったのはせいぜいバブルまで。困ったときに助けてくれない銀行は、とっくに実体的な地位を低下させ、企業にとって数ある周辺企業のひとつに過ぎなくなっている。

その夜、竹下が銀行に訪ねてきた。司法書士が登記簿謄本を上げてきたと半沢が連絡したからだった。

「昼間、宝塚のマンションっての見てきたで」

開口一番、竹下はいった。

「もう？」

その熱意というか、執念に驚かされた。

「で、どうでした？」

二階の応接室である。銀行の規則でエアコンが切れているので、窓を開けている。鉄格子のはまった窓から、重たい、たっぷりと熱を含んだ外気が入り込んできていた。

「表札はなかった。そやけど、マンションの前で見張ってたら東田の女房が子供と一緒に入っていくのが見えたから間違いないやろう。それにしてもあの女、とても倒産した経営者の妻には見えんかった。さすが東田の嫁はんや。相変わらず気の強そうな顔して、ふんぞり返って歩いてたわ」

東田達子は、今年四十二歳。西大阪スチールの経営には一切タッチしていない。竹下は法人会の集まりで何度か見かけたことがあるらしいが、半沢は会ったことはなかった。

「それで、謄本のほうはどうなんや。あのマンション、やっぱり東田の隠し資産のひとつかいな」

「それが違うようなんです」

司法書士が上げてきた不動産登記簿謄本によると、マンションの所有者は、小村武彦という個人名義になっていた。

「東田の資産やなかったんか」

「そのようですね」

「賃貸マンションを借りてたいうことかいな」

最初は半沢もそう思った。だが、賃貸であれば東田がわざわざ業者に依頼して掃除をするというのはおかしい。

「権利関係は？　どこかの担保になってたりするんかいな」

「まっさら。綺麗なもんですよ」

竹下が目を丸くした。

「担保に入ってないってことは自己資金でぽんと買《こ》うたっちゅうことか。結構なマンションやったで。中古でも七、八千万円はするんちゃうかな」

「世の中にはそういう人は大勢いますから」

「まったく不公平な話やな」

「同感です」

「この後、どうやって進めるつもりや半沢はん」

指を額に押しつけ、半沢は考えた。

「このマンションのオーナーと東田がどういう関係なのか当たってみましょう」

「誰にきくつもりや」

竹下はきいた。無論、思い当たるのはひとりだ。

4

以前、ここに来たときには、ボンネットを焦がすような真夏の日照りだった。だが――。

今日は雨だ。土砂降りである。両側に広がるコークス畑が雨に煙って遠くが見えない。

ハイにしたワイパーが追いつかないほどの激しい雨がウィンドウを打ち据え、ベンチレーターからは湿った空気が車内へと吹き込んできている。フルに入れたままのエアコンの効き目はいまひとつで、音だけは盛大に、タバコ臭い風をハンドルを握る半沢へ送りつけてくる。

電話で済ますわけにはいかなかった。

波野は信用できない。本当のことを聞き出すには、直接会ってぎりぎりと締めあげるしかない。だからアポは入れたが、内容は告げていない。波野の不安をかき立てるのも作戦のうちだ。

案の定、半沢の姿を見ると、波野は自分のデスクから飛び上がらんばかりの勢いで駆け寄ってきた。

こんな小さな会社でも事務員の手前があるのだろう。あるいは社長である兄への遠慮か。その兄は電話に向かって大声で話しかけながら、半沢の顔をじろりと睨み付けてくる。

「ちょ、ちょっとこちらへ」

半沢を応接室へ押し込んだ波野は、肩で息をしながら後ろ手でドアを閉めた。しかめ面だ。

「あ、あの——今回限りということでお願いできませんか。いつまでも前の会社のことを引きずると社長がいい顔しないんで」

半沢はせせら笑った。

「私もできればあなたとお会いしたくはない。だけど、そうしなければならない事情ができてしまうのだから仕方がないでしょう」

「事情ってなんなんですか」

波野の表情には泣きが入っている。

「東田社長の家族がどこにいるか知ってますね」

ここはあえて詰問調。気の弱い波野は、それだけでたじたじになる。

「し、知りませんって。この前もいいましたけど、会社が不渡り出して以来、会ってないんですから。家族がどこにいるかなんて、知るわけないでしょう」

「本当のことをいってくれないと面倒なことになりますよ」

「本当です！　本当ですって！」

そう言い張る波野の目を覗き込みつつ、半沢は宝塚市内の住所とマンション名を読み上げる。

「な、なんなんです。そ、それが」

「知ってることをいえば、許してやる。ただし、今だけだ」

半沢が言葉遣いを変えると、波野のうわずった表情の下で、喉仏《のどぼとけ》が上下に動いた。

「そ、そんな――！」

反論しかけた波野だが、半沢のひと睨みでその気力は失せたか、がっくりと頭が垂れた。

「いい加減、話したらどうだ、波野さん。こっちの忍耐にも限界がある。誰のマンションなんだ？　隠し立てするとこんな訪問では済まなくなるぞ。それでもいいんだな！」

「ちょっと待ってくださいよ。いまやっと、思い出しました。そういえばたしか、お、奥さんの親戚の――」

「なんだと」

この野郎、やっぱり知ってやがった。波野という男は、小さな嘘が積み上がってできている。騙されていたと思うと、ぎりぎりと腹の底で怒りのネジが巻き上がった。「どういう親戚だ」

「たしか――奥さんのオジさんじゃなかったかな、と」

「名前は」

「小村さんっていったと思います」

それは登記されているマンションのオーナーと同じだ。

「で？　そこにいるのは東田の家族だけか」

「たぶん、そうです。社長は、別行動をとってると思います」

「どこにいる」

「し、知りません。それは本当です。知らないんですって」

波野は激しくかぶりを振った。

「法廷できかれても同じことがいえるかな、波野さん」

「で、ですから、ほんとに知らないんです」

「じゃあ、だいたいどこにいるか、あんたの想像でいいから聞かせてくれ。東田はどこにいると思う——？」

波野は堅い声でいった。

「おそらく、その小村さんが持ってるマンションか別荘か、そんなところだと思います」

「何ものだ、小村ってのは」

「資産家ですよ」

波野の説明はこうだ。

小村武彦は、東田の妻、達子の父の実家である貿易商を継いでいた男だが、何年か前からアルツハイマー病を患い、特別養護老人ホームで生活をしているという。独身で子供もいないために、東田夫婦がなにかと身辺の面倒を見てきた。

「まあ達子さんのことですから、どうせ、財産目的だと思いますけどね」

「ひどい言いようだな」

「えげつない女です」

「似合いの夫婦ってわけだ」

半沢はいい、小村の所有資産の所在地をきいたが、波野は知らないといった。

「その代わり、この小村が入院している病院ならわかりますよ。以前、社長にいわれて荷物を届けたことがあったんで。小村の所在さえわかれば、そこから調べられるでしょう」

「それは、やってみないことにはわからない」

「もう今回限りにしてください」

「なんで黙っていた」

腹が立った。「西大阪スチールの財務内容が漏れてる。流したのは、波野さん、あんたじゃないのか。だったら、このこともこの前話してくれたらよかった。東田から連絡があるのか」

「あ、ありませんよ。た、たしかに、財務内容、バラしたの、私です。だって、退職金も支払われずにおっぽりだされたんですよ」

都合のいいご託を波野は並べたてる。波野は情報を流すことで、来生から何らかの見返りを期待したのかも知れない。

「遊びじゃないんだ、波野さん。あんただって、西大阪スチールの粉飾に関わって銀行を騙したんだ」

「違いますよ、私は東田社長にいわれて」

「違いやしない」

半沢は、西大阪スチールに粉飾の疑いが生じて内容を確認しようとしたときの波野の姑《こ》息《そく》な行動を相手に思い出させてやった。口にすると、まるで昨日のことのように怒りが湧く。東田はなおのことだが、たとえいまどれだけしおれた表情を見せていようと、波野も許す気にはなれなかった。もっともっと痛めつけ、とことん後悔させてやる。そう思うのだった。

半沢は続けた。

「あんたの責任はおいそれとは消えやしない。あんたが忘れようとしても、当行には忘れようもない五億円の不良債権が残ってるんだ。これをなんとかしないうちは、あんたにも私同様、とことん、悩んでもらうしかない」

「そんな！　私は社員として西大阪スチールで働いていただけじゃないですか。あの会社の経営に携わっていたわけじゃ――」

「私だってそうだ」

半沢は波野を遮った。「私だって、東京中央銀行の行員、つまりはあんたと同じ一社員にすぎない。経営にも関係がない。自分の懐が痛むわけでもない。だけど、私は一社会人としてあんたのやったことは絶対に許せない。たとえあんたがどれだけ迷惑だろうと、あんたがやったことの責任は必ずとってもらう」

半沢の剣幕に、波野は口をぱくぱく動かしたが、言葉は出てこなかった。

やがて絶望に打ちひしがれたようにがっくりと肩を落とした男を置いて応接室を出た半沢は、ますます雨脚が強まった空を見上げた。玄関に横付けにした業務用車のドアを開けてエンジンをかけると、エアコンからまたタバコ臭い風が盛大に吹き出してきた。ワイパーが振り払ったフロントガラス越しに、電話が終わったのか怒りの表情を浮かべた波野の兄が階段を駆け下りてくるのがわかった。半沢は車を出した。水たまりを踏んだらしく、飛沫《しぶき》が上がる。兄社長が跳びすさって悪態をついた。構わず、アクセルを踏み込み、半沢は再びコークス畑を戻り始めた。

5

波野がいうように、東田が、小村の所有資産のひとつに隠れている可能性は高い。

問題は、その所有資産をどうやって調べるかだ。わかっているのは、小村が経営していた会社名といま入院している老人ホームの場所だけ。

大阪商工リサーチの来生に電話をかけ、その貿易会社の社名を告げた。

「今日は調査依頼だ。この会社がいまどうなっているか調べて欲しい。とくに必要なのは社長の個人資産。できればリストが欲しい」

「すでに畳んだ会社ですね。融資のご関係ですか」

調査員の直感か、来生は少し疑わしげにきいた。

「西大阪スチールの関係だ」

「ほう。面白そうでんな。後でお話、聞かせてもらえますか」

「料金棒引きでなら考えてもいい」

「せめて割引でお願いします。少なくとも二、三日はかかると思いますので」

「わかった。とりあえず、調査が上がったら連絡して欲しい」

その三日後。来生は、東京中央銀行大阪西支店二階にある応接室のソファにかけてにやにやした笑いを浮かべていた。

「苦労しましたけど、なんとか調べてきましたわ。高いでっせ」

軽口をたたいて、調査資料の入った封筒ごと半沢に滑らせてよこす。

小村交易は明治の創業で、資本金三千万円、売上げ百億円を超える商社だった。しかし三年前、社長の小村の高齢と体調悪化を理由に百年になんなんとする歴史に幕を下ろして会社は畳まれ、小村は治療をかねて特別養護老人ホームへと移った。その老人ホームは、神戸港を見下ろす六甲山の中腹にある。裕福な老人だけが入れる特別な施設だ。

「社長の個人資産は、不動産を中心に二十億円近くあるようですが、東田社長は容易に手が出せへんのと違いますかね」

　来生は面白いことをいった。「この小村っていうじいさん、かなりの変わり者で、自分が病気になったとわかった途端、遺言を書いてそれを弁護士に託したらしいんですわ。その小村の後見人は会社の顧問弁護士やった花嶋という弁護士で、東田やない。だから、東田にしても、容易に小村の財産に手をつけられへんのや思います。小村が死んだら財産を相続できると思ってたんでしょうが、じいさんのほうが上手《うわて》やな」

　小村が所有している不動産は、神戸市内を中心に五ヵ所。そのほかに、おそらくはバブル時代に手を出したと思われるゴールドコーストのコンドミニアムが一軒あるという。

「よく調べたな」

「ヒントは東田の家族が住んでるという宝塚の物件ですわ」

　来生はいった。「あの物件には最初、銀行の抵当権がついてましてな。その銀行で調べましてん。廃業したといってもまだ最近のことですからそんなに難しいことではありませんでしたわ。――これなんか怪しいんちゃいます？」

　そういって来生が指したのは、神戸市内のマンションだった。

「ここは？」

「もともと賃貸用の物件ですが、ちょうど一年ほど前に空室になってから、賃貸されていないようなんです。ええマンションでっせ。一応、見てきましたけど、空き家にはなってないようです。東田の隠れ家ちゃいますかね」

「東田を見かけたのか？」

来生は首を横に振った。

「それが私、東田の顔、知りまへんねん。とことん調べてやろう思ったんですけど、どこで調べたんか妙な連中もうろついてまして。なんやキナ臭いですなあ」

半沢は顔を上げた。

「債権者か」

「いや、そんな感じやありませんでした。ちゃんとスーツ着てましたし、見かけは普通でしたな。それが、マンションの郵便受け覗いたり、駐車場をうろついたりしてましたわ」

「たぶん、国税の連中だな」半沢はいった。

「国税がどうして？」

来生はいい、ふと口を噤んだ半沢を見た。「お話しいただけるって話でしたな。約束は守ってくださいよ、半沢課長」

「東田には隠し資産がある。五億から十億近い資産だ」

来生は目を見開いた。

「仕入れを水増しして蓄えたカネをどこかに隠しもってる」

「そら面白いわ。そのカネがあったら、御行の不良債権は全額回収ですね」

「押さえられればな」

半沢はいった。「そもそも、銀行から融資したカネがそっくりそのまま、裏へ回ったようなもんだ。絶対に回収させてもらう」

「なるほど。西大阪スチールのその後についてレポートを書こうか思うてたんですが、これはもう少々待ったほうがよさそうですな。東田社長に国税、そして、半沢課長。最後に笑うは誰でっしゃろ」

興味津々の顔で来生はいった。

黒いセルシオが駐車場のスロープを下っていく。

距離を置いて、竹下が運転するクラウンがそれを追った。

三ノ宮駅に近いデパートの地下駐車場だ。

この日、支店の前で竹下と合流した半沢は、朝から新神戸駅に近い場所にある問題のマンションに向かった。

最初は、直接訪ねるつもりだった。ところが、マンションの前で東田の運転する車とすれ違ったことから、予定変更して追跡することになったのである。

そのほうが都合は良かった。街で偶然出会ったことにすれば、後々「違法に押しかけてきた」といわれることもないし、居留守を使われることもない。

誘導にしたがってパーキングに入れると、女を連れた東田が店内に消えていくのが見えた。

「家族とは別居して自分は愛人と暮らしてんのか。ええ身分やな」

車内でそれを見送りながら、竹下が小声でいう。

女は二十代前半。ミニのワンピースから、痩《や》せぎすの脚を出している。茶色に染めたロングヘアは背中の中程まであった。その彼女が腕を絡ませている東田は、ゴルフにでも行くような格好で大股で歩いていた。とても倒産した会社の経営者には見えない。

「車を見てみましょう」

助手席から降りた半沢は、広い駐車場の中で東田の車を探した。コンクリートの壁の向こう側、二台のベンツに挟まれて黒いセルシオが鎮座していた。買って間もないらしく、塗装はぴかぴかでキズひとつない。新車の匂いがした。

「かわいくないな」

運転席を覗き込みながら竹下がいった。「倒産会社の社長なら、それにふさわしくチャリでも転がしてりゃええのに」

半沢は助手席側から中を覗き込んだ。後部座席に女の持ち物らしい上着が無造作に置かれているのが見えた。ティッシュの箱と、傘が二本。一本は柄の細い女物だ。コンソールには小銭と飲みかけのペットボトルが一本ささっている。それだけだ。

「なんにもないな」

竹下が回り込んできて半沢の隣に立つ。「どうする？　あの調子じゃ、当分時間かかるやろう。デパートの中でとっつかまえるか。どうせ、婦人服売り場辺りをうろついてるに違いないで」

「ちょっと待った」

半沢はいった。「あのティッシュ――」

後部座席にある箱を指さした。派手な黄色いジャケットが半分ほど覆っているが、青地に白の、どこか船の帆に似ている模様が見えた。「銀行のじゃないかな」

「ほんまや」

感心した顔で竹下のだみ声がいい、もっとよく見ようと目を細める。「さすが銀行員は目のつけどころが違うわ。見過ごすところやったな。どこの銀行や」

「銀行名はジャケットの陰になって見えませんけど、あまり見たことのないロゴですね」

「大手やないな」

竹下のいう通りだ。メガバンクならわかる。

「この辺りの地銀か信金かも知れない。箱ティッシュってところがミソですね。少なくとも預金口座を開設するぐらいの取引じゃなきゃ〝箱〟は出しませんから。通常取引ではポケットティッシュがせいぜい。たぶん、預金をしたんですよ、東田は」

「なるほど。いくらの預金だろうな」

竹下は口をすぼめ、プライバシーガラスになっている後部座席に行くと、顔を押しつけんばかりにして覗き込む。

そのとき、背後の気配に気づいた。

振り返ると、相手も驚いたようにぱたりと足を止めた。東田の女がそこに立っていた。

くそっ、ジャケットか――。

店内は冷える。取りにきたのだ。

女が駆けだした。

「しまった！」

竹下が舌打ちする。カンカン、とヒールを打ち鳴らしながらガラス張りの地下ホールへと駆け込んでいく女の背中を、半沢も見送った。右手にはすでに携帯電話が握られ、こちらを振り返りながらそれを耳に押し当てている。そのまま売り場へ通じる階段へと消えた。あっという間の出来事だ。

「逃げるつもりかいな」と竹下。

「いや。車がここにあるんですから、逃げられはしない。じきに戻ってくると思いますよ。待ってみますか」

だが――。

それから小一時間ほど待っても、ついに東田は姿を現さなかったのである。

地下駐車場から外に出るスロープのてっぺんで夏空が真っ白に輝いている。竹下が運転するクラウンは、料金ゲートを通ると、スピードを上げて一気にスロープを駆け上がっていく。

「まさか、また雲隠れするつもりやないやろな」

「そこまでは、しないでしょう」

あの女は、半沢と竹下を債権者だと見破ったが、誰かまではわからないはずだ。街で偶然に見かけて追いかけてきた——その程度に東田も考えるのではないか。徐々に包囲網が狭まっているとは知らずに。

「俺は念のため、東田のマンションを見張ろうと思う。今回、偶然に東田の居場所がわかったけど、あそこから逃げたらまた捕まえるのが大変や」

「じゃあ私は、東田の取引銀行をさぐってみます。おそらく、この辺りの金融機関のはずですから」

「そいつを特定して差し押さえられればこっちの勝ちや」

「そう簡単にいけばいいんですが」

そのためにはまず、あのロゴの金融機関がどこなのかを調べ上げる必要がある。

難しいことではないはずだ。

竹下と別れた半沢は、駅前周辺を歩いてみた。地方銀行の支店を見つけて入ってみる。ロビーにいる腕章を巻いた庶務行員らしい初老の男に声をかけた。

「すみません。こういうロゴの銀行、ご存じありませんか」

記帳台にある伝票の裏に、ボールペンで図柄を描いた。

制服を着た男は、その絵をひっくりかえしたりしながら、しばらく眺めたが首を傾げた。

「さあ、記憶にないですなあ」

「信用金庫かも知れないんですが」半沢は付け加える。

「ぜんぶ知ってるわけやないですけど、この辺りでは見かけんロゴですわ。ここ、少し先に行ったところに一軒、信金さんありますから、きいてみられたらどうです？」

「それでどうだったんです」

垣内はきいた。

「だめだった。念のために駅前にあるいくつかの銀行と信金を回ってみたんだが、このロゴの金融機関には心当たりがないという話だ」

「もう一度、東田の車を覗いてみるというのはどうでしょう」

「それは竹下社長に頼んである」

半沢は腕時計を見た。午後七時を回っているが、竹下からの連絡はない。夕方一度携帯に電話をかけ、ロゴの話を伝えた。そのとき竹下は東田のマンション近くの路上に止めた車の中で東田の帰りを待っているところだった。

「あの野郎、まだ帰ってないで。かなり警戒してるわ」

竹下は気の済むまで待ってみるといった。まだ張り込みを続けているはずだ。

「ロゴか」

垣内はため息まじりにいった。「単語とかならインターネットで検索するとかのやりようがありますが、ロゴとなると難しいですね。逆にいうと、銀行かどうかもわからないわけでしょう」

いわれてみればそうだ。

証券会社かも知れないし、さらにいうと箱ティッシュを配っている会社が全て金融機関とは限らない。最初に銀行だと思ったのは、同業者の勘のようなものだった。

「証券会社だとは考えにくいな。というのも、西大阪スチールには投資有価証券はまったくなかった。これは東田の興味を反映しているとは思わないか」

「つまり、株には興味がないと」

「少なくとも会社のカネでは株は買わなかったということだ。それに、東田の預金口座を見ても、証券会社との資金のやりとりはひとつもなかった」

「たしかに。だとすると、やはり銀行か――」

垣内は、背後の棚から地図を引っ張ってきて広げた。「東田の自宅は東淀川区、家族は宝塚、身をひそめているマンションは神戸。それぞれの場所に近い金融機関を洗ってみますか」

半沢は疑念を抱いた。

「なにか気になることでも?」

「東田だって莫迦《ばか》じゃない。奴がやったことは、粉飾であり、同時に脱税だよな。とすれば、いずれ当局に目をつけられることもある。だとすると、自宅や会社に近い金融機関に隠したりはしないだろう。それじゃあ、簡単にバレる」

国税局であっても、調査対象者の個人預金がどこにあるのかを全金融機関から検索して正確に調べる方法は持ち合わせていない。実際に査察に出向いて通帳でも押収すれば別だが、おそらくその前段階である現状では、怪しいと思われる金融機関に狙いを定め、「こういう名義の預金はありませんか」と当たることがせいぜいだ。自宅や会社近隣の金融機関であれば、目を付けられる可能性が高い。

「むしろ、まるで縁もゆかりもない金融機関に口座を開設したと考えるほうが自然のような気がする。少し知恵の回る奴なら、そうするはずだ。出し入れするのに多少不便でも、見つかるよりはマシだからな」

「だとすると、探し出すのは難しいですね」

そのとき、竹下が携帯電話にかけてきた。

「東田の奴、やっと帰ってきよったで。いったい、こんな時間までどこほっついてたんや」

車の中から電話をしているのか、背景は静かだ。

「女は」

「一緒や。助手席に乗っているのが見えた。これから駐車場へ行ってもういっぺん見てくるわ」

竹下からの電話は、十分ほどしてかかってきた。走ってきたのか、息が弾んでいた。

「見てきた。ティッシュの箱、もうなくなってたわ」

「くそっ」

電話の向こうから、「ええやんか」という飄々《ひょうひょう》とした反応があった。

「東田はたぶん考えたんやろ。うまく隠れてるつもりが誰か債権者に見つかった。車内を見回したはずや。ティッシュの箱隠したのはそれが重要やったからとちゃう？」

竹下のいう通りかもしれなかった。

「わしはもう少しここで見張ってみるわ」

「まだなにかありそうですか？」

「いや、さっき女のほかにもうひとり、後部座席に男がおったんや。そいつの顔、もう一度見ときたい思ってな。東田がどんな奴らと組んでるのか、知りたいやろ」

「カメラでも持っていけば良かったですね」

半ば冗談でいった半沢だったが、「あるよ」という返事に苦笑させられた。

「貧乏会社社長の数少ない趣味や。デジタル一眼レフに望遠レンズ。ええ写真撮れたらどっかの賞に出したろ思うねん」

笑わせた竹下との電話はそこで切れた。

6

「債権者？」

男は口に運びかけた盃を止めた。

「誰ですか」

「わからん。未樹、どんな男やったか、もういっぺん話してみ」

酌をしていた女は、冷酒を入れたクーラーを黒いテーブルに置き、不安そうに東田を見た。華奢《きやしや》で、鹿を思わせる面長の表情が印象的だ。白いノースリーブ、長い髪をブレスレットを二重に巻きつけた手で撫《な》で、甘えた表情で眉を下げてみせる。ほっそりした体は、冷房の効きすぎた部屋では寒そうだった。

「男のひと二人です」

それが癖なのか、未樹は口をとがらせて拗《す》ねたような表情をつくる。大阪弁というより、京ことばに近いイントネーションがある。

「どんな男かきいてるんや」苛立ったように東田がいった。

「ええと、四十ぐらいの背広着た男の人と、もうひとりはちょっとラフな格好のオヤジやった」

「ヤクザか」

「違う思うわあ。フツーの人やないかなあ」

「なんか特徴とかはないんかい」

「こわかった」

東田は、ふうっと短くひとつため息をついた。

「それだけかい。俺が見にいきゃよかったなあ」

「銀行員や」

そのとき未樹がいった。東田は男と視線を交わし、低い声できいた。

「なんでそうとわかる」

「だってそういってたもん。――銀行員って。そういってはった」

「見てくれもそんな感じやったんか」と東田。

「そや」

さらりと女はいってのける。「あんな白いシャツに黒っぽいスーツ着てるの銀行員ぐらいやと思う」

「マルサかも知れない」

男がきいたが、女は首をふった。

「公務員やない思いますわ。うまく説明できへんけど、なんか雰囲気違ったから」

男のじっとりした視線が東田を射る。

「半沢ちゃうか」

瞳に猜疑心《さいぎしん》を宿し、東田がこたえた。「そやけど――なんであいつが」

7

「ここだけの話、近藤の奴、本当に危ないかも知れない」

半沢は箸を止め、渡真利を見つめた。

梅田地下街にあるいつもの店である。焼き鳥の匂いが充満している店内はサラリーマンで混み合っていて賑《にぎ》やかだ。渡真利の声はボリュームが上がった酔っぱらいたちの声にかき消されそうになる。

渡真利から突然電話がかかってきたのは、先ほど、竹下からの連絡があった後だった。泊まりの大阪に出張に来たときの渡真利は、必ずといっていいほど半沢に連絡をよこす。

ときには、「飲もう」という。今日もそうだ。竹下からの連絡を家で待つより、こうして渡真利と飲みながら待ったほうが気が紛れる。

「危ないって、なにが」

「出向」

渡真利は、エイヒレを口に入れた。

「そんな噂があるのか」

「そろそろ出るって話が、ちらほら聞こえてきている。近藤のいるシステム部の役席は上が詰まっているし、かといって支店に戻るというわけにはいかんだろう」

「もったいないな。本当はできるのに」

組織が近藤を潰し、そしてさらに土俵際にまで追いつめた格好だ。

「人事に温情はない」

「けっ」

半沢は吐き捨てた。「銀行員の末路は悲しいとでもいうんだろう」

「まったくだ。人ごとじゃない。オレもお前もだ。ただ、出向ならまだいい。食いっぱぐれることはないからな」

渡真利は真顔でいい、「梶本《かじもと》さん、覚えてるか」ときいた。

「ああ、覚えてる。あの人がどうかしたか」

梶本博《ひろし》は、大学の先輩だった。二年前に早期退職制度を利用して銀行を退職し、経営コンサルタントの会社を旗揚げしたと聞いた。

「先輩から聞いた話だが、かなり苦戦してるらしい」

退職の理由はいろいろあるだろうが、最大の理由は、銀行での将来が見えたことだ。無論、見えているのは輝ける将来ではない。中途半端なまま飼い殺しにされる将来。だから退職を決意したのだと思う。

「できない人じゃなかっただろう」

半沢はいった。梶本の最終職歴は、麹町《こうじまち》支店の副支店長職だったはずだ。いくつかの店を歴任し、現場感覚には定評があった。人脈を駆使しての根回しもうまく、バブル時代はかなりの実績をあげたと聞く。

「その実績が数年先には損失に変わった。それがあの人の不運だったたな」

「勝ち逃げにはならなかったのか」

「部下にひとりデキの悪い奴がいてな。裁判沙汰だのなんだのと、後になって不正が発覚した。副支店長だった梶本さんが責任を負わされた格好だ」

「なるほど、そういうことか」

「早期退職制度っていっても、独り立ちは難しいからな」

渡真利のいいたいことはわかる。

いかなる理由があろうと、銀行員は銀行を辞めた瞬間、銀行員ではなくなる。ところが、この当然のことがわからない銀行員は意外に多い。

早期退職制度を利用して銀行を去っていく行員はかなりの数に上るが、独立した者に限っていうと、きちんと生計が成り立つ者はあまりなく、さらに銀行員時代の年収を上まわる者となるとほとんどいない。

最初から再就職先を探して退職する者はまだいい。銀行退職者で独立するとなると、たいてい旗揚げするのがコンサルタント業なのだが、成功するのは難しい。

元融資課長に元副支店長——。〝元〟銀行員には、身分が変わってもまだ銀行員気分から抜け出すことができない者が少なくない。

独立した彼らが最初にすることは、かつての取引先を回ることである。

取引先は、銀行にいた時代にはなにかと尊敬され、ちやほやしてくれた相手だ。ところが、辞めてから回ってみると、たいていは警戒され、迷惑そうな顔をされる。期待したコンサルの依頼などあるはずもなく、お義理の茶ひとつで、「まあがんばってよ」で体《てい》よく追い払われるのがオチだ。

こんなことを何度も続けるうち、コンサルで食っていこうという揚々たる気分は次第に萎《な》えていき、大成功間違いなしの甘い目論見《もくろみ》は徐々に崩れていく。そしてはたと気づくのだ。

取引先が自分に平身低頭していたのは、実力に感服していたわけではなく、ただ融資課長や副支店長といった肩書きがあったからだと。いかに銀行の看板が大きかったかと。そしてもう自分は銀行員ではないのだと——。

ようやくそれに気づいたとき、失われていく希望に代わり、早期退職者の心にひたひたと忍び込んでくるのは、底なしの不安である。

少なくとも、元銀行員の経歴を生かして独立するのであれば、本や雑誌に寄稿し掲載されるほど「書ける」か、何度かはある講演の機会を逃さずリピーターが来るほど「話せる」かのどちらか、あるいはその両方のスキルがなければならない。

だが、そんな能力のある銀行員はそうそういるはずもなく、俄《にわか》コンサルタントは、看板倒れに終わるのがオチだ。そもそも、それぐらい能力のある人間なら、銀行にいても成功している。

「大変だろうなあ」

半沢は心底いった。

優遇されていたはずの退職金は、住宅ローンの残債で目減りし、四十代ともなると子供の教育費もずっしりとのしかかってくる。日々、預金通帳の残高が減るのを眺めて暮らすのは、余命何ヵ月と宣告された重病患者がただひたすらカレンダーを眺めて過ごすのに似ている。独立や起業したといえば聞こえはいいが、仕事がなければ失業者と同じだ。

「梶本さん、再就職先を探しているらしいぞ。とはいえ、四十代半ばともなると厳しい」

渡真利の情報は、半沢を憂鬱にさせた。半沢の知る梶本は、面倒見のいい、頼りになる男だったからだ。

銀行に長くいたといっても、専門的なスキルがある者は少ない。しかも、元銀行員の看板、一流大学卒業の経歴は、再就職先にとって「使いにくい」と映る。そして一方の元銀行員にも、プライドはある。この需要と供給のギャップが埋まらない限り再就職は難しく、またそのギャップが埋まる可能性も少ない。

「当時の支店長は？」

「事務部長の金城。知ってるだろ」

「イヤな野郎だ」

半沢は顔をしかめた。

「結局、そうなっちまったら政治力の勝負だからな。金城の野郎に一日の長があったということか。梶本さんにも読み違いがあった。不祥事にはなっても元はといえば、管理責任というより本人の悪意だ。それを知ってる金城支店長が守ってくれると思ったらしいが、フタを開けてみれば、全ての責は副支店長にありときた」

「懲《こ》りないな」

半沢はコップのビールを喉に流し込む。「とんでもねえ野郎だ」

「お前にも関係があるぞ」

意外なことを渡真利はいい、半沢を驚かせた。

「金城部長は、西大阪スチールの不渡りで実損が出た場合、融資課長の責任を追及すべきだと主張している。どうやらお前に悪意を抱いているらしいな」

「どうせ浅野の根回しだろ」

渡真利のいわんとするところを察していった。

「以前、どこかの部署で浅野は金城の下にいたことがある」

半沢は怒りを嚙み殺した。

「本部人脈を総動員してでも、浅野は損失の責任をお前に押しつけるつもりだ。――なにか進展はあったのか」

それを聞くのも渡真利の目的のようだった。「融資部内での関心が高いんでな」

「東田が隠れているマンションは見つけたが、回収というところまではいってない」

そうして昼間のことを話した半沢は、テーブルにあった紙ナプキンにボールペンで問題のロゴを描いてみせた。

「こんなやつだ。一応、神戸の地元銀行には当たってみたんだが、心当たりはないということだった。お前知ってるのか？」

渡真利の顔つきが変わっていた。

「こいつは外資だ」

意外なことを渡真利はいう。

「外資だと？　どこ？」

「ニューヨーク・ハーバー証券。日本の拠点は東京ブランチのみ。関西にはない」

「アメリカの大手証券か……？」

「プライベート・バンキングを得意にしている銀行だ。あそこのプライベート・バンキングの取引対象になるのは、金融資産で最低十億円だぞ」

「十億？」

半沢はまじまじと渡真利を見つめた。「つまり、それだけの資産を東田が持っているってことか」

「もし、あそこの取引先ならな」

プライベート・バンキングとは、ターゲットを個人富裕層に絞った金融業務のことである。業務の中心は、資産の運用だ。顧客の意向に沿って、株、債券、外貨預金へと資産を配分して収益状況を管理するだけではなく、ときに家の中の問題にまで踏み込んでサポートする。日本の銀行でも、収益基盤をたしかなものにするため個人富裕層マーケットの開拓をしているが、海外のこうした一流銀行と比べると、提供するサービスの質には著しい格差がある。

「一歩前進ってとこか」

半沢はほくそ笑んだ。「お前のおかげだ。礼をいう」

「必ず差し押さえろよ」

真剣な表情で渡真利が念を押した。

「まかせろ」

半沢は、空になった渡真利のグラスにビールをつぎ足してきいた。

「それにしても、渡真利。お前、よくそんな銀行のロゴ、知ってたな」

気まずそうな顔を、渡真利はした。

「まあ、いいじゃないか。いろいろあったんだよ」

「転職でも考えたか」

図星だったのか、渡真利は黙った。渡真利の夢はプロジェクト・ファイナンスだ。東京中央銀行で潰《つい》えたその夢を、渡真利は、この証券会社で果たそうと考えたのかも知れない。

「隠し資産を差し押さえて全額回収したとなったら、浅野さんはどうするつもりだろうな。さんざん、損失を出したのはお前の責任だと本部内でいいふらしてきたのに、腰砕けだ」

「知るか」

半沢はいった。「むしろ、回収できたのは自分の手柄、ぐらいのことはいいかねない」

「手柄は自分のもの、ミスは部下のものだ。苅田をうまく使って、外資の差し押さえは浅野支店長の頭越しにやれないものか」

「できればそうしたいぐらいだ」

そういって笑ったとき、待っていた連絡が入った。竹下だ。

「いま引き揚げてきた。写真、撮れたで。銀行のメールアドレスに送っとくわ。そうや、携帯用に加工してそっちにも送ろうか。酒のつまみに見てやってくれ。〝リーマン〟やったわ」

酒場の喧噪《けんそう》を聞きつけたか、竹下は低く笑った。

「東田とつるんでる奴の面が割れたらしい」

コップを口に運びかけていた渡真利は、口笛を鳴らす真似でこたえた。

竹下からのメールはすぐに届いた。

騒々しい居酒屋の一角。酔っぱらって多少おぼつかなくなった指で受信ファイルを開く。受信中のマークが回転し始めると、画面に少しずつ、写真が表示されていった。黙って渡真利も覗き込む。

マンションのエントランスだった。明るいオレンジ色の背景。東田に見送られ、そこから出てくる男の姿が映っていた。挙げている手が最初に現れた、それから徐々に顔のほうまで明らかになっていく。

全てがはっきりと表示されてからも、渡真利としばらく画面を見ていた。

半沢はその写真を保存し、携帯電話のボタンをプッシュして竹下にかけた。

「届きました」

「どや。よく撮れてるやろ。問題はこいつと東田の関係や。東田の計画倒産に一枚嚙んでる可能性はある。そいつを探ろうと思うてんねん。——おい、半沢はん。おーい、聞こえてるか」

「竹下さん」

半沢は周囲の喧噪から逃れるように送話口を手で隠した。「この男ですが——」。渡真利と目が合う。

「知ってます」

「な、なに。ホンマか？　どこのどいつやねん。東田とどんな関係なんや」

「東田との関係はわかりませんが、誰かはわかります」

「誰や」

半沢はすっと息を吸い込んだ。刹那、まわりの喧噪が意識の下へ押し込められ、この手の中にある携帯電話からまっすぐに竹下のところにまで見えない線が伸びているような奇妙な感覚を覚えた。

「うちの支店長です」

は？　といったきり竹下は絶句した。「なんやて？　あんたんとこの……？　どういうこっちゃ」

それを知りたいのは半沢のほうだった。

8

デスクの電話が鳴った。運転手の小牧重雄《こまきしげお》からだ。

「中島製油さんの前です。いま入ったところですから、後一時間ぐらいは大丈夫だと思います」

「ありがとう」

電話を切ると、垣内がこっちを向いていて小さくうなずいた。

支店長席は空席、副支店長の江島はついいましがた中西とともに出かけたばかりだ。行き先は、九条特殊鋼。〝苦情特殊鋼〟と揶揄《やゆ》される取引先で、年中、いろいろなことで社長から呼び出しを食らう。今日は、先日の融資の実行が、指定した午前中ではなく午後にズレ込んだことで社長の逆鱗《げきりん》に触れたらしい。ねちねちと小言を続けるタイプの社長で、こっちはおそらく後二時間はかかる。

まだ午前九時半を回ったところで、店内に客は少ない。

垣内とともに席を立って半沢が向かったのは、支店長室だ。個室だが、支店の第一応接室を兼ねているため、鍵はかかっていない。応接セットの奥に執務用のどっしりしたデスクとクローゼットがある。

一緒に入ってきた垣内が、ドアを閉めた。

まっすぐにデスクまで行き、引き出しに手をかける。

「施錠してやがる」

垣内が黙って鍵を差し出した。総務からこっそり借りてきたスペアキーだ。それで開けた。

文房具と支店の計数をまとめた書類、そして人事ファイルが入っていた。私物は、文庫本と経済雑誌が一冊。雑誌は先週の『週刊日本経済』だ。

「こっちは着替えのシャツ一枚だけですね」

クローゼットを開けた垣内がいったとき、半沢はデスクの下にあるカバンに気づいた。垣内と目が合う。

半沢はカバンをデスクの上に置いた。「ちょっと待ってください」。そう垣内がいって、ドアを施錠してくる。さすがにカバンを開けているところを見られたらまずい。

通帳を見つけた。

他行の通帳だ。白水銀行。表紙を開けて支店名を確認した。梅田支店となっている。大阪駅前にある小ぎれいなビルに店舗を構えていたはずだ。

「最近、作った通帳みたいですね」

一行目に記載されている「ご新規」の文字と日付がそれを物語っていた。日付は今年二月下旬だ。

「西大阪スチールとの取引開始とほぼ同時だな」

浅野は、千円を入金して通帳を作成していた。

「課長――」

はっと顔を上げた垣内と顔を見合わす。

作成日から数日を経て、五千万円もの金が振り込まれていた。

東田からだ。

三月初めの日付だった。

「西大阪スチールの融資代金が流出したのがいつか、覚えてるか」

半沢はきいた。

「そういえば、たしか、この頃だったはずです」

それを浅野がどういったか、鮮明な記憶が残っていた。西大阪スチール宛ての融資代金がすでに流出していると半沢がいったときだ。

報告しろよな、オレに——。

「本当は知ってやがったんだ」

半沢はいった。「西大阪スチールへの融資は二月末だった。それから、数日して、つまり三月の初め、その資金は当行から流出した。そして一部は、こうして浅野の個人口座へと流れた」

二人して押し黙る。いわんとすることはお互いに同じだ。

「五億円の十パーセント、ですかね」

垣内がそろりといった。「それが、不正融資の代金だと?」

「そんなところだろう」

だが——いま、その口座には、数百万円の資金しか残っていない。

最初の三千万円が引き出されたのは、五月のゴールデンウィーク直後。振り込みだった。振込先は、通帳の備考欄にカタカナで記載されている。

東京シティ証券。

浅野の戻りは、昼過ぎだった。運転手の小牧の話によると、中島製油を出た浅野は、それから思いついたように取引先を二社回り、三社目で大阪中心部にある堂島機械という会社を昼前に訪問、昼飯をごちそうになって戻ってきたという。小牧がハンドルを握る車は、堂島機械の専務も乗せて、中之島で有名な鰻屋へ直行。食事が終わるまで小牧は腹を空かせたまま待たされた。

「今日は中華やったからな」

社食のメニューのことだ。半沢とともに支店の食堂で五目中華丼を食いながら、小牧は小声でいった。「中華嫌いなんや、浅野支店長は。それでや」

「それで、自分だけうなぎか」

「いろいろな支店長に仕えたけど、あの人はそういう人やで。わてら庶務行員なんざ、小間使い程度にしか思ってへんもん」

それも支店長の器である。大物の支店長ほど、行員をよく気遣い、守る。だから人望も厚い。浅野はその対極にいる。

食事から戻ると、その浅野は、午前中に回付した稟議書をデスクで広げていた。半沢の顔を見ると、右手を上げ、まるで家来でも呼ぶように手招きする。通帳がなくなっていることにはまだ気づいていないようだった。

「なんでしょう」

デスクの前に立った半沢に、浅野は稟議書を突き返してきた。「書き直し」と突《つ》っ慳貪《けんどん》に一言。

半沢から見て、なんの問題もない運転資金の稟議書である。

「なにか問題でもありましたか」

「担保の検討が不足している」

「それでしたら、ここにあります」

半沢はいい、鼻先に突きつけられた稟議書を広げ、当該書類を浅野に向けた。

「三ヵ月も前のやつだろ。そんなに業績のいい会社じゃないんだから、私に回すときには常に最新の数字を出せ」

「最新といっても、不動産の評価など短期間に変わるものでもないですし、この会社は担保のほうが貸出残高よりも圧倒的に多い。むしろこちらから頼んで融資シェアをとってるぐらいです」

「誰がそんなことをしろといった！」

浅野は喧嘩腰だ。なにをいったところで、いまの浅野は、半沢の全てを否定してくる。

半沢自身が浅野を受け入れられない以上に、浅野は敵愾心《てきがいしん》を募らせていた。それが保身のためだとわかっているだけに、さらに半沢の反感に油を注ぐ悪循環だ。

「小木曽次長はあんなことになったが、君に対するあの人の評価は正しいと誰もが思ってるんだぞ、半沢」

「私に対する評価、ですか？」

「そうだ。君に対する評価だよ。スタンドプレーが目立つ。そのくせ、融資課長としての実力は水準以下ときた。これはもう困ったとしかいいようがない。挙げ句巨額損失だ。君、本当に反省してるのか」

反省だと？

ゆっくりと半沢は浅野の目を見返した。自作自演の損失計上で、反省もへったくれもあるか。そういってやりたかったが、黙った。

浅野は浅野で、奥底に、怒りの焰《ほのお》を燃やしている目を半沢に向けている。デスクでふんぞり返り、憎々しげに半沢を見上げるその態度には、小木曽はああなったが俺はお前をことん追い落としてやる、といわんばかりの決意にも似た悪意を感じる。

「そう、反省だ」

ゆっくりと浅野がいった。「反省していれば、こんなスキだらけの稟議書を回してくるはずがないだろう。担保があったら、どんなカネでも貸していいのか、半沢。そんな時代はとうに過去のものなんだぞ。現状認識力もないなあ、君は」

「面白いご意見ですね」

皮肉たっぷりに受けた。

「面白い、だと？」

浅野は奥歯をぎりぎりいわせ、さてどうやっていたぶってやろうかという顔で、睨み付けてくる。

「これが株券ならわかります。値動きが激しいですから。でも、三ヵ月前の不動産担保を再評価しろというのは現実には無理です。費用もかかりますし」

「五億円も実損を出しておいていまさら費用か」

浅野はせせら笑い、「君のそういう反抗的な態度がいま本部で問題になってるんだぞ」と小馬鹿にした口調でいった。

「反抗しているつもりはありませんが。おかしいからおかしいと申し上げているだけです」

「人事部や融資部だけじゃない。いまや、業務統括部も大阪西支店の融資課長は問題ありという認識だ」

「それはあなたが、そういいふらしているからだと聞いてますが」

「半沢！」

隣できいていた江島が鋭く遮った。「そういう態度があるか」

「そんな虚勢を張っていられるのはいつまでかな、半沢」

浅野はそういって半沢を睨みつけた。「明日、君の件で業務統括部の木村《きむら》部長代理が臨店される。部長直々の命令で、君に問題ありとなれば、それなりの処置がとられるはずだ。なめるといずれ地獄を見るぞ」

浅野はそういうと、デスクの稟議書を半沢に向けて投げつけてきた。力任せだ。それは胸の辺りに固く鋭い感触を残して床の上に落ちた。書類が床に散乱し、慌てて垣内が拾いに来る。

「半沢課長に拾わせろ」

浅野の叱責が飛ぶ。

だが垣内は黙って書類を拾い集め、それを半沢に渡した。

「すまんな」

「いえ」

短くいった垣内の目にも怒りが沸騰していた。

業務統括部の臨店については初めて聞いた。だが、これから地獄を見るのは、浅野、お前のほうだ——そのセリフを腹にしまい、半沢はさっさと自分のデスクに戻った。

9

最初の兆候が現れたのは、夕方、午後五時を過ぎた頃だった。支店長室内から聞こえてくる、バタバタとクローゼットや引き出しが開閉される物音を半沢は聞き、笑いを嚙み殺した。

「始まりましたね」

デスクを並べている垣内が小声でいう。

「知らん顔しておけ」

「わかりました」

やがて支店長室から難しい顔をした浅野が出てきた。それから、融資フロアにもある自分のデスクをかき回し始める。その様子に「どうされました」と江島がきいたが、曖昧な返事しかなかった。

デスクの電話が鳴った。渡真利だ。浅野の不正の証拠を押さえたことはすでに伝えてある。渡真利には、人事資料で浅野の経歴を調べてくれるよう頼んでおいた。もちろん、人事部との個人的なパイプを使っての内密の調査だ。

「浅野の経歴をまとめたものをそっちにメールで送る。この件について浅野と話をしたか」

「まだ」

半沢は声をひそめた。「いま、ようやく通帳がないことに気づいたらしい。面白いからしばらく傍観することにした」

「オレも見たい」

電話の向こうで、渡真利が底意地悪くいって笑う。「莫迦め。そんなもん持ち歩いてるからだ」

受話器を置くか置かないうちに渡真利のメールは届いた。実際にそれを開いて検討したのは、腑に落ちない顔をした浅野が帰宅し、さらに江島もいなくなった後のことである。

「中学を三度変わってる」

垣内がいった。

わかっている東田の経歴と照合してみた。共通点はすぐにわかった。豊中市内の中学だ。

「浅野はかつて、大阪にいたことがあったんですね。東田社長と同じ中学に通っていたんだ」

驚いたように垣内がいった。

東田は浅野の二つ上。つまり、浅野が中学一年生で東田が三年生ということになる。それ以前に浅野は東京世田谷区内にある中学にいったん入学し、同じ年の夏、父親の転勤に伴って大阪に転校してきたと思われる。

「たしか、大日本電機勤務でしたね、浅野のオヤジは」

垣内がいった。大日本電機は大手総合電器メーカーである。役席者だけの飲み会で、かつて浅野がそんなことをいったことがあるので半沢も覚えていた。総合電器の事務部門にいて、役員にまで昇り詰めたというような自慢話だった。

「中学もそうだが、その大日本電機が二人の共通点だ。東田のオヤジもあそこに勤めていたらしい」

そっちは電話で波野に確認した話だった。「調べてみたが、大日本電機の社宅のひとつがいまでも豊中市内にある。この中学のすぐ近くだ」

「すると、浅野と東田は、その社宅で知り合ったということですか」

「はっきりとはわからないが、その可能性は高いな」

東田の率いる西大阪スチールは、難攻不落の会社だった。それを浅野が行って、すんなりと巨額融資の話をまとめてきたとき、妙だとは思ったのだ。

それまで、東田が新たな銀行の参入を阻んできたのは、決算書を分析されることで粉飾の事実が露見することを恐れていたからではなかったか。それなのにあえて東京中央銀行に融資させることにしたのは、浅野の働きかけがあったからと考えるのが自然だ。バレないように俺がうまくやるから、とでもいったか。

「それまでの東田は、取引先の仕入れをちょろまかして裏金を貯めることぐらいしか考えていなかったはずだ。銀行を騙すといってもせいぜいトロい関西シティ銀行をだまくらかすぐらいが関の山だった。だが、浅野の出現で、計画は変更になった」

「何らかの理由で浅野もカネが必要だったのかも知れませんね。だとすれば、東田の計画倒産は、渡りに船だ」

垣内はいう。「だけど、審査は浅野ひとりがするわけじゃない。課長にじっくり分析されると、粉飾に気づかれてしまう。だから、新人の中西を担当に据え、財務分析をやらせた。そして稟議提出をせかして課長に検討する時間を与えなかったわけですか」

「その中途半端な与信行動は、その後、実損の責任を問われたときに、オレに責任転嫁する理由になる」

「なかなかよくできたシナリオですね」

腹立たしい。

「ただ、浅野にも予測不可能なことがいくつか重なった。ひとつは、東田がハワイの別荘を買う資金を当店で振り込んだことだ。おそらく、それが偶然に見つかるとは思っていなかったと思う。それに、東田のマンションに出入りするところを竹下社長にキャッチされたこと。それにこの通帳だ」

「告発しますか」

真顔で垣内はきいた。

「まだだ」

半沢はいった。「まず、東田の隠し資産を差し押さえる。債権回収が先だ」

「でも、差し押さえ手続きを浅野支店長に知られたら、東田が資産を移してしまうかも知れませんよ」

「だから、浅野の頭越しにやる」

「頭越しに？」

法務室の苅田とは打ち合わせが済んでいた。「準備ができ次第、差し押さえる」

垣内が小さくガッツポーズでこたえた。

第五章　黒花

1

「通帳が見当たらんやて？」

電話の向こうで、東田は素《す》っ頓狂《とんきょう》な声を上げた。

「どこに入れてあったんや」

「カバンの中」

「カバン？　なんでそんなとこに入れてんねん、大事なものを」

受話器を握りしめながら、東田は天井を仰いだに違いない。東田の反応に腹が立った。いや、本当に腹が立っているのは、東田に対してではなく、この通帳紛失という予期せぬ事態にだ。

「私はモノをなくさないんでね」

冷静にいったつもりだったが、声が震えた。モノをなくさない？　じゃあ、通帳はどこへいった。自分の秘密の全てが詰まっているといっていい通帳は――。

「最後に見たのはいつでっか」

捜し物をするときの常套句が電話の向こうから聞こえてくる。

「昨日ですよ。記帳したから」

ふうというため息が受話器から漏れた。

「浅野さんともあろう人が」

株で使っていたから。そんな言い訳をする気にもならなかった。迂闊だった。

「どこかに落としたんでしょう」

「そうかも知れない」

だが、どこで落としたのか、心当たりはなかった。

「紛失届、出しはりました？」

立場が逆転して、まるで東田のほうが銀行員のような口をきく。

キャッシュカードと届出印は先ほど確認したから、仮に第三者が拾っても現金を引き出されることはない。

「気イつけなはれや浅野さん。そんなもん銀行内で落としたらえらいこっちゃ。たぶん、記帳してカバンにしまうときにでも、落ちたんやろ」

おそらくそんなところだろう。銀行内で盗まれるということは考えられないからだ。

「浅野さんは見かけによらず、たまにとんでもない失敗しでかすところがあるからなあ。株の件もそうや。まあおかげで、こっちの計画倒産は大成功したわけやけど」

東田は痛いところを突いてきた。

株の信用取引だった。それで浅野は大損を出していたのだ。

わかっているつもりだったが、いつのまにか深みにはまり、気づいたときには体が震えるほどの損失を前に茫然としている自分がいた。

莫迦だった。

株になんか手を出したこともなかったのに、ほんのささいなことで一年前にインターネットのデイトレードを始め、株の面白さに目覚めた。根が凝り性で、一生懸命になると見境がつかなくなるところがある性格が災いして、数十万円単位のデイトレードがやがて数百万円にまで膨らみ、さらにリスクの大きな信用取引に手を出すのにそう時間はかからなかった。

最初は勝ち続けた。

それが良くなかったかも知れない。株は儲かる。俺は株の才能がある——。株に限らず、浅野の人生に蔓延《まんえん》している自信が仇《あだ》になった。まだ傷の浅いうちに損切りしておけばよかったのだ。それなら数百万円の預金が消えるだけで済んだ。ところが、浅野はそれを取り戻そうとさらに大きな取引に手をそめ、最終的にどうしようもない損失を抱えてしまったのだった。

信用取引の決済期日は六ヵ月後である。

それが次第に近づいていた。決済に必要な額は三千万円。いまの浅野にとって、それは自宅を売り払ってようやく手にできるぐらいの金だった。だが、株で損したことは妻にも内緒で、妻は浅野が株をやっていることは知っていたが、「うまくいってるから」という浅野の言葉を信じていた。

だが、実際には、うまくいくどころではなかった。

なんとかならないか。どこかにこれを打開する抜け道はないか。思い悩むうちにも決済期日は次第に近づいてくる。もし、決済できなければ、浅野の信用事故は明るみに出て銀行員としての将来がなくなるどころか、ローンの残る自宅まで売却しなければならなくなる。

そうしている間にも、浅野の思惑とは反対に相場は悪くなっていき、事態はますますのっぴきならないところにまできてしまった。

毎日が地獄のようだった。陰鬱で重く、なにをしていても笑いすら浮かぶ余裕がなく、胃がきりきりと痛んだ。まるで、底なし沼にはまってもがき、すでに口のところまで泥に埋まっているような気分だ。

東田満の名前を目にしたのは、そんなときだったのだ。

「東田……」

つぶやいてみた。その名前はいままで何度か、聞いたことがあった。会議の席上でだ。そして、そのとき浅野が見ていたのは、外回りで新規取引先開拓の仕事をしている課長代理が回付してきたレポートだった。

東田の名前は、そのレポートの終わりのほうに申し訳程度に出ていた。

西大阪スチールの波野経理課長経由、東田満社長に面談を申し入れたが断られた——。

このとき、浅野の脳裏に、およそ三十年前の光景が浮かびあがってきた。豊中の住宅街にあるちっぽけな社宅。小柄だが、がっしりした体格の少年。親同士が親しく、家族ぐるみの付き合いだった。東田は、東京から転校してきたばかりで学校になじめない浅野の面倒をよく見てくれた。

あだ名は、満《まん》タン。車に給油するときの満タンに、その体つきから豆タンクのニュアンスを重ね合わせたあだ名だ。

満タンは、いじめっ子から浅野をよく守ってくれた。そして、浅野の成績がいいことを親から聞いていて、どこか一目置いてくれた。満タンといるとき、普段浅野につっかかってくる連中も遠巻きにして近づいてくることはなかった。腕っ節も強く、柔道部でキャプテンを務める満タンはみんなから畏怖《いふ》の目で見られていたのだ。

させた。

「満タン……」

まさか、という思いと、あり得る、という思いが脳裏で交錯した。

浅野は新規工作を担当している男を呼ぶと、すぐさま西大阪スチールの資料を持ってこさせた。

真っ先に見たのは、社長の経歴だった。

自宅住所はもちろん変わっていたが、年齢は満タンと同じだった。信用調査会社からの資料には、東田満の出身校が書いてある。豊中市内の高校の名前をそこに見つけた浅野の中で、もしやという思いはそのとき確信に変わった。中学を卒業した満タンは、その高校に進学したはずだからである。

その後、満タンこと東田満は、大阪府内の大学に進学し、一般企業に就職した。そして独立して、西大阪スチールを設立する。

創業社長か。

その響きは、あの腕っ節が強かった満タンのイメージにやけにぴったりくる。頼もしく、そしてばりばり道を切り開いていくバイタリティ。満タンにはそれがあった。

西大阪スチールの概要を眺めてみた。

良い会社だとは聞いていたが、これほどとは思わなかった。売上げ五十億円企業のオーナー。それが別れてから三十年を経た満タンの姿だった。東京中央銀行の新規取引工作を

鼻であしらう剛腕。難攻不落の会社。満タンなら、いまの浅野を助けてくれるかも知れない。ただ一つ心配なのは、

「俺のことを覚えていてくれるだろうか」

ということだった。

浅野は、誰にも聞かれないように支店長室の電話を使い、おそるおそる満タンにかけた。

女性が出た。銀行名は伏せ、「社長さんいらっしゃいますか。中学の同窓の浅野とお伝えいただけますか」、そう告げた。

待つこと数秒。

「浅野さん？　やあ久しぶりやなあ」

電話口に出た東田は、三十年という年月をまったく感じさせない気安さでいった。ただひとつ違うのは、かつての「たーちゃん」ではなく、「浅野さん」と、呼び方が変わったことぐらいだ。

「ご無沙汰してます。ずいぶん、ご活躍と聞いてます。さすが、東田さんですね」

浅野も、満タンではなく、東田と呼んだ。

「いやいや。たいしたことないわ。それにしても懐かしいなあ。いまなにしてるの。銀行に入ったってことだけは、うちのおかあちゃんに聞いて知ってたけどな」

身分を名乗るべきときは身構える間もなく到来した。

「いま大阪なんです」

「大阪？　いつからこっちへ」

「去年の六月」

「なんや、水くさいな。はよ連絡してくれたらええのに。どこの銀行でっか」

「東京中央銀行の大阪西支店です」

大阪西、といった瞬間、受話器の向こう側で、それまで沸き立つようだった勢いがすっとしぼんだ。

「大阪西？」

東田はいった。「あの支店かいな。うちの近所の」

「支店長やってます」

ついに、東田は警戒して黙り込んだ。

なんの用や。そんな言葉でも飛び出してくるか。そう覚悟した浅野だったが、三十年ぶりに連絡してきた幼なじみにそこまでいうほど東田は愚直な男ではなかった。利用できるものは利用する。いまは身にしみてわかっている。それが、東田の流儀だ。

「一度遊びにきてや。歓迎するわ」

三十年という時を経て、二人の運命が再び交差した瞬間だった。

「まあ、通帳なくしたところで、たいしたことにはならんやろ。拾ったところで現金を引き出せるわけやないし、うちとのことは関係者以外には意味がないことや。違いまっか」

東田はいった。

「それはそうだ。東田さんにそういってもらってほっとした。神経質になりすぎてたかも知れない」

「そうや」

東田は言い聞かせるようにいい、「ところで、半沢の件はどうでっか。通帳より、あの男のほうがよほど気がかりや。あのとき出会ったのが偶然にしても、どうも不気味な存在やな」

「東田さん、銀行員っていうのは立場で動く人種なんですよ」

浅野はいった。「いまあの男は西大阪スチールを担当する融資課長というポジションにいる。それで、自分の責任を回避しようとあがいているわけです。だけど、ひとたび転勤となればもう手も足も出ない。それが銀行という組織です」

「でも、転勤させるのは人事部や」

「私の古巣です。奴を追い落とすための手はずは着々と進んでますから。明日にはまた新たな面談もある。それで半沢は火だるまになるでしょう」

通帳のことを気に病んでいた浅野だったが、このときようやく本来の勢いが自分に戻ってきたのを感じた。権謀術数にすぐれたバンカーとしての自らの資質。それを確認でき て、気分もすっとする。

「楽しみにしてますわ。どうも、未樹の奴もあれ以来、ひとりで買い物に行くのが嫌やいいますんや」

東田は女のことを気にした。その入れあげ方は、浅野の目にも余るほどだ。

「時間の問題ですよ。明日のことはまた連絡させてもらいます」

受話器を置き、ふうっと頰を膨らませて、浅野は息を吹き出した。

テーブルには飲みかけの缶ビールがそのまま置いてある。ぬるくなったビールを喉に流し込みながら、浅野はパソコンを立ち上げ、インターネットに接続した。

メールの受信箱をチェックする。

仕事上のメールは銀行のメールアドレスに入ってくるが、こちらには家族や親しい友人からのメールが送られてくる。

だが、その日に限って家族や友人からのものはなかった。

受信したのは、一通だけだ。

差出人名は、「花」。

なんだ？　悪戯《いたずら》メールか。削除キーを押しかけた浅野は、タイトルの「秘密」という文字に、マウスの動きをとめた。

浅野は、凍りつき、その文面から目を逸らすことができなかった。

――あなたの秘密、知ってしまいました。五千万円ももらったのね。いいのかな、支店長さんがこんなことして。花

歯車の緩んだ鈍色《にびいろ》の緞帳《どんちょう》が鼻先をかすめて落ち、視界を閉ざした――。東田との会話で垣間見えた明るい展望が瞬く間にかき消えた代わり、悪夢にうなされたような後味の悪さと絶望的な現実が浅野の胸に滑り込んできた。

単身赴任の支店長だけを集めた支店長社宅の一室だ。浅野は、部屋の片隅にあるパソコンの前で体を硬直させ、そのメールを食い入るように眺めていた。

五千万円も……もらったのね……。

浅野の秘密。しかも、絶対に知られてはならない秘密を、誰かが暴いた。長い爪の骨張った指先に心臓をもてあそばれているかのような圧迫感に浅野は何度も唾を飲み下し、そして額から噴き出してくる冷たい汗をシャツの袖で拭う。

〝花〟――。

通帳、どこで落とした？

そもそも――なんであんな大切なものを持ち歩いていたんだ、俺は！

謎と後悔、そして自責の念が一気に胸に押し寄せ、感情を攪乱《かくらん》する。刹那《せつな》パニックを起こしかけ、頭をかきむしった浅野だが、机につっぷしてしばらく時間が経つと、また別な思いが吹き込んできた。

待てよ。落ち着いて冷静に考えてみろ。相手が誰なのか。誰が、あの通帳を拾ったのか。

体を起こした浅野は、スクリーンセーバーを解除し、改めて文面を観察した。

まず、このいまいましいメールの差出人は、浅野が支店長だということを知っている。するとと仕事関係の誰かだ。まさかとは思うが、部下かも知れない。

うろたえ、硬直しかかった脳で、そんなことがあるだろうかと浅野は考える。支店の階段を上りながらカバンの中からモノを取り出したかも知れない。そのときひっかかって通帳が外に落ちる――たしかに、そんな可能性は否定できない。こめかみを伝った汗が顎から落ちた。

いや、そもそもこの差出人は浅野の通帳を見てメールをしてきたのだろうか。そうとは限らないのではないか。もしかしたら、通帳とは無関係なところからなにかしらの事実を掘り当てた可能性もある。通帳という動かぬ証拠がなければ言い逃れができるかも知れない。

だが、五千万円という金額をいい当てているのは、〝花〟が通帳を持っている証拠ではないか。メールの文面には、「支店長さんがこんなことして」とある。「そんなこと」ではなく、「こんなこと」なのは、差出人の手元に根拠があるからではないのか。

別なことも気になった。〝花〟と名乗る差出人が、なぜ浅野がプライベートで利用しているメールアドレスを知っていたのか、ということだ。

多くの銀行員同様、浅野もまた二つのメールアドレスを使い分けていた。

ひとつは銀行から割り当てられたアドレス、もう一つはこのプライベートのアドレスだ。名刺に刷り込まれているのも行内アドレスで、仕事でプライベートのアドレスを使うことはない。

アドレスを知っているのは……家族、親戚、親しい友人たち、ほかは――？

腕組みした浅野はぬるくなったビール缶をぐっと睨み付け、過去の記憶を浚《さら》った。支店の行員たちは知らないはずだ。取引先も。それとも誰かに教えただろうか？　いや、心当たりはない。

眠れぬ夜を過ごした浅野は、翌朝、寝不足の目をこすりながら支店へ出勤した。

「支店長、業務統括部の木村部長代理がいらっしゃってます」

二階のフロアに入ると、浅野を待ち受けていたらしい江島が駆け寄ってきた。木村は気むずかしいので有名な男だ。その相手をしていた江島は、明らかに浅野の出勤を待ちわびていた様子だった。

あのメールのせいで忘れていたが、この日は業務統括部の臨店予定だった。

「いやあ、どうもどうも」

浅野は、内心の不安を押し隠した笑顔で、木村の待つ支店長室へ入っていった。

2

「融資課長の半沢です。こちらは木村部長代理。本日、融資課の臨店にいらっしゃったので、係員からひとりずつ面接していただくように」

江島の紹介に、よろしくお願いします、と半沢が頭を下げると、ソファに体を投げ出したままの木村はいった。

「あんたが、名物課長さんか」

「名物？　どういうことでしょうか」

半沢は、自分に向けられた敵意のこもった眼差しを見つめ返しながらいった。

「いまや有名人だよ、君は。本部の調査役に楯突いたり、次長いじめが好きな融資課長がいるってんでね」

「そういう悪い噂というのはすぐに広まるものですね」

反論しようと半沢が口を開こうとしたとき、浅野が神妙な顔で口を挟んだ。憎々しげに半沢を見つめる青白い表情に、嬉々《きき》としたものが浮かんでいる。

浅野のプライベート・アドレスを調べ上げたのは実は垣内だった。浅野の後輩に当たる男と親しい垣内が、大学の同窓会名簿に掲載されていたというそれを調べたのだ。

メールを出したのは半沢。〝花〟というペンネームは、もちろんのこと妻の花から頂戴した。差出人の名前をどうしようかと考えたとき、それはふいに半沢の頭に浮かんできて、思わずほくそ笑んでしまった。普段いいたいことをいって、白黒はっきりつけないと気が済まない性格。今度の事件が進展するたび、半沢に対して同情というより叱咤《しった》してきた妻に、一矢報いるチャンスにも思える。まさに、支店長の浅野を糾弾するのにこれ以上の名前はないではないか。

いま、浅野の顔を見ればメールが絶大な効果を発揮したらしいことがわかる。

口を閉ざした半沢に、「朝のミーティングが終わったらぼちぼちはじめるからね」と木村は余裕綽《しゃく》々《しゃく》の態度だ。

支店長室を辞去してくるのと、融資部の渡真利から電話があったのはほぼ同時だ。

「業務統括部が行っただろう」

「来た。嫌な野郎だ」

半沢が言うと、「奴だぞ」という返事があった。

「ほら、近藤が支店開設で一緒になったたっていう支店長よ。あの野郎が、近藤をつぶしやがったんだ」

「知ってるさ」半沢はこたえた。

「ご多分に漏れず、自分本位の専制君主だ。自信満々で鼻っ柱も強い」

「自信満々の男が、なんで部長代理職でくすぶってるのかな」

渡真利は低く笑った。「さすがの人事部もこんなのを部長にしたらまずいと思ったんだろうよ」

「近藤はどうなる。そんな奴のために、奴は人生を棒に振ったってことか」

「そうだよ。奴がつぶしたんだ、半沢」

感情的になって渡真利はいった。「いいか、部長代理なんて偉そうな肩書きつけてやがるが、奴の実体は管理能力もへったくれもないただの暴君だ。お前のところへ行って、融資課の体制がどうのこうのなんてのたまう資格は奴にない。それだけは断言しておく」

渡真利は続けた。「奴はお前にやられた人事部の小木曾とも親しい。同じ穴の狢《むじな》だ。どういうことかわかるな。小木曾のしたことはともかく、お前に対する評価は間違っていないということを証明しようとしてるんだ」

「ご苦労なこった」

半沢はのんびりした口調でいった。

「せいぜい仇を討たれないよう気を付けろよ」

そういって渡真利の電話は切れた。それを見計らって垣内が朝のミーティングを招集し、簡単な計数の確認を行い、伝達事項を告げる。それが終わると、面談トップバッターの中西が、木村が待つ会議室へと消えていった。半沢の血が沸き立った。

「係員はしっかりしているじゃないか。それなのにこの程度の成績しかあげられないとはおかしいねえ」

木村直高は嫌みたっぷりにいうと、半沢が何もいわないのに記録ボードに何事か書きつけた。反応が鈍いとでも書いたか。

係員の後に、課長代理の垣内が面接した。

「要注意ですよ」

とは先ほど、入室する前にすれ違った垣内の忠告。管理能力がなかった人間が、指導する立場になると自分のことは棚に上げてあれこれいう。

「まだ期中ですから」

半沢はこともなげにいい、相手の反応を待った。

「よくそんなことがいえるね、君」

木村はつっかかってきた。「そもそも、成績悪化の原因は、西大阪スチールの巨額不良債権じゃないか。あれは君のミスだろ。部下がいくらがんばったって、五億円もの赤字を挽回するのは無理だ。それをどう考えてるんだ」

「事実誤認があるようですが」

半沢は冷静な口調でいった。木村は目を怒らせて半沢を見ている。

「事実誤認？」

「私のミスかどうかは、まだ結論が出ていないはずです。少なくとも私は自分のミスだと認めたことはありません。本件についてのヒアリングでも、それははっきりと否定しました。それとも、どなたかそうおっしゃったんでしょうか」

「よくいうよ、君。理屈ばかりこねてるとは聞いていたが、この期《ご》に及んでミスを認めないなんてな！　どういう性格だ」

木村は吐き捨てる。「貸し倒れ損失が出れば融資課長が責任をとるのは当然だろ」

「あなたはいったい今日一日、面談でなにを聞いたんですか」

半沢はゆっくりと反撃ののろしを上げた。普通、本部の上役が臨店した場合、融資課長が反論することはまずない。木村が挑発的な発言をしたのも、反論してこないという読みがあったからだろうが、それは外れた。

渡真利の話を聞くまでもなく、こいつだけは許せなかった。許すわけにはいかないのだ。

なめるなよ——半沢は面《おもて》を上げ、相手を冷ややかに見据えた。思わぬ反撃を侮辱ととったか、木村は顔を真っ赤にして何事かいいかけたが、半沢が遮った。

「貸し倒れが融資課長の責任というのなら、それは同時に支店長の責任でもあるし、その融資を承認した融資部の責任でもあるはずです。西大阪スチールについてはもっと個別の事情があるのに、それについてはどう考えておられるんですか」

「個別の事情だと？」

ふん、と木村は喧嘩腰で鼻を鳴らした。「それは君が粉飾を看過し、融資部調査役に承認を迫ったという、その事情かね」

「あの案件はそもそも、浅野支店長がまとめてきたものです。しかも、話をまとめて翌朝一番に稟議を提出しろという指示でした」

「自分の実力不足を支店長のせいにするつもりか」

「支店長のせい？」

半沢は少し考えていった。「まあ、ある意味、そうかも知れませんね。これは記録しておいてもらいたいのですが、西大阪スチールに対する五億円の融資を取り上げた浅野支店長の与信判断は、明らかに常軌を逸してました」

手にしていたボールペンを記録ボードに叩きつけ、木村は唾を飛ばした。「君の年収はいくらだよ。君はヒラの行員じゃないんだぞ。自分の仕事の範疇で起きたことは責任をとるのは当然じゃないか」

「それが本当に私の責に帰すものであれば、その通りです」

「君の責任だろうが！」

激昂した木村が大声を張り上げた。

「違うと申し上げている」

「まったく、話にならんな！　君ほどおめでたい人間を見たのは初めてだよ」

「あなたこそ、最初から話を聞く気がないのなら、高い交通費を払って臨店する意味はないのではありませんか」

半沢は対決姿勢を鮮明にした。「それに、あなたは損失と決めつけていますが、西大阪スチールについては、まだ債権回収を諦めたわけではありません」

「面白いじゃないか」

木村は挑戦的な笑いを浮かべた。「だが、ひとついっておく。君の持論はいざしらず、もし債権回収がかなわなかったときには、君は相応の責任を問われることになるだろうな。そのつもりでいろよ」

「あきれたな！」

「そうですね。その代わり、その逆もあることをお忘れなく」

「逆だと？」

木村は憎々しげにいった。

「つまらぬしがらみで事実を歪めようとすれば、真相が明らかになったとき、責任を問われる。臨店調査は結構ですし、おそらく私にとって不利な報告書を書かれるおつもりでしょう。ですが、後になってそれがまったく事実に反するとわかったときには、報告者であるあなたの能力不足が露呈するだけです」

怒り狂った木村の顔色は、赤を通り越して青ざめた。

「もし、そんなことにでもなれば、私は君に土下座してやるよ。だが、私の長年の現場経験でいくと、君が復活する可能性は、限りなくゼロに近いね」

「その言葉、覚えておきましょう」

面談は終わった。


「どういうつもりなんだ、半沢！」

木村が最後に面談したのは支店長の浅野だった。江島を含め、一時間ほど支店長室にこもっていただろうか。二人に見送られて木村が支店を後にすると、半沢を呼びつけた浅野は激怒した。

閉め切った支店長室で、江島がヤクザさながらの鋭い視線で半沢を睨《ね》め付けている。

「お前、自分がなにをしたかわかってるのか！　自分の責任を素直に認めろ！　融資課長として恥ずかしくないのか！」

怒り狂っている浅野に、半沢は冷静に反論した。

「責任があることなら、素直に認めましょう。それは融資課長として、というより銀行員として、さらにいえばサラリーマンとして当然のことです。ですが、自分に責任のないことまで謝罪するなんて、そのほうが恥ずかしいし、無責任な行動だと思いますがね」

「融資課長として失格だな、半沢」

聞いていた江島がわかったような口をきいた。こいつに意見はない。なんでもかんでも浅野がいうことは正しく、浅野が認めないことは正しくないと判断する追従《ついしょう》ものだ。江島など半沢は無視して、ずっと浅野の表情を観察していた。

「次はないぞ、半沢」

浅野はたっぷりと悪意をこめていった。「そう思え」

「そういう人事をちらつかせるやり方というのは、組織の管理者としての無能をさらけ出しているのと同じです」半沢はいった。

「なんだと」

浅野は怒りに顔色をなくした。「口応えするのか」

「西大阪スチールの件で、あなたはまったく自分の落ち度はなく、全て私の責任と本部でさかんに喧伝《けんでん》されているようですが、あれはそもそも支店長、あなたがまとめてきたものです。そして、検討する時間も与えず五億円もの融資をごり押しした。これはどうにも不自然だと思います。いくら相手が東田社長でも、十分に検討する時間をとるべきだった。それをしなかったのはおかしい。それとも、それができなかった理由が、ほかにあったんですか？」

面白い見物だった。浅野の目に浮かんだのは明らかな狼狽だ。その狼狽は、風を受けた蠟燭《ろうそく》の炎のように瞳の真ん中で揺らめき、やがて意志の力によって感情の深奥《しんおう》へと押し込められた。その反動がもたらした怒りの大きさは想像した通りだったが、閉め切ったドアを突き抜けてフロア中に聞こえる怒声を張り上げた浅野の態度は、もはや負け犬の遠吠えだ。

やがて、怒鳴り疲れ、肩で息を始めた浅野に代わり、江島が自分の出番だとばかり、口を挟んだ。

「支店長がおっしゃった通りだ、半沢。よく反省して、明日から、いや、いまから全力を尽くせ。木村部長代理には私から後で謝っておくから」

笑いだしたいのをこらえ、「よろしくお願いします」といって席を立った。こいつはもう、爆笑だ。

「メールやて？」

電話の向こうで東田は、そういったきり押し黙った。通帳をなくした、と報告したときの東田はまだ気を回す余裕があったが、さすがに事の重大さに目覚めたらしい。

「そっちに転送しますが、たぶん通帳を拾った奴からだと思います」

3

「いま送ってくれ」

コードレスの受話器を持ったまま、浅野は立ち上げていたパソコンから東田のメールアドレスへ問題のメールを転送した。しばらく電話の向こうで唸《うな》るような低い声がし、「まずいやないか」という誰にともなく向けられた非難の言葉を、東田は吐き出した。

「〝花〟という相手に心当たりはないんかい、浅野さん」

いわれるまでもなく、それは考えた。

「とりあえず、このメールを出した相手を特定するんや、浅野さん」

「それはそうだが、なかなか難しい」

そういった途端、東田もまた、浅野のメールアドレスを知っていることに気づいた。

「東田さん、私のアドレスを誰かに話してませんか」

返事の代わりに、「アホか」の言葉。

「そんなことするわけないがな」

「彼女はどうです」

「彼女？」

東田は不愉快そうにいった。「未樹のこと疑ってるんか」

「疑ってるわけじゃないが……」

口ごもった浅野に、「あいつは知らん」というそっけない返事があった。

「ついでにいうと、板橋にも教えてないわ」

「そうですか。疑ってすみませんでした」

「まあええわ」

東田はいい、「あの半沢やないんか」ときく。

それは、浅野も何度か考えたことだった。もしそうだとすれば最悪の事態といってい い。考えるのも恐ろしいというか、それ以前に胸のむかつきを覚える。

「通帳を紛失したのは事実ですが、それがよりによって半沢の手に落ちる確率は低いと思います」

「確率なんてどうでもええ」

東田はいった。「ゼロやなかったら疑ってみるべきやないんか。この計画には失敗は許されへんで。落ち度があったらあかんのや」

たしかに、その通りだ。思い浮かんだのは、半沢の反抗的な態度である。この銀行という組織で上司に対してあれほどあからさまに反駁《はんばく》してくる部下というのを、浅野は見たことがなかった。元人事部にいたこともあって多くの行員を見てきたという自負があるが、正面きって楯突く部下も珍しい。

それに、浅野自身は認めたくなかったが、あの西大阪スチールの与信に関する半沢の指摘は鋭く、痛いところを突いていた。思わず動揺してしまうほどに。

西大阪スチールの計画倒産に加担し、その責任を半沢に押しつける。

この銀行という組織、銀行員というものを知り尽くしている浅野にしてみれば、それは簡単なことに思えたのだが、半沢の意外な抵抗ぶりに、計画が多少甘かったと思わずにはいられなかった。

本部人脈を駆使しての根回し。親しい関係にあった人事部の小木曾次長、定岡、そして今回の木村部長代理の面談という手順を踏んで、本来ならこの時点で完膚《かんぷ》なきまでに半沢を痛めつけ、追い落としているはずなのに、いま公然と半沢は自分に対する非難を跳ね返し、ミスを認めようとはしない。半沢という部下をもう少し従順な男だと決めつけていた浅野にしてみれば、これは完全な計算外だった。

「今日の面接はどうやったんや」

そのとき電話の向こうから東田の声が浅野を思考から引き戻した。

「まあ、こっちの思い通りにすすんでますよ」

ある意味それは本当だったが、浅野は強がりをいった。浅野のシナリオでは、厳しいことで知られている木村部長代理が半沢をこてんぱんにやっつけてくれるはずだったからだ。ところが実際には、どういう細かなやりとりがあったかはわからないが、半沢はやっつけられるどころか、木村の隙《すき》をついて反論を試みたらしい。

いずれにせよ、今回の一件が半沢に有利に働くことは考えられない。その意味では思い通り。こうなった以上、木村は、理屈をこじつけてでも、半沢の態度や管理に問題がありとのレポートを上げるだろう。それはやがて人事部に回る。浅野が、半沢の能力不足を理由に早期更迭を言い含めてきた人事部で、それがどのように判断されるか、目に見えるようだ。

「おそらく、今月中には人事部からなんらかの打診があるはずです」

「転勤するゆうことか」

「そう。それで半沢も終わりだ。我々は自分のことだけを考えればいい」

満足そうな声が受話器から流れ、浅野は受話器を置いた。

束《つか》の間《ま》、不安が影をひそめ、満足感に似た感情がひたひたと湧き上がって浅野の胸を満たした。半沢がなにをいおうと、所詮、課長は課長だ。銀行という組織の中で、支店長の権限は絶対であり、考えてみれば浅野の思惑通り進まないはずはない。

「気苦労もほどほどにしておかないとな」

余裕の笑みを浮かべ、浅野は独り言をいった。

だが、その余裕は新たなメールの着信音とともに消えた。

差出人、花――。タイトルは、「検討中」。

メールを読んだ浅野は、胃の辺りにじわりと苦いものが広がるのを感じた。


――浅野悪徳支店長さんと傲慢《ごうまん》東田社長との秘密の関係、告発すべきか迷っています。調べれば調べるほどあなたってひどい人だよねえ。通帳のコピー、お客様相談室に送ろうか。それとも人事部とか役員室の秘書室とか、あるいは総務部とか、そういうところへ送ったほうがいいかな。告発するかしないか、あなたの態度で決めることにします。さあ、どうする土壇場支店長さん？　あなたの人生にピリオド打とうか？


ごくりと喉を鳴らして、浅野は唾を飲み込んだ。

指が、手が、そして体全体ががたがたと震えだした。目をメールの文面から離すことができなかった。

もしそんなことをされたら、間違いなく浅野の銀行員人生は終わる。

胸を上下させ、肩で激しく息をしながら浅野は、いま自分の将来が見ず知らずの人間の手の中にあるという事実を再び思い知らされていた。

突如、電話が鳴り出して、浅野ははっとなった。

〝花〟か？

――調べれば調べるほど。

調べたのだ。自分のことを。だとすれば、この電話番号もまた知っているに違いない。

――あなたの態度で決めることにします。

俺の態度だと？　俺の態度……見ず知らずのお前にかしずけとでもいうのか。この俺に。

気が遠くなりそうな屈辱と焦燥感の中で、電話は鳴り続けている。

取った。

「パパ？」

耳に押し当てた受話器から飛び込んできたのは、子供の声だった。

「怜央《れお》か」

浅野の全身から力が抜けていった。長男の怜央は今年小学二年生だ。幼さを宿した声は、どこか頼りなげで、そして女の子のように甲高い。

「パパ、今度大阪に遊びに行ってもいい？　ぼくとさおちゃんとママ。お泊まりしたいんだけど。いい？」

唐突な申し出に、浅野は「いいけど。ママと代わってくれる？」というのがやっとだった。

やったー、いいって！　という怜央の喜び勇んだ言葉が受話器の向こうで聞こえ、そして、「もしもし」という利恵の声がした。

「お忙しいのにごめんなさい、あなた。もうどうしても、怜央が行きたいといって聞かないのよ。どうかしら」

「まあ、それは構わないよ」

浅野はいうと、事務的な口調できいた。「どこに泊まる。ホテルは手配できるか」

「ええ。梅田でいいかしら」

「いいだろう」

「あなたも泊まるでしょ？　二部屋とろうか」

「そうだな」

利恵の言葉の背後にあるものに気づいたが、浅野はそっけなくいった。

「ツインがいい？　それともダブルがいいかしら。子供たちはツインよね。私たち——」

「任せるよ」

妻の言葉を遮って、浅野はいった。

「そう」

浅野の苛立ちを薄々感じたのか妻は神妙になっていい、「佐緒里に代わろうか」ときいた。

佐緒里は今年小学五年生になる。私立中学を受験するための学習塾に通っているから、週末、大阪に泊まりにくるということは毎週日曜日にある定期テストは休むことを意味している。高い授業料を払っているのにそんなに簡単に休ませるのか、という思いがないではなかったが、「パパ、元気？」という佐緒里のはつらつとした声に浅野は不満を押さえ込まれた。

「お仕事忙しい？」

「まあまあかな」

「すっごいがんばってるんだよね、パパ！」

利恵になにかいわれているのか、佐緒里はいつになく、浅野を気遣う発言をした。だが、その一言一言が、いまは心臓にちくちくと突き刺さる小針だ。

「まあな。佐緒里はどうだい」

浅野はきいた。

「うん、がんばってるよ。先週のテストはクラスで三番だったの。パパ、ちょっと疲れてる？」

佐緒里は、子供ながらになかなか鋭い。

「そんなことないよ」

浅野は曖昧にいい、しばらく娘の話に付き合った後、「じゃあね」と利恵に代わることなく、電話を切った。

いま家族の存在は、浅野にとって重すぎた。濁った心に沈む鉛のようだ。

そもそもの始まりは――と考えてみる。

そう、そもそもはデイトレードだ。それがいつしか信用取引にまで発展し、巨額損失を生み出した。

まだ数百万円という〝負け〟で損切りしていれば良かった。だが、いまとなっては、そんなことを考えてもどうしようもない。ただ虚《むな》しいだけだ。

穴埋めのためにさらに損失を広げる。

浅野がしたことは、まさに「いろはのい」の失敗に違いなかった。そして、つまらぬプライドが邪魔をして、妻にそのことをうち明けることもできなかった。

そして浅野はその過《こと》ちを糊塗するために、さらに大きな過ちを犯したのだ。

浅野がしたことは、「背任」あるいは「詐欺」という刑事罰の対象になることだった。

もし、それが明るみに出れば、間違いなく浅野は銀行での将来を失う。それどころか、銀行員という職まで失うことになるだろう。法廷の被告席に座った父親を、二人の子供たちはどんな思いで見つめるだろうか。

それでも「パパ、がんばって」と応援してくれるだろうか。

思考に耐え難くなり、アルコールに逃れようとデスクを立った浅野は、わなわなと膝が震え、歩けないほど動揺していることに気づいた。

自分が大切にしていたプライドなど、いまやまったく意味もなく、根拠もない。こんなものを守ろうとあがいた挙げ句、抜けないほど深い泥沼に足を突っ込んでしまったではないか。情けなかった。そんな自分を呪いたくもなった。つまらないビデオを観たときのように、テープを巻き戻せるものならそうしたい。

よたよたと冷蔵庫まで歩いていって缶ビールを取った浅野は、まだ開けたままになっているパソコンのところに戻ってきて、再びそのメールを眺めた。

返事を出そう、そう思った。

缶ビールを置き、キーボードに手をおいて返信の画面を出した。

——なにか勘違いされているようですが、悪戯メールを出すのはやめてください。あまりひどいと警察に訴えますよ。

自分が打った文面をじっと眺め、すぐに消去した。相手を刺激してはまずい。だが、かといって、図に乗せるような内容でもだめだ。

——あなたは誰ですか？

というのはどうだろう。いいかも知れない。だが、あまりにも短すぎるような気がして、浅野はその後にもう少し文を追加した。

——あなたは誰ですか。誤解があるようですので、直接お会いしてお話をさせていただけませんか。

これでどうだ。

悪くない。誤解、というのが政治家の言い訳みたいでちょっと苦しいが、最初に繰り出すジャブとしてはこんなものでいいだろう。

送信。

待った。

先ほど、〝花〟からのメールが届いてから二十分ほどが経っている。〝花〟は、浅野の返信に気づくだろうか。

缶ビールを飲みながら十分ほど待ち、耐え難くなって、シャワーを浴びた。

何も手につかず、気分転換もできず、さらに一時間。今日は来ないのかと思った〝花〟からの返信は、午前零時過ぎにようやく届いた。

――返信拝読いたしました。〝誤解〟ですか。本当に誤解かどうか、銀行か警察に判断してもらうことにしましょう。

メールを読んだ瞬間愕然となり、半ばパニックに陥りかけた浅野は、返事を書かずにはいられなかった。

――勝手なことをされては困る。話し合いましょう。そちらの目的を教えてください。

待つ。五分、十分、さらに三十分。午前一時を過ぎ、二時を回った。それでも浅野は待ち続けた。だが、この夜、〝花〟からの返信はもうなかった。

4

「どうやら近藤の出向は本決まりになりそうだ」

業務統括部の件で渡真利から電話があったのは、翌朝のことだった。

「どこだ」半沢は、短くきいた。

「京橋支店の取引先。人事の奴から内々に聞いた話だが、総務部長辺りで行くらしいぜ。部長つっても、中小企業だ。部下は数人ってところで、実務に走り回ることになるだろうな。当然片道切符だ」

つまり、銀行に戻ることはない、ということだった。

出向先との折り合いが悪くなっての〝出戻り〟も少なくないが、そうなるとたいていはすぐに別な会社へ出向させられ、運が悪いとたらい回しにされる。挙げ句、自分で嫌気がさして辞められるならまだマシだが、子供も小さくなにかと金がかかる近藤にしてみれば職を辞するわけにもいかない。

「あいつ、大阪に家を買おうとして、この前手付けを払ったばかりらしいぜ」

渡真利の情報に半沢の胸は痛んだ。

「そのこと、銀行は知らなかったのか」

「知ってたさ。ローンの算段だってしてるだろうしな」

半沢はため息をついた。つまり、銀行は知っていてわざと大阪を離れなければならない出向話をもちかけるということだ。

「近藤にローンを出したくないんじゃないか」

渡真利はまたうがった意見を述べた。「くそったれの人事部のすることだ。オレたちなんざ、ゲームの駒ぐらいにしか思ってねえんだよ、あいつらは」

「知ってるのか、近藤は」

「まだ。他言無用だぞ」

「わかった」

あのとき――銀行への就職が決まり、将来の夢を語っていた近藤を思い出す。俺は世の中の会社の役に立つんだ。そのために中小企業融資のプロを目指す――それが近藤の夢だった。

それがつまらぬところで躓《つまず》き、病気になった挙げ句、いまシステム部で飼い殺し同然の扱い。近藤の人生を狂わせたのは、ほかならぬ銀行そのものだ。

「例の件だが、どうだ、お宅の支店長さんは――」

「直接会って誤解を解きたいってメールが来た。しらばっくれてやがる。自分のアホさ加減をもう少し思い知らせてやろうと思っていたところだ」

渡真利の含み笑いが聞こえた。

「徹底的にやってやれ、半沢」

いわれるまでもない。きっちり、片を付けてやる。

だが――。

法務室苅田からの電話が、その日の午後二時過ぎにかかってきて雲行きが怪しくなってきた。

「実は、例の海外不動産の件なんだが、難しいかも知れない」

開口一番、苅田は硬い声で半沢に告げた。

「難しいとはどういうことだ」

「ハワイ当局へ問い合わせてみたんだが、反応はすこぶる鈍い。ほかの実例も当たってみたんだが、こちらの法律に先方が従う法はないわけだから、強制力がない。時間がかかるぞ」

「ここ数週間が勝負だ。それまでに回収の目処《めど》をつけたい」残された時間は、そう長くはない。

「気持ちはわかる。わかるんだが、ほかにカネを回収できる当てはないのか。国内の金融資産とかは?」

ニューヨーク・ハーバー証券のことを半沢は話した。

「それを差し押さえよう」

「本当にそこと東田の間に取引があるかどうかわからない。仮に取引があっても、どんな種類でいくらの資産があるのかさえ、わからないんだ。中途半端なことをして差押えに失敗するばかりか、東田にこちらの動きを察知されては元も子もなくなる」

小さな舌打ちとともに、「どん詰まりかよ」という言葉が聞こえてきた。


じーっという蛍光灯の音が和室に響き、どこかから舞い込んできた小さな蛾《が》が狂ったように弧を描いて視界から消えた。

午後八時過ぎに支店を出て訪れた竹下の家の居間だ。夜とはいえ残暑の厳しい中、支店からここまで歩いてきた平沢に、竹下は冷えたビールを出して簡単な乾杯をした。その後、西大阪スチールの回収をどう進めるか、その作戦会議と相成ったのだが、昼間の苅田の話をきっかけに、重苦しい沈黙が支配し始めた。

その沈黙を破って竹下がいった。

「つまりや、そのハワイの物件は諦めてニューヨークなんとか証券の資産を狙えと、こういうことかいな」

「まあ、そういうことですね。ところが詳細がわからないと手の出しようがない」

鼻から勢いよく煙を吐き出した竹下は、不機嫌な横顔を向ける。

「なんかエエ手はないんかいな。そや、浅野支店長なら、知ってるんちゃう？　脅して聞き出せへんか。びびってるんやろ」

半沢もそれは考えた。〝花〟名義のメールで浅野を脅し、東田の秘密情報を聞き出すのだ。だが、それは半沢にとって両刃の剣といってよかった。うまくいけば回収に弾みがつく一方、もし失敗したらせっかく尻尾《しっぽ》をつかんだ裏金が再びどこかへ消え失せることになる。東田と浅野は、いわば共犯だ。東田が破滅すれば、浅野まで危なくなる。東田を売ることは、浅野にとって自分自身を売るのと同義だ。

「浅野と東田の二人を分かつのは難しいと思う。もっと確実に、情報を得る方法が欲しい」

「そんな方法があるとは思えん」

竹下はいい、難しい顔でぬるくなったビールを喉に流し込む。

再び沈黙。だが、ふと顔を上げて「女」といった。

「なんです？」

「女や。東田の。あの女からなにか情報とれんもんやろうか」

半沢は、百貨店の駐車場で仲良く腕組みをして歩いていく二人の後ろ姿を思い出していた。

「どうするつもりですか」

「どうせ水商売やろ。どこかの店に出てるはずや。それ調べあげて、いっぺん接触してみてもええかな、と。任せといてや。あんたはほかの方法がないか、考えてくれ」

どん詰まりの回収方法に悩んでいても、日数だけがどんどん過ぎてしまう。こうして考えているより、まずは行動ありき。うなずいた半沢は、どうにも盛り上がらない会話をそこそこに切り上げた。

5

「どや。誰が脅迫してるんか、なにか手がかりはあったんかいな」

その夜、東田からの電話は午後八時過ぎにかかってきた。

「だめですね。誰なんだか、さっぱりわからない」

それどころか、昨日出したメールの返事もまだ来ていない。浅野は顔をしかめた。いつ、あの通帳と告発文が銀行に送りつけられてくるかと思うと、気が気でなかった。

「でもまあ、メールの返事が来たちゅうことは、まだなんらかの交渉の余地があるということや」

「とてもそうは思えませんがね」

「そんなことないで。目的は金やろ。焦《じ》らしてるんや。見ててみ、そのうち、いってくるで。通帳をいくらで買わんかと持ちかけてくるわ」

「それならまだましですが」

金で解決できるのなら、こんな簡単なことはない。むしろ厄介なのは、金では解決できない場合だ。そう思うと、平静を保っていた浅野の表情はかき曇った。

「ところで、来週中国へ行ってくるわ」

東田は話題を変える。

「ついに、動き出すわけですか。行き先は？」

「深圳《シンセン》」

「いよいよ、東田社長の本領発揮だ」

それは東田にとって夢といってもよかった。建設ラッシュの続く中国では、行くたびに道路が建設され、建物ができる。その将来性を見込んでいまから現地法人を設立し、成功させる。そのために東田は数年間という月日を使い、計画的に金を貯め込んできた。

二十年前に独立、単身で西大阪スチールという会社を設立したものの、主要取引先の方針転換であえなく失速した東田には、下請けいじめといってもいい大手企業のやり方に対する怒りが渦巻いていた。有無をいわせぬコストダウン、利用できるだけ利用し、不要となればポイと捨てる非情さ。そのどれもが東田にとっては我慢ならないことばかりだ。かつて業績が良かったとき、一度国税にさされたことも税務当局に対する東田の不信感を煽《あお》る結果となった。

そして銀行に対しても。

浅野がそれを聞いたのは、東田と再会して間もなくのことだ。かつて、西大阪スチールが資金繰りに窮したとき、産業中央銀行当時の新規開拓担当者が来社し、「貸す」といった約束を土壇場で反故《ほご》にした。これを当てにして一度倒産ギリギリのところにまで追いつめられたことが、東田の銀行嫌いを加速させる結果になった。

東田という男は、逆境をバネにしてここまで来たような男だと、浅野は思う。

計画倒産の背景には、取引先に対する、あるいは国税に対する、そして銀行に対する恨みがあり、いってみればこれは、東田の復讐《ふくしゅう》劇の様相を呈している。

そうして閉塞的で不条理な国内市場に見切りをつけた東田は、中国への進出に商運を賭けようというのだった。

浅野はのっぴきならない懐事情でその計画に乗り、そして後悔とも羨望《せんぼう》ともつかぬ中途半端な感情を持て余しながら、東田との関係を継続していた。もし、銀行から追い出されるようなことがあれば、頼りになるのは東田しかいない、という思いもそこにはある。

「深圳では、月二万円もあれば最低限の生活はできる。工員の給料は日本の十六分の一ですわ。それでも働き口をもとめて豊富な人材が集まる。建設資材の争奪戦が起きるほど過熱している市場やけど、あの建設ラッシュの勢いは当分衰えることはないやろ。もしそんなことがあれば、それは中国という国勢の衰退を意味し、ひいては世界経済の勢力図に関わる問題や。あろうはずはない。これは人生稀《まれ》にみる商機ですわ」

月二万円――ただし、その二万円の給料で生活している人々の家には満足なインフラはなく、コンクリートが剝き出しの壁で、水道からはボウフラも一緒に流れ出てくる。ひ弱な日本人なら三日ともたない環境だ。

「今回は現地のコンサルタント会社と契約して、新会社設立のスケジュールを詰めてくるで。早ければ今年中にも設立し、俺は中国へ飛ぶつもりや。浅野さんも一緒に来たらええのに」

最後の一言は冗談には聞こえなかった。行けるものなら行きたいぐらいだ。ある意味、全てをぶち壊し、捨てて第二の人生に飛び込んでいける東田という男がうらやましい。

「金はまだ証券会社ですか」

浅野はきいた。そこに東田は十億円を超える金を貯め込んでいるはずだ。やるとなったら徹底的。それが〝満タン〟の主義だ。

「そや。会社設立の目処がたって、取引銀行が決まったらそっちに移しますわ。まさか、わざわざ東京の外資系証券会社にそれだけの金額を預けてるとは、債権者の誰一人思わんやろ。ほんと、ええアドバイスをくれたな、浅野さん。感謝、感謝や」

追いつめられている浅野の心中などまったく意に介さず、東田の高笑いが電話口からこぼれてきた。

「全ては順調ですわ。これも日頃の行いがええからやなあ」

東田は得意げにいった。「そやから、浅野さん、あんたも心配せんといてや。幸運の女神は我々の味方でっせ。いまにその〝花〟とかいう相手も正体を現す。そのときが勝負や。案外、今夜辺り、電話がかかってくるかもしれへん」

「そうだといいんですがね」

上機嫌の東田と話していると、ますます気分が塞《ふさ》いでくるのを感じて浅野は受話器を置いた。支店長社宅の自室だ。社宅は小ぎれいで設備も調《ととの》っているが、気晴らしの相手もなく落ち込み始めると歯止めがきかない。

しかしこれは、一人で考え、一人で解決しなければならない問題だ。放り出すこともできず、かといって積極的に解決することもできない。

しんと静まり返った部屋でそのことを考えだすと、不安と焦燥で、頭がおかしくなりそうだ。ウイスキーのボトルを開け、冷蔵庫の氷をグラスに無造作に突っ込んで喉に流し込んだ。それほど酒に強いわけではない。とにかく酔っぱらってしまいたくて、一気に呷《あお》り、そして派手にむせる。それでも無理にグラスを空け、もう一杯、さらに一杯と続けるうちに、期待した睡魔ではなく、頭痛が襲ってきた。満足に酔っぱらうこともできないのか、俺は。

そう浅野が毒づいたとき、着信音とともにメールが入ってきた。

〝花〟からだ。

——勝手なこととはなんでしょう？　あなたの行動こそ、勝手なことではないのですか？　いつこの通帳をあなたのお目付役に届けるか、いまはそればかりを考えています。そしてあなたの獄中生活がどんなものになるのか、それも楽しみのひとつに加わりそうです。そのために、私は三ヵ所に告発します。銀行と警察、そしてマスコミ。あなたの大切な家族が記者に取り囲まれるところが早く見たい。


家族、という言葉が目に飛び込んできた瞬間、浅野の頭の中は真っ白になった。

利恵のすすり泣く表情と、かわいい子供たちの泣き顔が脳裏をよぎる。株取引での損失を穴埋めするために背任罪で逮捕されたとなれば、浅野の家族たちはどうなる。がんばり屋の佐緒里は唇を真一文字に結んで友達の嘲笑《ちょうしょう》に耐えるだろうか。怜央は繊細だから学校へ行きたくないというだろう。そして利恵は、母親同士の様々な噂や中傷に耐えなければならないだろう——俺のために。俺の、ひとときの気の迷いのために。

いてもたってもいられなかった。

——それだけは勘弁してください。家族だけは。

そう書いた。そのメールを打つことで自分の罪を認めることになろうと、もうそんなことに構ってはいられなかった。浅野は必死だった。

送信ボタンを押した浅野は、がっくりとうなだれ、誰もいない部屋でひとり頭を抱えた。後悔はさざ波のように心にうち寄せ、次第に潮位を増し、溺《おぼ》れそうになる。

どれだけ自分を責めようと、強がってみせようと、もう過去を変えることはできない。

プライドも自尊心もかなぐり捨て、浅野がいま考えているのはただ一つ——保身だった。

将来の夢や希望ではなく、現在の地位と家族を守るための防衛だ。人生の瀬戸際に追いつめられた自分を、浅野は痛いほど感じていた。

第六章　銀行回路

1

キタの新地を小糠雨《こぬかあめ》が濡らしていた。火曜日の午後八時過ぎだ。まだ時間が早いせいか、あるいは景気のせいか、行き交う傘はそれほど多くはなかった。手持ちぶさたにしていた呼び込みの勧誘をはなから無視して黙々と歩いた半沢と竹下は、ある雑居ビルの前で立ち止まった。

「この店や」

小ぎれいなビルの壁面に、テナントとして入っている店の看板がはめ込んである。その中の「アルテミス」というピンク色の看板を指さした竹下は、先に足を踏み入れた。

よく見つけだしたものだ。竹下の粘りには、脱帽するしかない。

東田の女に目をつけた竹下がしたことは、東田と親しかった社長連中の何人かに聞いて回ることだった。そしてついに、女の勤め先であるキャバクラを突きとめたのだ。

「未樹っちゅう女ですわ。東田はここの常連で、未樹とはもう二年近く関係が続いてるんちゃうかいう話やった。いまでもよう二人で同伴出勤してるらしいで。倒産した社長がようやるわ」

皮肉に唇を歪めた竹下は、エレベーターのボタンを押した。比較的新しいビルだ。ドアが開いたのと同時に、六十近い老人を見送りに水商売の女たちが降りてきた。香水を振りまき、下着が見えそうなほど深いスリットのはいったチャイナ・ドレスを着た女たちだった。

空いたエレベーターに乗り込んだ。三階。通路の奥にある店だった。

黒く重たいドアを押すと、カラオケの音が突然、大音響で流れ出た。まだ時間は早いというのに嬌声が弾け、マイクを持っている若い男がフリ付きで調子っぱずれのサザンを熱唱していた。

「いらっしゃいませー」

華やかな声に迎えられても、竹下は仏頂面で片手を上げただけだった。「うれしー。またいらしてくれたのね。どうぞ、こちらへ」

片隅のテーブル席へ案内される。女の子を挟んで壁際の席にかけた半沢は、まだ空席の目立つ店内を見回した。

「いらっしゃいませ」

どこか幼さの残る面立ちの小柄な子が半沢の真向かいからいった。客がいないから女の子の配当は多い。「未樹ちゃんいないの?」。竹下がきいた。

「未樹ちゃん? ごめんねー、まだ来てへんねん。もうじき来ると思うわ」

水割りで乾杯し、つまみを二つ、三つ口に放りこんだ竹下は、鋭い視線を店内の一隅にそそいだ。

「あれ見てみ」

竹下にいわれ、なにげなく視線を向けた先で男が二人、飲んでいた。女の子が三人ついているが、にこりともせず、黙々と飲んでいる印象だ。

「東田のマンションの前にいた連中や。国税やで」

「内偵中ってわけですか」

国税の動きは表だってつかめていない。ただ、国税もなんらかの情報を得て動いていることはたしかだ。

そのとき、店のドアが開き、「あらあ、いらっしゃい」というひときわ甲高いママの言葉に迎えられ、一人の男が入ってきた。

東田だ。

未樹と一緒だった。そそくさと未樹は東田の荷物を預かり、店の奥へと持っていく。でかいスーツケースだった。紺色の麻のジャケットに白っぽいパンツ姿の東田は、手にしたビニール袋をママに差し出した。

「おみやげや」

「あら、ウーロン茶やないの。これ、高級品なんでしょ。中国、行ってらしたの？」

「たくさんあるから店の女の子に分けてやってや」

しかし、女の子から口々に礼をいわれた東田の上機嫌も、そこまでだった。

案内されたテーブルに大股を広げてついた途端、正面にいる半沢と竹下に気づいたからである。

ポケットからタバコを取り出し、口にくわえかけた東田の顔から、満足そうに浮かべていた笑いがかき消えた。睨み合いが続いた。数秒だ。だが、東田は何事もなかったかのようにライターの火を口へ持っていき、うまそうにタバコをつけた。

半沢の横から竹下が立ち上がっていった。止める間もなかった。

「エラい優雅やな。借金踏み倒しといて遊びあるいてんのか、ボケ！」

ちょうどカラオケが止《や》んで、店内が静かになった、そのタイミングだった。けっ、と吐き捨てただけで東田はそっぽを向く。

「なんとかいったらどうなんや！　いうことあるやろ！」

客とホステスが固唾《かたず》を飲んで見守る中、竹下は東田の真向かいに立ちはだかった。狭い店内に、険悪なムードが伝染していき、なにが起きるかと全員の視線が竹下と東田へと向けられる。

「店に迷惑や。大人しく座っとけや」

東田がいった。

「店に迷惑やて？　わしらにかけた大迷惑をさしおいてなに勘違いしててんねん。すんませんの一言もないんか。盗人猛々《ぬすっとたけだけ》しいとはこのことや」

そういうなり、竹下は、テーブルの上に出ていた菓子の皿を、東田に向けて投げつけた。よけた東田の後ろの壁にぶつかり、ガラスの皿は粉々に砕け散る。近くのテーブルについていた女の子が悲鳴を上げて飛び上がり、遠巻きにしている仲間のところへと逃げた。

「おい、ママ。警察呼んでや。器物破損やで」

竹下を睨み付けたまま、東田は低い声でいった。

「なんやて！」

いいざま、竹下は東田の前にあるテーブルをがしっとつかむ。派手な悲鳴が上がる中、それを高々と持ち上げた。

「竹下さん！」

慌てて、その竹下を止め、テーブルをおろす。「こんなことで片づく問題じゃない。それはわかってるじゃないですか」

怒りのせいで竹下の顔が違っていた。どこかユーモラスな普段の表情が一変し、ただ獰《どう》猛《もう》な光を眼底でくすぶらせている。

「許せるか？　こんな奴、生きる資格もないで！」

荒い呼吸を繰り返しながら竹下は吠えた。

「竹下さん――」

制した半沢の背中で、「なんや、ひょっとこ銀行員も一緒か」と東田の揶揄する声がした。

「あんたからも、このわからずやのおっさんに説明しとき。俺に話があるんなら、弁護士を通せってな。なんにしたって法律っちゅう、ルールがあるんや。暴力反対。そうやろ」

なにっ、と突進しそうになった竹下を押しとどめた半沢は、ガラスの破片が散らばった椅子から挑戦的にこちらを見上げている東田を睨《ね》め付けた。

「東田さんよ。この世の中が法律だけで出来上がってると思ったらそれは大間違いだぜ。もっと大事なものがあるだろ。いいか。こんなところでいい気になってるのもいまのうちだ。あんたがいう法律にしたがって、いまに泣きべそかかせてやるからな。楽しみに待ってろよ」

東田はせせら笑った。

「おお、コワ。最近の銀行はサラ金顔負けの違法取り立てか。なんならお上に訴えてやってもええんや。きゃんきゃん尻尾巻いて逃げるしか芸がないくせに、ようい うわ」

飛びかかろうとした竹下を引っ張り、「行きましょう」と半沢は店を出る。

「あの野郎！」

エレベーターに乗り込むと、竹下は、小さな箱が震えるほどの大声で怒りをぶちまけた。その体は怒りで小刻みに揺れ動き、白髪まじりのごま塩頭は真っ赤になっていた。口にこそ出さなかったが、怒りのすさまじさ、という点では、半沢もまた同じ、いやそれ以上だった。

だが、挑発に乗って暴力を振るえば東田の思うツボだ。

「先に帰ってくれ。俺はここに残る」

ビルの外へ出た竹下がいった。

「残ってどうするつもりです」

「心配無用や。東田に手ェ出したりはせえへんから」

竹下は目を吊《つ》り上げて、いま出てきたばかりのビルを見上げていた。「奴を見張ってればなにか出てくるはずや。手がかりがない以上、少しでも可能性のあることせんとな。この店まではつきとめたんや。まだなにか俺の知らんことあるんやないか。たとえば、東田はここまで来るのにどうやって来た。電車か車か。車なら、どこの駐車場へ入れた。ここを出た後、まっすぐ帰るんか、それとも、どこかに寄り道するのか。俺はあいつの全ての行動を洗いざらい調べあげるつもりや。そのどこかに東田の隠し資産を追いつめる手がかりがある。東田をぎゃふんといわしたるで。なにかわかったらすぐに知らせるから、あんたは待っててくれ。いまはそれが俺の仕事や」

竹下はきっぱりというと、向かいで看板を出しているシガ・バーへ消えた。「アルテミス」が入居しているビルを見張るにはちょうどいい。軽く右手を上げた竹下を見送り、半沢は少し雨が強くなった新地を駅方向へ向かって歩き出した。

2

生きた心地がしなかった。

まるで、俎上《そじよう》の魚だ。

今日か、明日か——。あるいはもう、どこかに自分のことを告発した文書が通帳のコピーとともに届けられているのか。

夜は眠れず、食事も喉を通らず、注意力散漫で、集中力というものはほとんど失せた。いま浅野の目に映る世の中は、色彩がない灰色の世界だ。

どんよりと重い鉛色のどぶ水が流れていくように、今日もまた陰鬱な一日が過ぎていっ朝礼をし、かかってきた電話に応対し、そして誰かから話しかけられれば受け答えもしただろうが、その大半について、浅野の脳はほとんど記憶してはいなかった。全てが虚《うつ》ろで、まるで悪い夢でも見ているかのような——もちろん、これが夢であればどれだけうれしいかわからないが——、曖昧な意識の底に浅野はいた。

いや、そういえば、ひとつだけ記憶に残っていることがある。

利恵からのメールだ。

——今週の土曜日、十一時に新大阪駅に着きます。お迎えよろしくお願いします。

たしかそんな内容だったと思う。家族たちと顔を合わせた俺は、いままで通りの父親を演じることができるだろうか、と浅野は不安に思った。

いま浅野にとって笑顔を浮かべるという作業は、地の果てよりもさらに遠くに感じられる。その意味で浅野の精神状態はかなりぎりぎりのところまで追いつめられていた。

いま——。

支店長社宅の自宅でパソコンを開け、浅野はメールを待っている。昨日も一昨日も、そしてその前も、帰宅した浅野は食事もそこそこにデスクの前に座り続けた。そして、〝花〟からのメールを待った。

最後のメールをやりとりしてから、すでに十日程経っている。

交渉の余地があるはずだという東田のアドバイス。それは浅野にとって最後の希望をつなぐ一縷《いちる》の光明といってよかったが、いまのところそんな余地がどこにあるのか、浅野にはわからなかった。

この日にちを、〝花〟の撤退期間と見る余裕も、浅野にはなかった。放っておけば自然消滅すると考えるほど能天気にはなれなかったし、それどころか、様々な不安が真夏の積乱雲のようにたちのぼり、真っ白な塊となって天を埋め、浅野の精神から生気を奪い取っていった。

死刑執行を宣告されたまま、その執行時期を知らされない囚人は、おそらくその洗い清められた首に縄が掛けられる瞬間よりも、お迎えの刑務官を待つその長い時間に精神の全てを使い果たすのではないか。

まさにいま浅野も同じ心境だった。

メールは来ない。

今夜もまた。

この間、浅野の送信済みメール箱には、数え切れないほどの「嘆願」メールが蓄積されていった。

電話が鳴り始めた。着信している電話機をしばらく浅野は眺めた。瞬《まばた》きもせず茫然と視線を注ぎ続け、そしてゆっくりと手を伸ばして自分の指が受話器を握るのを見つめた。

だ。

多少早口で張りのある声が受話器から流れ出て、浅野のスポンジ化した脳へと染み込ん

「なんや、おったんかい」

ぼんやりとした自分の声が遠くに聞こえた。

「はい」

「ああ、東田さん」

浅野は虚ろにいった。「もう中国からお戻りだったんですか」

それにはこたえず、東田はまくしたてた。

「お宅のあの半沢、あいつとんでもないで。未樹の店を探し出して待ち伏せしてやがった。店内でエラい恥かかせられたわ。ほんま、警察に訴えてやりたいところや」

「半沢が……」

浅野はこたえた。「まあ、そこら中で問題を起こしてる男だから」

「なに悠長なこというてんねん。銀行の回収がらみなら浅野さんが知らんのはおかしいやろ。公然と啖呵《たんか》切りくさって何様のつもりや。いったい、あいつはいつ転勤するんや、浅野さん。はよ、大阪から追い出してくれんか」

「どうせ、時間の問題ですよ」

業務統括部の木村が書いた半沢批判のレポートは、浅野の予測通りの内容で人事部へと

回付済みだ。間もなく、人事部からはその処遇についての打診が届くはずである。

「焦ることはないでしょう」

浅野は気のない返事をした。「どれだけ吠えたところで、奴になにができるわけでもない。組織の重みに奴も耐えきれなくなると思う。間もなくですよ」

「そうか。まあええわ」

東田は半ば諦めたような口調でいうと、中国で視察した内容について浅野に話した。

「いまのところ日本からインフラ関係の建築、土木、鉄鋼といった会社はあまり進出してへん。これは予想した通りの狙い目であることには違いないわ。ただ、問題は賄賂《わいろ》やな」

東田は続ける。「インフラというと、政府管轄やろ。役人が袖の下要求するらしいわ。このヘンの裏をどう操るかがミソやな。ただ、運のええことに知り合いのつてで優秀な中国人をひとり見つけたから、なんとかなるやろ。会計事務所も決めて、契約金も払ってきたで。正式な設立手続きに入ってくれるように頼んである。間もなくや」

「楽しみだ」

「なんや、あんまり楽しそうな口振りちゃうで。例の脅迫メールの件で悩んでんのかいな、心配しなさんな。イザとなったら中国へ来たらええがな。これからは中国やで」

中国での手筈《てはず》がよほどうまくいったのか、半沢のことで怒りをぶちまけた後は、東田は上機嫌になった。すでに中国で成功しているような口振りだ。

「そうですね。そのときはよろしく」

受話器を置いた浅野は深々とため息を漏らした。

この夜もまた、〝花〟からのメールはない。

3

まあ、がんばれよ——。

そういっている自分に、半沢は嫌気がさした。銀行という組織のいやらしい部分がそのまま、自分の言葉に、その声色に凝縮されているような気がしたからだ。

渡真利が来阪したその夜を待って、久しぶりに同窓同期の四人が集合した。

どうにも、やりきれない集まりだった。

近藤に対して人事部からの出向の打診があったのはその前日のこと。この夜は、その近藤の激励会という名目だ。

渡真利も半沢も、出向という言葉にまるで関心がないかのように軽く受け流しているが、それがかえって近藤に気を遣わせ、苅田もまじえてどうにもちぐはぐな感情の気流が生み出されている。

「お前、結局一戸建てはどうすんだよ」

茹田がやや遠慮がちにきいた。

「白紙さ。仕方がない」

近藤はむしろさっぱりした顔でいった。

「おいおい、仕方がないってことがあるか。オレはお前のことでは、人事の奴らに腸《はらわた》が煮えくり返ってるんだ」

初めて渡真利が怒りを口にして、しまった、と思ったときには気分がずんと沈んでいた。

「いまさら人事のことなんぞいってみたところでしょうがない」

そういったのは茹田だ。「銀行なんて、そんなもんよ。それはわかってるだろう」

「飼い慣らされたな、茹田」

よほど、近藤の出向が腹に据えかねるのか、渡真利はいつになくつっかかる。

「そういうことをいってるから人事部をつけあがらせるんだ。いいかよく聞け。人事ってのは、オレたちが気にくわない異動をさせて、試してるんだよ。家を買えば、転居が必要な転勤をさせる。そんなことは日常茶飯事だ。できたばかりの自宅を社宅として召し上げ、見ず知らずの行員に貸し、当の本人は遠方の社宅住まい。こんな莫迦な話があるか。これじゃあ、中世の初夜権みたいなものじゃねえか」

「いい過ぎだぞ、渡真利」

いつになくピッチの早い渡真利の焼酎お湯割りのグラスをひょいととりあげながら半沢はいった。薄目の酒をつくっていると、渡真利は勝手に焼酎をつぎ足した。

「なにが言い過ぎなもんか。オレは銀行って職場は一生働く職場だと思ってた。いまはそう思っていないが、結果として働いてる。それなのに当の銀行はどうだ。オレたちの期待にこたえるようなことを一つでもしてくれたか。オレたちの三十代を振り返ってみろ。不良債権処理、ベアゼロやボーナスカットは当たり前。入ったときはエリートと崇《あが》め奉《たてまつ》られていたのに、いまや銀行員と聞いても羨《うらや》ましがられるどころか、疎《うと》ましがられる始末だ。いったいオレたちの人生ってのは何だったんだよ！」

渡真利の拳が軽くテーブルを叩き、「まあ、それもそうだな」というつぶやきが苅田の口から漏れた。

「結局、オレたち銀行員の人生ってのは、最初は金メッキ、それがだんだんと剝がれて地金が出、最後は錆び付いていくだけのことかも知れない」

「淋しいことというなよ」

近藤が笑った。「オレはまだ錆び付くのは御免だぜ。物事は考えようじゃないのか。オレはそう思ってる」

「それを妥協という」

苅田の揶揄を聞き流し、近藤は続けた。

「銀行だけが全てじゃない。銀行員だけが職業じゃない。銀行の悪いのは、世の中銀行が一番で、銀行員じゃなきゃ食えなくなるような恐怖感を煽ることだろうよ。だからオレは、出向に夢を託した。オレは銀行員という立場じゃなくなるが、ひとつの会社のために内側から貢献できるわけだから、それはそれでいいと思ってる。別にメッキが剝げたとは思ってない。オレは出向に満足してるよ」

半沢は言葉を飲んで、近藤を見た。

「また正直なところ、銀行にいる限り、オレはこれ以上の仕事は望めない。いくら病気がよくなったといっても、いったん病気になったという経歴を消すことはできない。一度ついたバッテンは永久に残るだろう。だったら新天地でゼロから出発できる環境をもらったほうがオレはうれしいね。たとえそれが中小企業でも、そのほうがいい。オレの夢はお前たちに託すよ」

別に悔しがるふうでもなく、近藤はいった。

銀行という組織は、全てがバッテン主義だ。業績を上げた手柄は次の転勤で消えるが、バッテンは永遠に消えない。そういう特別な回路を搭載した組織なのだ。そこに敗者復活の制度はない。いったん沈んだものは二度と浮かびあがらないトーナメント方式だ。だから、一度沈んだものは、消えるしかない。それが銀行回路だ。

それにしても——。

銀行という組織が世の中でどういわれようと、そこに就職し、働く者として人生を賭《と》す。ピラミッド型構造をなすための当然の結果として勝者があり敗者があるのはわかる。だが、その敗因が、無能な上司の差配にあり、ほおかむりした組織の無責任にあるなら、これはひとりの人生に対する冒瀆《ぼうとく》といっていいのではないか。こんな組織のために、オレたちは働いているわけではない。こんな組織にしたかったわけでもない。

そんな思いが三人の胸で静かに湧き上がり、見えないマドラーでかき回される。その気まずさから抜け出した苅田が、にっと歯を見せた。

「まあ、誰もが希望がかなうわけじゃないさ。半沢みたいに、特段これっていう夢もない奴が実は一番お得なのかもしれんな」

「アホ吐《ぬ》かせ」

渡真利がすかさず口を挟む。「お前、半沢が就職の面接でなんと吐かしてたか知らないだろ。なあ、半沢。教えてやれや」

「なんのこっちゃ」

半沢は笑ったが、その胸にふと、あの面接会場の熱気がよみがえってきた。

バブルのさなか。銀行の狭き門に殺到した学生は数知れない。ここにいる全員がその難関を勝ち抜いてきたはずだ。

渡真利が悪戯っぽくいう。

「あれは、どこの面接会場だったかな。ホテル・パシフィックか。ちょうどオレが面接の相手を待っているとき、隣の面接ブースの声が聞こえてきたんだ。聞き覚えのある声だったんですぐにしゃべってるのは半沢だとわかった。そのときこいつ――」

思わず、くくっ、という笑いを漏らして渡真利は物まねを始めた。

「えー、私は、父の会社を救ってくれた銀行に感謝しています。そして、いつか自分の手で銀行という組織を動かし、社会に貢献して――」

「うるせえんだよ、渡真利」

三人の間から失笑に近いものが漏れ、半沢は舌打ちした。

「いいじゃないの。大いに結構だ」

ひひっ、と笑いながら渡真利は半沢の肩に手を置き、仏頂面になった半沢を覗き込んだ。

「それで半沢君、債権回収、できた？」

激励会そのものは、十一時頃にお開きになった。

近藤を見送り、梅田まで一時間もかかる社宅住まいの苅田と別れると、「もう一軒寄ってこうぜ」と渡真利が誘った。二人でヒルトン大阪にあるバーに入った。

「結構飲んだな。お前が余計なことをいうからだ」

半沢はいい、苦虫を嚙みつぶした顔になる。

「お前の夢のことか。いい話じゃないか。オレは美談だと思うね」

「誰がいうと、ただのホラ話にしか聞こえない」

「誰がいったって、ホラ話にしか聞こえねえよ。そのときの面接官が誰だったか知らないが、よくそんなアホ学生を入れたもんだ」

運ばれてきたグラスを打ち鳴らすと、渡真利は「ところで」と、いいかけて口ごもった。

「オレの人事の話か」

渡真利の返事はない。だが、中味はおおよそ見当がつく。出向だ。半沢はグラスのジンで唇を濡らし、「くそったれ」と毒づいた。

「まだ決定じゃねえだろうな」

渡真利は刹那見せた哀れみの表情を消した。

「決定ではない。だけど、このままいけば先は見えてるぞ。だいたい、お前んところの支店長が相変わらず更迭を要求してるしな。責任転嫁もはなはだしいが、それを面と向かって指摘できる者がいない。ついでにいうと証拠もない——公にはな。お前、いつ出すつもりだ、あれを」

半沢はグラスを手にしたまま、「さて、どうしたものかな」といった。

「浅野はどう出てきた？」

「泣きついてきてる。もう必死だ。哀れなほどにな。気が狂ったように毎日メールが届くよ。見逃してくれってな。金ならいくらでも出すそうだ」

怖れに近いものを瞳に宿らせた渡真利は、ごくりと喉を鳴らした。

「おいおい。で、どうする」

半沢はグラスを握る指に力を込めた。

「オレは基本的に性善説だ。相手が善意であり、好意を見せるのであれば、誠心誠意それにこたえる。だが、やられたらやり返す。泣き寝入りはしない。十倍返しだ。そして――潰す。二度とはい上がれないように。浅野にはそれを思い知らせてやるだけのことさ」

「なるほど」

渡真利の瞳に浮かんだ一抹の恐怖を半沢は見て見ぬふりをして、グラスの酒を呷った。

4

――あなたがすべきことは、ひとつしかない。銀行と部下に対して、自分の罪を認めることです。そして、償うこと。猶予は週明けまでとすることにしました。花
その夜の深夜一時過ぎ、パソコンに送られてきた〝花〟のメールに、浅野の心はズタズタ

夕に切り裂かれた。

泳ぐような視線が、壁のカレンダーに向けられた。週明け……？　今日は水曜日。後五日しかない。

だが、このメールには、いままでにないトーンの違いを感じた。

銀行と部下——。

部外者であれば、出てこない言葉ではないか。すると〝花〟はやはり、支店内の誰か？

じっとメールの文面から視線を離すことができずにいる浅野の脳裏で、犯人探しが再び繰り返された。

支店の行員は全部で四十人。パートも含めての人数だ。

〝花〟はその中にいるのではないか？

慎重に、浅野は部下の顔をひとつひとつ思い出していった。

睡眠不足と精神的疲労でぼろぼろになった脳を奮い立たせ、時間が経つのも構わず、浅野は、〝花〟を絞り込んだ。あまりに疲れ、油断すると何度も同じ事を繰り返し考えていたが、それでも、思考は次第に集約され、ひとつの顔に行きつく。

半沢だ。

たしかな根拠があるわけではない。だが、ここまで自分を苦しめる相手となると、もう半沢以外にはあり得なかった。手口は巧妙で、そして尻尾を出さない。むかつく事実だが、この〝花〟は冷酷で、情け容赦もなく、ここに来たメールは計算されつくしている。決して、相手が特定されないように。

そのとき、浅野は気づいた。

〝花〟――いや、おそらくは半沢？――は、今回のメールをわざとこういう文面にしたのではないか、と。

自分の手がかりを残すために。曖昧模糊《あいまいもこ》とした霧の世界にあえて一本の道しるべを立ててみせたのではないか。

ざわざわと全身に鳥肌が立ってくるのを浅野はどうすることもできなかった。

もし相手が半沢なら、本当にそうなら、その手に握られた浅野の将来はもうないも同然だった。いままでの半沢との会話を逐一思い出してみながら、浅野の焦りと絶望はじわじわと高まり、熱したマグマのとろりとした感触で胃を浸し始めた。

とてもじゃないが、眠れなかった。眠るどころではない。

半沢、半沢、あの半沢が……。その顔が幾重《いくえ》にも脳裏に重なり合い、目を閉じれば瞼にこびりつく。

いやいや、そうと決まったわけではないじゃないかと自分に言い聞かせてみるのだが、恐怖にすくみ上がり、怖《お》じ気《け》づいている自分をどうすることもできない。

眠れないまま夜明けを迎えた浅野は午前八時半になるのを待って、支店に電話をかけた。

「ああ、副支店長か。すまないが、体調が悪いので今日は休ませてもらう」

「大丈夫ですか、支店長。医者に行かれるのでしたら、支店長車を回しましょうか」

気遣う相手の声に喘《あえ》ぐような返事しかできない浅野は、いまや本当の病人に近かった。

明るい日差しが閉め切ったカーテン越しに差し込んでいる。だがいまその光の微粒子は、浅野の心の網膜には届いていなかった。

メールの文言は幾度となく浅野の脳裏によみがえってくる。

期限は週明け――。

カチリと頭のどこかで音がして、時限爆弾のスイッチが入れられた。それが刻む時はどうしようもなく重たい質量を伴って、浅野の心を深い闇の世界へと沈め始めた。

翌朝、午前八時半に出勤した浅野は、未決裁箱に積み上げられた稟議書の山を見て嘆息した。全てが重い。朝礼の成績発表も、休んだ昨日一日に起きたことを報告する江島の言葉も、ただ音の羅列であり、なんら意味をなさなかった。どれも億劫《おっくう》で、どうでもいいことばかりだ。浅野の神経は、いまや毛一本ほどでつながっているような状態だった。エリート意識も特権意識も、その欠片さえも残っていない。その精神的落差たるや、世界最大級の滝壺への落下に近かった。

体が重く、吐き気がした。

「支店長、顔色が冴えませんが、大丈夫ですか」

気遣う江島に、左手を少し上げてこたえる。支店長席から少し離れたところに、融資課長の席があった。そっちのほうを見ないようにしていた浅野は、ふいに湧き上がった笑いに視線を上げてしまった。

融資課の朝のミーティングが開かれている。見たくない顔がそこにあった。半沢だ。いまや——もしかすると。いや、かなりの確率で——自分の将来を握っている男だ。その半沢が、浅野の視線に気づいたか、ふいに振り返り、冷ややかな視線を向けてきた。

西大阪スチールの計画を実行に移した後、半沢との信頼関係は壊れた。

壊したのは自分。だが、支店長である自分のいじめに、しゅんとするどころか半沢は反駁を見せた。それが浅野には許せなかった。理由と原因はなんであれ、上司である自分に刃向かうその態度が不愉快だった。死ねといわれれば素直に死ぬ、俺の代わりに責任をとれといわれれば泣き寝入りする。そんな部下しか浅野は知らなかったし、求めてもいなかった。

半沢の抵抗に、浅野は反発心を呼び覚まされ、様々な嫌がらせをしてきた。意味もなく稟議書を突き返し、自分の責任を認めない半沢の融資課長としての能力を古巣の人事部で散々にこきおろしてきた。だが——。

〝花〟は——お前か。

浅野はいますぐ半沢を呼びつけ、そう問いただしたい欲求にかられた。

許してくれとメールで懇願したことに、どうしようもない自己嫌悪を感じる。半沢がまたこちらを一瞥した。今度は小馬鹿にしたような視線だった。面白がってでもいるような、いたぶりの視線に思えなくもない。気のせいだろうか。

この野郎。たかだか融資課長のくせに。開き直りに似た感情が生まれ、もし〝花〟に告発されたらどうなるかということを忘れ、いまこの場での自分のプライドを優先してしまいそうになる。

だが、すんでのところでそれは思いとどまった。妻や子供たちの泣き顔が瞼に浮かんだからだ。自分でも思いがけないことに目が熱くなった。

俺は——泣いているのか？

浅野の威勢は削《そ》がれ、再びどうしようもない不安に突き動かされた。胃がひねり上げられ、本当に吐き気を感じた浅野はあたふたと席を立ってトイレに駆け込んだ。

あまり食べていないから、出てきたのは黄色い胃液だけだ。涙が滲み、再び浅野の心を漆黒の闇へと誘い始める。視界から色彩が弾け飛び、激しい水流とともに流れ去った。その間にも、浅野の時限爆弾はカチカチと時を刻み続けている。よくドラマであるような、青と赤のニクロム線など、その爆弾にはついていなかった。つまりは、右か左かの賭けに勝てば何事もなかったかのように針が止まるなどという話はない。もしそんなものがあれば、どちらかをとっととと切って、いますぐ生きるか死ぬかするだろう。だが、いまの浅野にはそれすら許されていないのだ。

定められた時限まで、とことん苦しむこともまた、〝花〟が計算した悪意なのだと、浅野は気づいた。

「半沢、お前か？」

鏡に映った自分の蒼白な顔を見ながら、浅野はつぶやいていた。そうするつもりはなかったのに、唇から勝手にこぼれて、その言葉は宙を舞う塵《ちり》のように鼓膜の端にひっかかり、どこかへ消えた。

5

東田を見張っていた竹下から、その日、つまり金曜日の夕方、半沢の携帯電話に連絡が入った。

着信画面に竹下の名前を見た半沢は席を外し、無人の会議室からかけ直した。聞こえてきた竹下の声は、疲労でしわがれていながら、興奮に躍っている。

「おもろいことがわかったで」

竹下はいい、「今夜の都合は」ときいた。

難波駅前で七時に待ち合わせた半沢は、その日の仕事をそそくさと片づけ、支店から徒歩一分の地下鉄の駅へ急いだ。

竹下は先に来て待っていた。半沢を見ると軽く右手をあげ、だまって鰻谷《うなぎだに》へ足を向ける。

この界隈はひっそりとしているが、隠れ家的な面白い店が多い。竹下の馴染みとみえる一軒の小料理屋ののれんをかき分けた。カウンターと座敷が三席だけの狭い店だ。奥まった座敷でテーブルを挟んだ竹下は、開口一番、「これ見てみ」と数枚の写真をカバンから出して半沢に見せた。

「得意の写真ですか。なにかいいもの――」

いいかけた半沢は、驚いて口を噤んだ。

「どや、驚いたやろ。ゆうべ、激写したったで」

目を上げる。悪戯を成功させた悪ガキのような顔で、竹下はにっと笑った。

写っているのは、カップルだ。

女はすぐにわかった。東田の女だ。そしてその隣に写っているのもまた、見覚えのある男だった。

「板橋や。菖蒲池に住んでる倒産会社の淡路鉄鋼の社長や。東田とつるんでるっちゅう、あの」

「その板橋が、東田の女と？」

一枚目の写真の背景は、夜のネオン街だ。「新地や」という竹下の解説はあったが、色彩が沈んでいてよくわからない。二枚目はホテル街だった。手をつないでホテルに入ろうとしている二人がしっかり写っていた。竹下の腕はなかなかのもので、板橋のにやついた表情までもしっかりと撮れている。

「こいつら、できてたんや。当然、東田は気づいてないやろ。もし気づいてたら、未樹もこの板橋もおっぽり出されるはずや。そんなことしたら未樹はともかく、板橋は目も当てられん」

ビールが運ばれたので竹下はそれをカバンにしまい、とりあえず乾杯した。オーダーをとりにきた女に、竹下は二、三品注文して「とりあえず、そんだけ。残りはもう一人が来てからにするわ」といった。

「もう一人？」

きいた半沢に、竹下はいまにも笑いだしそうな顔になった。

「板橋や。さっき電話して呼びつけたった」

「話したんですか、この写真のこと」

驚いてきいた半沢に、「ちょっとほのめかしただけや。それだけでも、ものすごい慌てぶりやったで。電話をとり落としたぐらいや」と竹下はいい、腕時計をちらりと見た。

「七時半に待ち合わせした。もうすぐ来るやろ。見物やな」

竹下の言葉が終わらぬうちに、入り口のガラス戸が派手な音を立てて開き、客が飛び込んできた。「いらっしゃいませ」という出迎えの言葉に返事はなく、代わりにどかどかと足音が近づいてくる。

「よう。いらっしゃい。まあどうぞ」

竹下に座布団を勧められた板橋の表情は引きつっていた。目は点のように小さくなり、眼窩《がんか》の奥で小刻みに震えている。

「まあ、座ったらどうや、板橋はん」

再び竹下に勧められ、無造作に靴を脱いで上がる。

「な、なんなんや、未樹の話って」

「まあ、そう焦りなさんな。これからゆっくり話してやるがな。とりあえず、ほれ」

差し出されたコップを板橋は手にする。注がれたビールを半分ほど飲み、口を手の甲で拭った。

「つまみ、なんにする」

板橋の慌てようを楽しむかのように竹下はいい、「いりませんわ」という返事にもかかわらず、肉じゃがをひとつ注文した。

「まあ遠慮せずに、やったらええがな」

「いい加減にしてくれへんか。わざわざ呼びつけといて、話をはぐらかすつもりか」

板橋はくってかかった。気の小さな男だということはその態度でわかる。その姿をまじまじと半沢は見た。東田の女とどこでどうつながったのかわからないが、女を口説いてものにするぐらいの脳ミソはあるらしかった。

「そうか。後でゆっくりと思ったが、それだと食い物も喉を通らんか」

竹下はいい、ゆっくりとカバンを引き寄せると、中から先ほどの写真を引っ張り出してみせた。

板橋の狼狽ぶりといったらなかった。

写真を持つ手が震え、手元にあるコップをひっくり返してズボンを濡らす。それでも、そこに写っているものから目を離すことすらできず、わなわなと唇を震わせた。竹下がねちねちと続ける。

「あんたもなかなか隅に置けんなあ、板橋はん。これ、東田の女やろ。知ってるのか、東田は。あんた、東田に恩義あるんちゃうの？　計画倒産手伝って東田と親しいのはわかるが、おねえちゃんとも仲良かったんやなあ」

「ちょ、ちょっと待ってくださいよ。あんたこんなことしてええと思うてるんですか」

見当違いの反論をした板橋を竹下は笑い飛ばした。

「悪だくみの片棒担いでみんなに迷惑かけときながらなにいってんねん。あんたなんか、そんなことという資格もないわ。違うか」

「な、なんですか、さっきから聞いてれば悪だくみだの、計画倒産だのって」

「いまさら、下手な芝居はやめなはれ。もうわかってるんやで」

「な、なにが目的やねん」

板橋はいった。「金か。金ならないで。ほんまや」

「別に目的なんかないわ」

竹下は悠然といい、「この写真、東田に送りつけたろ思うてるだけや。その前に、元同業者のよしみであんたに一言、断ろう思うてな。それだけや」

「やめてくださいよ、そんな」

これ以上ないほどうろたえ、みるみる板橋の顔面から血の気が失せていった。「そんなことされたら、わし――」

「困るんか」

返事はない。その態度に、竹下は、ぴしゃりと叱りつけるようにきいた。「どうなんや、はっきりせいや！」

「こ、困ります。未樹とのこと、知れたら……」

「いつから、こんなんなっとんのや」

「いつからって……」

「話してみ。場合によっては考えんでもない」

板橋は重い口を開いた。

「未樹とはもう一年ぐらいになります。東田さんには金があるけど、それだけやゆうて、私とも関係を持つようになったんです。未樹は淋しい女なんですわ」

いっぱしの口をきくので半沢は思わず吹き出した。とんだ優男《やさおとこ》は続けた。

「私の会社が潰れそうになったとき、東田さんが助けてくれましたけど、それは未樹がそれとなく取り持ってくれたからなんです」

「すると、まずいわなあ。この関係がバレたら」

竹下はいたぶるように迷ってみせる。「なんや話聞いてもあんまりピンと来んなあ、半沢さん。どうしますか？　やっぱりバラしましょか」

「ま、待ってください」

板橋はテーブルから離れると、正座をして深々と頭を下げた。「この通りです。なんとか、ここだけでおさめてください。頼んますわ。後生です、竹下さん」

「どうする？」

半沢は、頭頂部のはげ上がった男の、懇願するような視線に吐き気を覚えつつ、「条件がある」といった。

「ニューヨーク・ハーバー証券にある東田の預かり資産の明細が欲しい。それを持ってきたら、この件は伏せてやる」

板橋は慌てた。

「ちょっと待ってください。そんなことできるわけないやないですか。いくら私でも、東田さんの資産の中味なんて」

「女がいるだろう。彼女を使って調べさせたらいいじゃないか。頭を使うんだ、板橋さん。そんなことだから倒産するんだぜ」

元来、しみったれた経営者がきらいな半沢は、きつい口調でいった。板橋は反論する。

「そ、そやけど、あんたたちそれを差し押さえるつもりやろ。そんなことされたら、こっちの将来もなくなるわ」

「アホか、あんた」

竹下が口を挟んだ。「東田と一緒に逮捕されたいんか」

「た、逮捕？」

板橋の表情に怯《おび》えが走った。そして一抹の疑念も。竹下がはったりをかましているのかも知れないと疑っている目だ。

「東田のやったことは明らかに詐欺や。証拠もある。間もなく、オレたちはそれを告発するつもりや。いったとおりにしてくれたら、あんたには悪いようにはせん。裁判で証言もしてやるで。頭冷やしてもう少し利口になりなはれ。もう東田に逃げ場はない。どっちについたほうが得やろか。それぐらいあんたでもわかるやろ」

愕然とした表情になった板橋は、しばらく声も出せなかった。

第七章　水族館日和

1

　日曜日。半沢は、竹下とともに大阪駅前にあるヒルトン大阪の二階にあるバーにいた。よく半沢が利用するバーだった。店内は広く、椅子の座り心地がいい。隣のテーブルと適度に離れていて、会話を聞かれる心配もない。酒もうまい。

「どんな調子や、そっちの支店長はんは」

　竹下はそういって、意地悪く笑った。

　半沢は、肩を揺すった。「自業自得。いまにも死にそうですよ。昼過ぎにメールを出しましたが、いまのところ返事がない」

「腐っても上司やろ。もう少し大切にしたったらどや」

「そりゃもう、大切にしてますよ。徹底的に」

「それが礼儀っちゅうわけか」

竹下は声を上げて笑ったが、その笑いは途切れた。

「来よった」

板橋だ。広い店内をきょろきょろと見回し、軽く右手をあげた竹下に気づくと、足早にこちらへやってくる。

「まあ、そこに座りや」

ポロシャツにスラックス姿の板橋に空いている席を勧めた竹下は、「で、どうやった」と早速きいた。

「未樹に話しました。あいつもあいつなりにかなり苦しんだようですが、理解してくれました」

深刻な顔だった。女のことを口にするときの、なんともいえぬ女々《めめ》しさが滑稽だ。

「それで？」

板橋は膝に抱えていた茶封筒をテーブルの上に置いた。半沢が手に取って、中を開けてみる。

ニューヨーク・ハーバー証券が東田に発行している証明書のコピーだった。運用状況と残高がそれでわかる。

コピーは二枚。

「これで全部だそうです」

誰に聞かれるはずもないのに、板橋は声をひそめた。「東田の留守の間に、未樹がコピーをとってくれました。この証券会社で金を運用しておくといいと、銀行の支店長が教えてくれたそうです。東田はその通りに動いただけやそうです」

「本当にこれで全部か」

竹下はきいた。「ほかにないやろうな」

「東田が神戸の別宅に持ってる書類はそれだけやそうです。未樹の話では、自宅のほうにいくばくかの金があるようですけど、たいしたことないはずやと」

用が済んでもすぐには席を立たず、板橋は体を乗り出した。

「お願いですわ、竹下社長、半沢さん。これで見逃してもらえませんか。もう構わんといて欲しいんです」

「見逃せるかどうかは、結果次第や」

竹下は冷たくいった。「うまくいったら、考える」

「そ、そんな！　話が違います。これで、私と未樹はお咎めなしにしてもらえるって話やったやないですか」

「女は最初から関係ない」

半沢が口を出した。「問題はあんただ」

「お願いしますわ。この通りです。もう私は東田についてくのんもいやになったんです。未樹と二人で暮らそう、そういってますねん。それなのに、これでは夢も希望もありません」

「夢も希望もないのは、こっちや。なに勘違いしたことというてんねん」

竹下は容赦がない。「まあ、これでうまく事が進み、我々にかけた迷惑、きっちり返してもらえたら、そのときにはあんたのことは許してやろ、いう話や。まだこれからやで。コピー二枚で免責できるなんて、あんたも経営者なら、世の中そんな甘くないことぐらい覚えとき。わかったな」

打ちひしがれ、がっくりと板橋は首を折った。

「このことは他言無用だぞ」

板橋を睨み付け、半沢は釘をさした。「東田に知れてみろ。オレがあんたを破滅させてやる。いいな」

「わ、わかってます。東田に知られるようなことはありません。未樹にもしっかりいってありますから。そやけど、その資産、差し押さえたりするんやないんですか。そしたら、誰が明細を外に漏らしたかバレるんちゃいます？」

「東田のことがこわいんか、あんた。なっさけない。あんたの女、東田と寝てるんやで」

竹下はせせら笑うと、板橋の顔色が変わった。

「そんなことありません！　東田とは体の関係はないんです。ただ、家に呼ばれて酌をしたりしてるだけですわ」

「家に泊まってるやないか」

「違うんです！」

どこまでも莫迦だ。だが、未樹がこの書類を持ち出したところを見ると、未樹という女も、そろそろ東田を見限ろうとしているのかも知れない。板橋はまるでわかっていないが、したたかな女である。

「どうだか」

へん、とそっぽを向いた竹下に代わり、半沢がいった。

「情報源がどこかなんてわかるもんか。女には口止めしておけよ」

「それまで、私はどうすればいいんでしょう」

頼りなげに板橋がきいた。

「いつもどおりにふるまっていろ。そのときが来ればわかる。そしたら――」

「そしたら？」

「女でも連れて逃げろ」

板橋は一瞬啞然とした表情で半沢を見、「ありがとうございます」と礼をいうと、そそくさと席を立った。

「しょうもない男やなあ。ええんか、半沢はん、あいつを逃がしてもうて」

「しょせん小物です」

そういって、板橋が持ってきた資料の数字をしげしげと眺めた。約十億円もの残高があることになっている。

「いつやる？」

竹下がきいた。

「明日」

半沢はこたえる。「仮差押えの手続きを即座に進めます」

「よっしゃ。いよいよやな」

「竹下金属の債権も一緒に回収しましょう」

「ええんか」

「もちろん」

竹下と顔を見合わせてニヤリと笑った。

「債権回収に乾杯や」

差し出されたビールのグラスに、半沢もジンライムのグラスをぶつけた。

透明な水槽の向こう側で、イソギンチャクの細い触手が水中を漂っていた。無数の人間の目に晒《さら》されながら、それはあたかも、なにか当てもないものをつかもうともがいてでもいるかのようだ。

2

まるでいまの俺と同じだな、と浅野は思った。

目の焦点をずらすと、深刻な表情をしてガラスを覗き込んでいる自分の顔がある。

家族連れで来た水族館だった。子供たちは大変なはしゃぎようだ。怜央は浅野にまとわりついて離れないし、佐緒里はそんな怜央を「甘タレ」と揶揄しながらも楽しそうだ。

「パパ、早くジンベエザメ見に行こうよ！」

「順番に見るのよ、怜央の甘タレー」

浅野の手を引っ張る怜央の頭を佐緒里がこづいた。

「イテーッ」

「佐緒里。あんただって、甘タレじゃない。さっきからパパのそばにくっついてるくせに」

「いいもーん」

膨れっ面になった佐緒里に、しょうがないわね、と利恵は苦笑する。

苦しかった。

家族の存在が、これほどまでに重く、苦しく、心にのしかかってきたことはない。

俺は、お前たちのパパとして失格だ。

「パパーっ、早く来てよ。早く！」

小学二年生の息子が呼んでいる。浅野のことを尊敬し、「パパは最高だよね」といつもいってくれる。利恵がそう話して聞かせるのか、浅野は怜央の誇りだった。

「ねえパパ、この前の社会のテスト、すごくよかったんだよ」

歩きながら、佐緒里はさりげなく、自分のことを話す。

「いつもそうならいいのにね」

利恵の合いの手に、「うるさいっ」といって笑う。

「次もがんばるもん」

「そうよ。パパぐらいがんばらなきゃ、だめなんだからね、さお」

浅野は天井を仰ぎ見た。心臓がどくどくと音を立て、頭から血の気が引いていく。両の手のひらに冷たい汗をびっしょりとかいていた。

子供連れで賑わうこの水族館は、浅野が支店長を務める支店のエリア内にある。

どこまでも続く鉄鋼問屋街を抜け、大阪港に面した天保山にある巨大な娯楽施設だ。

ここに来るまでの間、「この辺りがパパがお仕事で任されている場所なんですって」と助手席の利恵が説明したが、「へー」とか「ふーん」とか、子供の反応は乏しかった。

子供が見て、なにが面白いものか。

大阪の中心から港湾に向けて広がる殺風景な町だ。その殺伐とした光景は、フロントガラスをすり抜け、ハンドルを握る浅野の心の中にまで浸食してきた。

魚を見て笑いを弾けさせる、そんな子供たちの無邪気さは、あたかも浅野の不実を詰《なじ》っているようにも聞こえる。

「あなた、大丈夫？」

ふと、利恵が小声で声をかけた。「顔色が悪いみたいだけど、どこか調子悪いところがあるの」

「いや……。大丈夫だ」

やっとのことで浅野はこたえる。

「そう……」

利恵の表情が曇った。胃がひねり上げられる。もし、あんなことがなかったら、妻に対してもっと笑顔を振りまいてやれるのに。いまの浅野は、あまりに大きな重荷を背負って、意思とは正反対の冷たい態度しかとれないでいる。

そして利恵は、そんな浅野が心にひた隠しにしている秘密に気づいたかも知れない。

いま、浅野の生活のあらゆるところに疑心暗鬼が蔓延《はびこ》っている。

その状況が浅野をさらに落ち込ませ、魂を搾《しぼ》り取り、そして一方で、うんざりさせる。

「私、もう一晩大阪に泊まろうと思うの」

利恵がそれを切りだしたのは、夕方三時過ぎのことだった。歩き疲れ、カフェに空いている席を見つけて二人で座ったときだった。子供たちは、サメを見に行った。

メニューを覗き込んでいた浅野は、なにか心に冷たいものが流れ込むのを感じて、顔を上げた。真剣な眼差しが、浅野を見ていた。

「心配なのよ、私」

「なにが」

「あなたがよ」

「なにいってんだ」

苦々しい思いが胸にこみ上げた。そして、面倒だな、という思いも。子供たちの前ではかろうじて抑えていた不機嫌が顔に出るのがわかる。妻の表情がかき曇り、「大丈夫なの？」ときいた。

「決まってるだろ」

浅野は虚ろな目でこたえた。妻は続ける。

「子供たちのことは、母にきいたら見てくれるって。さっき電話で頼んでおいたの。新大阪駅から新幹線にさえ乗せてくれたら、東京駅へ迎えに行くって」

「勝手な……」

「ごめんなさい。だけど、もう一晩だけここにいさせて。お願いです」

「勝手にしろ」

そういうと、まだ何を頼むかも決めていないのに、浅野は手を上げてウェイトレスを呼んだ。

〝花〟が切った期限は明日だ。

今夜辺り、メールが来るかも知れない。あるいはもう今頃、来ているかも。そして浅野からの連絡を〝花〟は待っているかも知れない。

そう思うと気が気でなかった。いま、浅野は人生最大の岐路にいる。こんなことをしている場合ではないのだ。パソコンの前で待ちたかった。待って、〝花〟と交渉したかった。

夕方、満席に近い新幹線に子供たちを乗せた後、梅田で妻と食事をとった浅野は、「やり残した仕事があるから」と断って妻ひとりをホテルに残し、支店長社宅へと戻った。あたふたと社宅に戻り、パソコンのある部屋に駆け込んだ浅野は、上着を脱ぐのももどかしく、ノート・パソコンのスイッチを入れる。

インターネットに接続すると、何通かのメールが届けられていた。差出人のひとりを見て、浅野の心臓は、どくん、と大きな音を立てる。

〝花〟だ。

——覚悟はできたかな？　人生終わりだね、支店長さん。

着信時間は、午後六時四十分。

「くそっ」

浅野は鋭く舌打ちした。水族館になど行っている間に、届いていたではないか。いまはもう午後八時だ。

慌てて、返信する。

——日中外出しておりました。頂戴したメール、いま拝読致した次第です。あなたのおっしゃるようにします。具体的にどうすればよろしいか、ご教示くださいませんか。また、できればお話し合いの場を持たせてください。何卒《なにとぞ》、ご検討くださいますよう。

送信。パソコンの画面の中で、送信中を示すゲージが表示され、やがてそれも消える。

大きなため息とともに浅野は椅子にもたれかかった。

妻には、遅くなるからホテルには戻らないかも知れないといってある。シャワーを浴び、コーヒーを淹れてパソコンの前に陣取った。最初から戻るつもりなどない。今夜が勝負だ。

だが、その返事はなかなか来なかった。

明日は〝花〟が切ってきた期限だ。これでおしまいか。それとも、まだ望みはあるのか。

気を揉み、そして待たされる間、次第に浅野の心はささくれ立っていき、どうしようもない不安に苛《さいな》まれ始める。

三十分が過ぎ、一時間が過ぎた。

どうした？　どうしてだ？　答えのない自問を繰り返した。俺のメールなどどうでもいいのか。それとも、返信までに時間がかかったから、腹を立てているのか。

しかし――。それから二時間ほどして、再びメール着信の音が浅野をとめどない思考から目覚めさせた。

〝花〟からの返事だ。途方もなく長い三時間だった。もはや拷問といってよかった。

着信音とともに、勢い込んで開ける。だが、そこで浅野は息を飲んだ。

――謝罪しましたか、支店長さん？　約束だったよね。銀行や部下のひとたちに、どう謝罪したのかな？　花

「謝罪……」

乾いた小声が、浅野の唇からこぼれた。「謝罪だって？」

盲点を突かれた思いだった。

無視していたわけではない。だが、〝花〟との交渉を第一義に考えてきた浅野は、あまりにもそれに固執して肝心の要求についてなんの手も打っていなかった。迂闊といえば迂闊だが、実際、謝罪するといってもどうしていいかその術《すべ》は思いつかない。

第一、本当に謝罪するなら、自らの罪を公にしなければならない。それを隠蔽したい一心の浅野にそんなことができるわけもない。

——謝罪はするつもりです。その前に話したい。

再び、待つ。

のろのろと時間が経過していく。一分、また一分。

早く、返事をくれ！　もうたくさんだ！　浅野は耐えきれないほどの苦悩に胸をかきむしった。

やがて、返信のメールが着信した。今度は一時間ほど後だ。

だが——。

――嘘つき支店長さん。明日覚悟しておいてね。花

「ちょ、ちょっと待ってくれ……」

ひとりだけの部屋で浅野は悲鳴を上げた。慌ててメールを打つ。指が震え、なかなか打てなかった。

――謝罪はします。具体的にどうすればいいか教えてください。お話しさせてくださ い。

なりふり構っている場合ではなかった。

また待たされる。そのとき浅野は悟った。わざとだ、と。〝花〟は、浅野がパソコンの前でまんじりともせず、メールを待っていることを十分、承知しているはずだ。〝花〟の出方ひとつで浅野の銀行員人生がめちゃめちゃに壊されることも理解している。それを浅野が死ぬほど恐れていることも見通した上で、いたぶっているのだ。

「やめてくれ、もうこれ以上……。頼む、許してくれ、頼む」

両手で顔を覆った。我慢の限界だった。嗚咽が漏れた。「もう許してくれ。頼むから

……」

机に突っ伏した浅野は、身を捩《よじ》るような苦悩に低い声を絞り続ける。

だが、〝花〟からのメールは一時間がたっても、二時間たっても、届かなかった。その間に浅野はさんざん泣き、しまいに涙もかれ果てた頃になると、今度は生来のわがままというか、甘やかされて育ったエリート故か、部屋の中の物に当たり散らした。自分のことは棚に上げ、〝花〟を憎んだ。デスクを蹴飛ばし、ベッドの枕に何発もパンチを繰り出す。スリッパをカーテンに向けて何度も投げ、やがてそれにも疲れた頃、すとんと床に座り込んだ。そして、じっとパソコンの画面を見上げる。いま、そこにメール着信のマークがついたところだった。

魂の抜け殻のようになった浅野はゆっくりと立ち上がって、新しく届いたメールを開いた。そこに書かれている短い文はすぐに目に飛び込んできたが、意味を理解するまで少々時間がかかった。

花
——部下に罪をうちあけ、謝罪したら？　あなたをどうするかは、その部下が決める。
部下が……決める……。

決めるというのか、俺の人生を。支店長だぞ、俺は。

このとき、浅野が思い描いた部下の顔はひとつ——半沢だ。

先日、木村部長代理の面談後に呼びつけたときの、あの挑戦的な眼差しが忘れられなかった。あのとき半沢に矛盾を指摘され、思わず慌てたそぶりを見せてしまった自分に腹が立った。

恐怖と疑念を抱えて出勤した支店で、冷ややかな視線を浴びせかけたあの表情。

銀行という組織の中では支店長として半沢の上に君臨しているのに、その実、〝花〟を名乗る半沢にひれ伏している自分がいる。

なんてことだ。

俺のほうが偉いんだ、力があるんだとどれだけ言い聞かせようとしても、自己暗示など、あの憎々しい表情の前に砕け散ってしまう。

憔悴《しょうすい》しきった浅野は、デスクに突っ伏した。頭を抱え込み、苦悩した。泣きわめき、何度も拳を叩きつけた。そうしていつのまにか、浅野は浅い眠りに落ちたのだった。

3

夢うつつのままに夜が過ぎ、また朝がやってきた。

いったい、銀行員になってから何度目の朝なのだろうか、とそのとき柄にもないことを考えた浅野は、いつもより早く社宅を出た。

昨夜、仕事の邪魔をしては悪いと思ったか、利恵からの連絡がなかったのはかえって好都合だった。〝花〟のメールで取り乱し、自失していたところへ妻からの連絡が入ったら、いったい何を言い出したかわかったものではない。妻には申し訳なかったが、いまの浅野は、とても平常心でいられる状態ではなかった。むしろこの精神状態で、週末を家族サービスに費やしたことのほうが不思議なくらいだ。

だが、どんな形であれ、一夜明けて少し、落ち着いた。夜というのは人間の感性を微妙に狂わせるものらしい。昨夜はできなかったが、いま、ようやく客観的に状況を判断できるようになった。そんな気がした。

銀行に着いたのは八時十五分。係員たちはすでに半分以上が席についており、デスクに仕事を広げていた。

「おはようございます」

浅野の姿を見て、フロアのあちこちから声がかかる。

「おはよう」

応じた浅野だが、融資課の一角にある融資課長席からは挨拶の声が聞こえてこなかったことに気づいていた。半沢だ。その平然とした横顔につい足がとまりそうになる。

無言で支店長室に入り、カバンと上着をロッカーにおさめると、営業フロアにもうひとつある自分のデスクについた。たちまち、副支店長の江島が話しかけてくる。

「おはようございます。金曜日、支店長がお帰りになってから、人事部の田所次長から電話がありました。折り返し電話をくださいとのことです。おそらく――」

江島はちらりと融資課長席を見て声をひそめた。「半沢の件だと思います」

「わかった」

つぶやくようにこたえ、ふと顔を上げると、江島がまじまじと浅野を見ていた。

「支店長、お体の具合、まだ悪いんですか」

「大丈夫だ」

「そうですか……。それともう一つ」

再び半沢のほうを一瞥し、今度は声のボリュームを上げていった。「業務統括部から先日の面談結果について報告書が来ております。〝要改善〟という厳しい結果でした」

半沢に聞こえるように、わざと江島はいったはずだが、背中を向けたままの半沢は、まったく反応らしい反応を見せなかった。

「おい、半沢君《ごう》！」

その態度に業を煮やした江島が呼びつけた。

半沢はゆっくりした足取りで、やってくる。見たくもない顔だった。たちまち、様々なことが胸に湧き上がり、吐き気がし始める。

「なんでしょう」

「なんでしょうじゃないよ、君」

江島はデスクに両肘《ひじ》をついて睨み付けた。「君のおかげでね、当店の評価はガタ落ちだ」

そういって、業務統括部からの報告書を指先でこつこつと叩いた。

「君の責任だぞ」

半沢は、じっと江島の顔を見つめたまま黙っている。

「いい加減にしろ！」

反省の言葉がないことに腹を立てた江島の首筋が、みるみる赤くなった。だが、半沢は表情ひとつ変えるでもなく江島の恫喝など意に介さない態度だ。そしていまその目は、静かに隣にいる浅野へと向けられた。

浅野は、その目を直視することができなかった。

謝罪——。

〝花〟のメールが頭を駆け回り、再び浅野の心に動揺を運んだ。一夜明けて落ち着いたかに思えた心に、さざ波が立ち始めた。浅野の心境がどう変わろうと、置かれている状況は何ひとつ変わったわけではない。それを強烈に思い知らされた。

お前なのか、半沢。〝花〟とは、お前なのか——。

恐怖が胸をよぎり、どうしようもなく、不安になる。

こいつの手に、たかが一介の融資課長に過ぎない男の手に、当行きってのエリートであるこの俺の命運が握られている。

その事実が歯がゆい。どうしようもなく悔しい。

なんとかならないか。

なんとかなるはずだ。

この男を脅すなりすかすなりして、自分の思い通りにすることが可能なはずだ。なにしろ、俺は支店長なんだぞ。

そうだ、支店長だ。

浅野は念じた。俺は支店長なのだ、と。

こんな課長風情がなにをいったところで、俺が否定すれば、それで済むことではないのか。違うか。いや、違わない。そうだよな、そうだよ……な……。

「支店長、支店長……」

そのとき、浅野の頭の中に、自分を呼ぶ江島の声が割り込んできて、我に返った。二つの怒りに燃えた目が自分を見ている。「ちょっとよろしいでしょうか」と背後の支店長室を指し、「おいっ！」と半沢を呼びつけた。

三人で支店長室に入った。

半沢に対する江島の怒りは一方的なものだった。

「君の態度が悪いからこうなったんだぞ」

さんざん怒鳴り散らした挙げ句、最後にそんなことをいう。

「態度の問題ですか」

それまで黙って聞いていた半沢が肩を揺すって大笑いした。こいつ楽しんでやがる、と浅野は思った。こいつにとって、江島など、物の数にも入っていない。そういう態度だった。

「なんだと！」

だん、という物音が支店長室に響いた。江島の拳がテーブルを叩いた音だ。「じゃあ、なんの問題だというんだ。いいか、半沢課長。君は、西大阪スチールへの与信判断を支店長から命じられ、その期待を裏切ったんだぞ。それを認めないとはどういうことだ。支店長、なんとかいってください」

浅野は当惑した。本来なら、まったくだ、と口調を合わせるところだ。江島の尻馬に乗って半沢の不出来をいいつのり、自分の過ちを認めろと厳しく迫るべき場面だ。だがいまは――。

半沢の目を見た途端、何もいえなくなった。

「こういう男はもう庇《かば》いきれませんよ。ガツンと支店長からも一言お願いします」

〝花〟の言葉が脳裏によみがえった。

謝罪しましたか?

くそっ。なにが謝罪だ。なにが……。

「支店長――」

江島になおも促され、浅野が口を開きかけたとき、ドアがノックされた。融資課の横溝がドアから顔だけを室内に差し入れていた。

「副支店長、そろそろ」

もうこんな時間か、と江島が時計を見た。

「すみません、支店長。朝一番で立売堀鉄鋼さんへ行くことになっていまして。ちょっと失礼します。――半沢」

再び融資課長を睨み付け、「支店長に謝れ」、そう捨てゼリフを吐くと、江島はそそくさと支店長室から出ていった。半沢の返事はない。そして浅野と半沢だけが、後に残されたのだった。

いままで、〝花〟とやりとりした様々なメールが頭を駆け回った。〝花〟が半沢かどうか、確証はない。

だが、その一方で、〝花〟は半沢だと根拠のない確信のようなものもあった。

かろうじて、平静を装ってはいるが、浅野は激しく動揺していた。胃はひねり上げられたようにきりきりと痛み、頭の奥底には鈍痛がある。

プライドを捨て、こいつに謝れだと？　莫迦な。なんでそんなことをする必要がある。こいつがなにをしたところで、もみ消すぐらいのことは、なんとでも——。

だが、半沢のワイヤのような視線が突き刺さって、浅野の思考に風穴をあけた。

こいつはただの莫迦じゃない。やるといったらやるだろう。本部内に厚い人脈があり、それを駆使してくる。たしかに、浅野よりも若く、役職は下だが、その気になれば、浅野はあっという間に土俵際で体をかわされ、うっちゃられるだろう。こいつは、証拠を握っているのだ。預金通帳という動かぬ証拠を。

道義的な問題でおさまるものではない。課長の戯言《ざれごと》で済むはずがない。刑事事件になる内容だ。半沢ならそこまで徹底的にやるだろう。謝罪するのか、しないのか。浅野の心の中で、様々な感情が渦巻いては転がり始めた。

だが、やがてその相反する、あるいは矛盾する感情は、有無をいわせぬ力でひとつの結論へと集約されていった。

浅野は、いったん、カーペットに落とした視線を再び半沢に向けた。

その表情に小馬鹿にしたような笑いがこびりついているのを見て、いましもプライドに火がつきそうになる。

こんな奴に。くそっ。こんな奴に——。

そのとき、脳裏に別なものがすべりこんできて、浅野の表情は無惨に崩れた。「パパ!」。怜央の笑顔が浅野の中で弾ける。ぷっと頬を膨らませた佐緒里の顔。大きくなったでしょう、という妻の声。

俺は——俺は——。お前たち、ごめんな。

こんな奴に。お前のような奴に——。いったい、こんなばかげたことがあるか!

浅野はかっと目を見開き、まっすぐに半沢に向き直った。

4

「すまなかった」

その言葉は唐突に浅野から漏れてきた。両手をテーブルにつき、深々と頭を垂れた。たまりかねて浅野が屈服した瞬間だった。

「許して欲しい」

そのまま数秒間、半沢は浅野の脳天を黙って見つめ、その顔が上げられるのを待っていた。

やがて浅野はゆっくりと面を上げ、半沢の反応をうかがうような眼差しを向けてくる。その表情の中に、割り切れない様々な感情が浮かんでいるのが見えた。

「なんのことですかね」

　刹那、浅野ははっとし、まじまじと見つめてくる。狼狽し、再び葛藤に揺れ動く様は見物だった。

「西大阪スチールの件だ」

　浅野は声を絞り出した。「その件で、君に謝罪したい」

「ほう。どうして?」

　浅野の葛藤と狼狽は続く。

「あの五億円は君の責任じゃない。与信判断を急がせた、私のミスだ」

　半沢は怒りに押し黙った。なにが、ミスだ。ふざけるなよ。この期に及んで、お上品に言い逃れするつもりか――そう思い、上司を睨み付けている。

「だから、謝罪させて欲しい。すまなかった」

「ミスだと?」

　半沢が返すと、浅野はきつく唇を嚙み、視線は逸れて床へと落ちた。しばらく浅野は口を開かなかった。

　一分かあるいは二分。もっとかも知れない。室外で、月曜の朝恒例の全体朝礼開始を告げる放送が聞こえる。ぞろぞろと全員が動き出し、朝礼場所である一階へと下りる足音がしたが、扉を閉ざしたままの支店長室には、遠慮して呼びに来るものはいない。

「て、訂正させて欲しい」

やがて、浅野はいった。顔面蒼白だ。唇が震え、瞳は、弱々しい電球のように揺れ動いている。

「私は――私は、銀行を、この東京中央銀行を裏切っていた。支店長として、いや、銀行員としてあるまじき行為だ。恥ずかしい」

がっくりと頭を垂れて浅野は陥落した。なおも黙っていると、その表情が蜘蛛の巣のようにひび割れ、凍り付いていく。やおら椅子の横に土下座すると、床に頭をこすりつけた。

「この通りだ。すまなかった。どうか許して欲しい」

「許せないな」

半沢は言った。静かな口調とは裏腹な鋭さを秘めた語調に、浅野は唖然として半沢を見上げる。

いままでさんざん嫌味をいい、半沢を追い落とそうと本部で根回ししてきた上司だ。恨みは尽きず、殺してもあきたりないほどの相手である。

「お前など銀行員の屑《くず》だ。破滅させてやる」

あまりのことに、愕然とした浅野から反論はなかった。口をぱくつかせているが、なんの言葉も出てこなかった。

支店長室にある内線電話が鳴り出した。

「出ろ」

半沢が命ずる。

ゆっくりと立ち上がった浅野は受話器を耳に押し当てて相手の声を聞くと、困惑したように半沢を振り返った。

「受付からだ。す、すまん。妻が、妻がたずねてきた。実は大阪に来ていて——。帰るようにいうから——」

電話に向かって話し出した浅野だったが、「わかった。そのかわり、すぐに帰るんだぞ」という言葉とともに、受話器を置いた。

「店に手みやげを持ってきたといってる。どうしても、自分で渡したいと言い張って……」

やがて支店長室のドアがノックされ、浅野がドアを開けた。ポロシャツにジャケットを羽織り、スニーカーを履いた飾り気のない女性がそこに立っていた。小柄で、聡明そうな女性である。半沢に気づき、いま彼女は遠慮がちな会釈をくれた。

「すみません、突然、おじゃまして」

その言葉は、浅野にではなく半沢に向けられたものだ。

「いえ」

と小さくこたえた半沢だが、そのとき浅野の妻は微妙に室内の空気を読み取ったようだった。はっとした表情を浮かべて夫を一瞥し、再び半沢を振り返る。表情が強張ったが、出てきた言葉は穏やかさをたたえていた。

「あ、あの……これ」

差し出されたのは、お菓子の箱だ。「つまらないものですが、みなさんで召し上がってください。本当にいつも、主人がお世話になっております。ええと、こちらは」

「融資課長の半沢君だ」

浅野が紹介すると、「失礼しました。どうぞ、主人をよろしくお願い致します」

深々と頭を下げる。

「大阪《こちら》に、いらしてたんですか」

そういえば、昨日浅野がよこしたメールには、日中外出していたとあった。

「ええ。子供たちがどうしても主人に会いたいと無理をいいまして、土曜日から。子供たちは昨日帰しましたけど、私だけは、一度、お店にご挨拶にあがりたくて、今日まで残りました。あの——最近、お仕事大変なんでしょうか。どうも、主人に元気がないようなので、心配なんです」

「おい、よさないか」

浅野がいったが、眉根を寄せた浅野の妻は見ていて痛々しいほどに本気だった。半沢は言葉に窮した。

「こんな人ですけど、よろしくお願いします、半沢さん」

妻は、やおら半沢の手をとって握りしめた。その指先から意外なほど強い力が伝わり、半沢を驚かせた。生真面目そうな顔の中で嘆願するような目が半沢を見ている。

「どうか、どうか本当に、よろしくお願いします」

すがるようにいい、しばらく半沢の手を離そうとしない。

女性の鋭い勘のなせる業だろうか。浅野の妻は、明らかに何かを感じ取っていた。具体的にそれがなにかわからないにせよ、それが自分の夫を追いつめ、この張りつめた空気の中で、特別なことが話し合われていたことに感づいたのだ。

黙ったままの半沢の前で、妻は泣き出しそうな顔になっていた。

「おい、もういいだろう」

見かねた浅野の言葉で一歩下がると、深々と頭をひとつ下げて支店長室から辞去していく。その背中がいかにも淋しげで、しばらく半沢は目を逸らすことができなかった。

「すまなかった。邪魔をして」

妻を外まで見送って戻った浅野は詫びた。

「どうか許してもらいたい。この通りだ、半沢君。私にメールをくれたのは君だろう?」

半沢はこたえなかった。いまさら、誰がメールをよこしたなどという話をしても無意味だからだ。半沢らしく、単刀直入に話を進める。

「あんたがやったことをオレは銀行に告発するつもりだ」

浅野の表情に、絶望的な恐怖が浮かんだ。

「勘弁してくれ。この通りだ」

再び頭をテーブルにこすりつける。「私には家族がある。その家族に迷惑をかけたくないんだ」

身勝手な理屈だった。

「あんたに銀行員としての将来はない。あんたは刑事告発される。徹底的に、糾弾してやるから覚悟しておくんだな」

「た、頼む。それだけは——！　それだけは思いとどまってくれ。半沢君。君のことを悪くいって悪かった。その分の償いはさせてもらう。本当だ。私にできることなら何でもする。何でもするから、なんとか勘弁してくれないか」

再び土下座した浅野は、膝立ちでカーペットをすり寄り、半沢にすがりついた。必死だった。まるで、殺さないでくれと命乞いをしている男のようだった。

半沢の心の中にあるシーソーが、ゆっくりと上下し始めた。

それは最初は、「破滅」へと傾いていた。ところが、思いがけない妻の登場で微妙に重心を変え、いま新たな方向へと傾斜を変えつつある。

浅野は、泣いていた。四十二歳。東京中央銀行の人事エリートとして歩んできた男がいま、誰はばかることなく涙を流しすがりついていた。

半沢は椅子にかけると、その背もたれにどっかりと体を投げた。花。なぜか妻の顔が脳裏に浮かんだ。

「条件次第では見逃してやってもいい」

浅野の体が強張り、絶望を映していたその表情に一縷の希望の光が射した。嗚咽が止んで、瞬きすら忘れた目が半沢を見上げる。

「どんな条件ですか？」

「オレを希望の部署に異動させろ。それが条件だ」

まじまじと半沢の顔を見つめてきた。

「どこ？」

「営業第二部」

半沢はいった。「グループはどこでもいい。ただし、次長ポストだ」

「営業第二部……」

つぶやいた浅野の目が驚愕で見開かれた。

営業本部は、東京中央銀行の中でもエリートが集う精鋭集団だ。その中でも第二部は、同じ資本系列の大企業取引を一手に扱う、まさに東京中央銀行の保守本流ともいえる中枢である。

「それは……」

浅野は唇を噛む。難しいのはいわれなくてもわかる。ただでさえ難関なのに、浅野自身、半沢についての評価をこき下ろしてきただけになおさらだ。半沢の希望したポストは、浅野がまき散らした評価であれば到底、あり得ない選択だった。

「だめならあんたの将来はない。銀行にいられないどころか、臭い飯が待ってると思え。人事から電話がかかってきているだろう。もし、家族が大事なら、なんとかすることだな。それともう一つ。うちの課員は全員、希望しているポストへ就けろ。いいな。それが条件だ」

そういうと愕然とした浅野に冷ややかな一瞥をくれ、半沢はさっさと席を立った。

支店長室にひとり残された浅野は、がっくりと頭を垂れ、カーペットの上に座り込んでいた。

思いも寄らない条件だった。課員の人事のほうはまだいい。

半沢を——営業第二部次長に……？

それは正真正銘の栄転を意味していた。

だが、それを実現させるためには、いま本部内にある半沢への評価を覆す必要がある。

それをするということは、人事部次長だった小木曾、業務統括部の木村を始め、この一件を通じて半沢が被った評価減をすべて覆すことに等しい。

再びデスクの電話が鳴りだし、浅野は顔を上げるとよろよろと立ち上がった。案の定、人事部の田所だ。江島からいわれていたことを思いだした。

「半沢融資課長の件ですが、いま部内で出向の方向で動いておりまして、そろそろ出向先が選定できそうです。それでお電話差し上げたのですが」

「その件、ちょっと待ってくれないか」

浅野は即座にいった。田所は、人事部時代に浅野の下にいた男だ。親しい間柄である。

「ちょっと誤解があったかも知れない」

「誤解？」

電話の向こうで、田所は戸惑ったようだった。「どういうことですか、浅野さん。半沢課長を出向させるべきだというのは、浅野さんのご意見だったじゃないですか」

「まあ、そうなんだが。どうも、彼の能力を誤解していたらしいんだ。私としたことが、まったくもって情けない。申し訳ないが、その出向話、止めておいてくれ」

「浅野さんがそうおっしゃるのなら構いませんが、しかし——」

不服なのは口振りでわかる。

「すまん。彼のことについては直接、そちらに行って話せないだろうか」

「業務統括部の報告書などもありますし、私も出向が適当かと思いますよ」

「いや、だから、そうじゃないっていってるだろう」

自分に理がないのはわかっているが、浅野は苛立ちを露《あら》わにした。「とりあえず、半沢課長の人事については、改めて私から提案させてくれ」

「いいでしょう。いつ頃になりますか」

具体的な打ち合わせ日時を決めて、浅野は受話器を置いた。半沢の将来は、いまや浅野の将来そのものだ。これしかもう、自分に生き残る術はない。

浅野はいま、必死だった。

5

竹下とともにキタの新地を歩いていた。午後九時過ぎ、多少景気が上向きになったせいか、人通りの絶えない繁華街を歩いて、小ぎれいなビルの前に立った。以前、ここに来たときと同じ、雨の夜だった。その雨に濡れそぼり、「アルテミス」の看板がピンク色の輝きを放っている。今夜のそれは、気のせいか薄汚れて見える。

エレベーターの前に立ったとき、竹下はふうと長いため息を漏らした。扉が開き、酔っぱらいの男たちとともに、派手なドレスを着たホステスが三人、降りてきた。

入れ替わり、エレベーターに乗り込んだ。

「入れてくれますかね」

心配した半沢に、大丈夫や、と竹下はあっさりいった。「この前の損害はきっちり賠償して、謝っておいたから」

「そうだったんですか」

「オレはずっと考えてたんや」

竹下はいう。「もし東田をぎゃふんといわせることがあったら、どんな風にしたろうかなってな。自宅の前で待ち伏せしてやるか、それとも、どこかに呼び出してお前はおしまいや、いってやるか。そやけど、この前東田とやりあってから、考えが固まった。ここでやってやろうと思ったんや。この店で。東田の女がいる前で、いままで散々、カッコつけてきた女たちの前でな」

決意を秘めた竹下の横顔は引き締まっていた。三階で降りる。そのまま真っ直ぐ突き当たりのドアへ歩いた。カラオケでがなり立てる声がどこからともなく響いていた。女たちの嬌声《きょうせい》と派手な笑い声が渦巻く夜の片隅で、半沢と竹下の二人は、明らかに異質な存在だった。

「いらっしゃいませー」

出迎えの声が聞こえ、ママが出てくる。だが、来客が竹下と半沢の二人だと見て取ると、たちまちその表情を曇らせた。

東田が来ているからだ。

竹下のいった通りだった。未樹の出勤パターンをママから聞き出し、その日はたいてい東田がやってくることを竹下は突きとめていた。東田は通常、午後十時頃来て、店がはねてから二人で一緒に神戸の東田のマンションへ帰宅する。

「あ、あの――」

口ごもったママに構わず、竹下はずかずかと中へ入り込んだ。半沢もその後に続く。

東田は未樹を隣に侍《はべ》らせ、ほかにも数人の女の子に囲まれて飲んでいた。かなりの上機嫌だ。豪快な笑いとともに周囲の女たちも笑いこけている。

だが、その笑いも、竹下の姿を認めてすっと引っ込んだ。

かなり飲んでいるのか、脂ぎった四角い顔がアルコールで赤く染まっていた。

「なんや、貧乏社長かいな」

笑いが引っ込められたその口から、先制パンチが飛び出し、女たちがさっと竹下を振り返る。竹下は黙って向かいのテーブルにつき、ソファにかけた。ひとり分のスペースを空け、半沢もソファにもたれる。「いらっしゃいませ」。その場をとりつくろい、そそくさとママがテーブルについて水割りをつくり始めた。

「どっかのボケが貧乏人やいうてるで」

水割りで乾杯すると、聞こえよがしに竹下がいった。「倒産会社の社長がカッコつけてるわ」

東田は鼻で笑った。

「よう聞いとけや。世の中な、最後に笑ったもんが勝ちなんや」

「おもろいことといってくれるやないか」

なにも知らない東田の余裕の態度に、竹下と顔を見合わせた途端、半沢も吹き出した。

「おい、東田。お前、自分が最後に笑うてる、思うてるんか。あはは！　半沢はん、聞いたか。めでたい奴や」

東田の顔からそれまで浮かべていた嘲笑が消え、煮えたぎる怒りの視線を向けてきた。半沢が言葉を継いだ。

「おい、東田さんよ。オレたちが何も知らないと思ったら大間違いだぜ。なめるなよ。徹底的に叩きつぶしてやるからな」

「なんやて」東田が奥歯をぎりりと噛んだ。

「中国の新会社設立はうまくいったか、東田」

半沢の言葉に、東田はふいに警戒感を滲ませた。東田にとって、中国の件は決して知られてはならない秘密のはずだからだ。「竹下さんや銀行《うち》に迷惑かけてだまし取った十億円、使えるもんなら使ってみな」

凍り付いた東田から返事はない。

「そういや、半沢はん。なんていったかな、あのなんとか証券」

東田の眉が動いた。顔付きが変わる。隣にいた未樹が作った水割りを腕で押しのけた。店内は静まり返っている。

「ニューヨーク・ハーバー証券。この莫迦がへそくっていた外資系証券会社です。とはいえ、その金は今日、差し押さえましたけどね」

がたっ、という音を立てて立ち上がったのは東田ではなく、店の片隅のテーブルにいた二人組の男の若い方だった。もう一人に肩を押さえられ、無理矢理座らされている。「先を越された！」。その顔に書いてある。だが、「国税さんよ」という半沢の声に、その制止させたほうの男がはっと振り返った。

「銀行に来て偉そうな態度とる暇があったら、もうちょっとマシな捜査をしたらどうだ。この間抜け。帰って、統括官に報告しとけ。東田の隠し資産は全額差し押さえたとな。分け前欲しかったら、頭のひとつでも下げに来いって。わかったか！」

慌てて席を立った二人組を、冷ややかに見送り、再び東田と対峙する。

「中国で会社だと？　なに寝言いってやがる。お前がすることは、オレたちに土下座して謝ることだろうが。これから地獄を見せてやるぜ。覚悟しとけ、ボケ！」

「明日にも裁判所から通知が届くやろ。ハワイの別荘も、時間はかかるが強制執行の手続きに入ってるんやで。お前の人生、もう終わりや、東田。ここの飲み代も払えるかどうか怪しいもんやな」

店内に竹下の高笑いが響いた。東田のまわりにいたホステスが戸惑い顔で東田からすっと離れていく。

東田の唇が怒りと羞恥《しゅうち》に震えだした。

「う、嘘や、そんなはずはない！　くそっ！」

東田は立ち上がってくると、竹下の胸ぐらをつかんだ。

痩せた竹下の体がひょいと持ち上げられ、力任せに隣のテーブルへ投げ飛ばされる。テーブルがひっくり返り、あっというまに竹下の体は、床に転がって飛び散った酒とミネラルウォーターのボトルの上に横たわった。

次に半沢に突進してきたが、酔いが回ってないだけ半沢に分があった。その腕を摑んで背中にひねり上げる。

そのまま店外まで押し出し、共用廊下に突き飛ばした。すぐに起きあがって突進してくる相手をかわし、足をかけて転がす。まるで下手な闘牛だ。そんなことを二度ほど繰り返しただろうか、ついに東田は潰れたカエルよろしく共用廊下に突っ伏し、動かなくなった。

遠巻きにした女たちが東田の惨めな姿を見下ろしている。

どこかの店でカラオケが鳴り、調子っぱずれの演歌が始まった。低く、地を這《は》うような東田のすすり泣きがそれに混じる。

一人、二人と女たちが店へ戻っていき、最後まで残っていた未樹もまた店内へと消えた。半沢は東田を見下ろしていった。

「東田さんよ、この前オレがいったこと覚えてるか。この世の中、法律よりも大事なものがあるんだよ。あんたはそれを忘れた。だからこうなったんだ。恨むんならせいぜい自分を恨むんだな」

エレベーターがまた新たな客を運んできた。廊下に突っ伏している東田に、全員が一瞬ぎょっとした目を向けるが、そのままどこかの店のドアへと消えていく。そのエレベーターに乗って竹下とともに「アルテミス」を後にした。

「ありがとうさん」

竹下はいい、右手を差し出してきた。

「こちらこそ」握る指に力を込めた。

「たまには正義も勝つ！」

竹下はそういって笑うと、濡れたシャツなど構いもせず、雨の中を歩きだした。「どや。もう一軒行かへんか。馴染みの店がこの近くにあるんや。おごるで」

「構いませんけど、大丈夫ですか？」

懐具合を心配した半沢を、竹下は笑い飛ばした。

「当たり前やないか。こう見えても転んでもただではおきん船場商人の端くれやで。飲み代ぐらい、なんとかなるわ」

高笑いとともに、晴れ晴れとした顔で竹下は先に立って歩きだした。

終章　嘘と新型ネジ

机を整理していたら、ゼムクリップの中に埋まったネジを見つけた。三センチほどの長さの、一見何の変哲もないネジだ。

「なんだ、ここにあったのか」

つまみあげる。刹那、あの夏の一コマが胸に浮かんだ。一九八七年の八月の終わり。金沢にある実家でのことである。

「それにしてもお前が銀行ねえ。ふーん」

そのとき、台所に立って夕飯の支度をしながら、母はよほど自分の息子が銀行へ行くことが信じられないのか、何度もそう繰り返していた。ビーフシチューの匂いが漂っている。夕焼けがリビングに斜めに差し込み、まだ強い日差しが庭先の夏椿の実を照りつけていた。

二十日の夜に始まった就職戦線は、内定の後一週間ほどの拘束期間を経て、ようやく昨日になって自由行動となった。それでこの日、半沢は遅めの帰省をしたのである。

「ほんとうに勤まるのかしらねえ」

母はシチューの加減を見ながらまたそんなことをいい、サラダにする野菜を冷蔵庫から出す。父の帰宅を知らせるチャイムが鳴ったのは、そんなときだった。

リビングに入ってきた父は、「よっ」と一言。いつものことながらそっけなく、まるで昨日も一昨日も、一緒に暮らしているような気安さでいうと、カバンから紙箱を出して中に入っているものをテーブルの上にあけた。

「なんだ、それ」

転がり出てきたものを見て興味を持った半沢は、父と一緒になって覗き込む。

「ネジだ」

父がいった。

「それは見ればわかる。何のネジだよ」

「何のといわれても、まあ、いろいろ。フツーのネジに見えるだろ。ちょっと手にとってみろ」

言われて、テーブルの上に転がっている十数個のネジから一つをつまみ上げる。

ふいに違和感にとらわれ、半沢は父を見た。「軽い」。鉄製だと思ったネジは、意外にも樹脂製なのだった。

「だろ。それだけじゃないぞ。このネジはな、樹脂としては今までにない強度を持ってるんだ。鉄製のネジと比べると重さは五分の一。なのに強度はほとんど変わらない」

ポリアミド系樹脂をガラス繊維で強化した複合剤で云々という、専門外の半沢がきいても右から左へ抜ける説明を加えた父は、どうだ、といわんばかりに胸を張った。

「要するに、これを使えば製品が軽量化でき、ついでに腐食も防ぐことができるということか」

「まあ、そんなところだ。ついでにいうと、軽いから運送コストも安くつく」

「故に半沢樹脂工業の戦略商品ってわけだ」

父は得意げに鼻を鳴らし、「銀行なんかやめて我が社を手伝わないか」といった。

「やっと就職活動が終わったばかりだってのに、また勧誘かよ」

「またって、お前を勧誘するような会社があるのか」

半沢はおどけて顔をしかめてみせる。そのとき台所から、「父さんは、あなたに三共電機さんに行って欲しいと思ってたのよ」と母の声がした。

三共電機は、樹脂成形を主な業務にしている父の会社では一番の得意先だ。心の痛点を突かれた。得意先の三共電機で修業をして、ゆくゆくは父の経営する会社を継いでもらいたいというのが父の本音だと知っていたからだ。

だが父は、「そんなことないよ。オレは、そんなケチなこと思ってないね」と否定した。

「ほんとかしら」

疑わしげな母に、「ああ、ほんとだとも」と、父はやけに真剣な顔でソファに体を投げかける。

「これから国内のモノ作りは苦しくなるからな。うちだって、いつまでもつかわかったもんじゃない。そんな会社を息子に継がせるわけにはいかん。和樹にだって継がせるつもりはないね」

和樹というのは、地元の国立大学に通っている半沢の弟だ。

「ほう。そんなに弱気だとは思わなかった」

「弱気とかじゃない。冷静な観察に基づいた意見といって欲しいね」

父はネクタイを外し、ワイシャツのボタンを緩めると両手を腹の上で組んだ。暑い夕方だったが、父の方針で、当時の半沢家ではクーラーをつけていなかった。クーラーそのものはなかったわけではないが、普段の生活で冷房を入れるという習慣がなかったのだ。

「なんとなく景気はいいみたいだけど、こと中小零細のモノ作りということに関していうと、もう衰退する兆しが見え始めてる。三共電機のひとに聞いた話なんだが、いまに大企業は、国内の下請けに任せていた部品の製造や加工を、コストの安いアジアの国々へもっていくようになるっていうんだ。そうすれば、人件費だって日本の何十分の一で済む。そんなことにでもなってみろ。いまある我々中小下請け企業の仕事なんかあっという間になくなっちまう」

「そうならなきゃいいね」

少し淋しそうな父の表情を見ながら、半沢はいった。「母さん、ビール」と父がいって、缶ビールが二本出てきた。コップはなしだ。父はその一本のプルトップを無造作に引いた。

「コストってのは恐ろしいぞ、直樹。会社の懐をどんどん狭くして、今までの取引がどうとか、人間関係がどうなんてことは全て水に流す勢いだ。これからの中小零細企業ってのは、問答無用のコスト競争になってくる。かなりの数の会社が淘汰されるだろうな。それでなくても、業績は相当悪化してくるはずだ。このことはお前にも関係がある」

半沢は黙って、父を見つめた。半沢の返事を期待しているわけではないことは、その顔を見ればわかった。

「中小零細企業が傷んでくるってことは、要するにそこにカネを貸してる銀行もまた痛みを被るってことさ。ただ、お前ら銀行はお上の保護ってやつがあるから、それで潰れるかどうかは別だけどな。だけどもしかしたら、潰れる銀行が出てくるかもしれんぞ」

半沢は笑った。父の心配性は昔からだが、銀行が潰れるだなんて真顔で言われたら、これはもう、笑うしかなかった。産業中央銀行で内定をもらった夜にも、先輩に連れられて食事に向かうタクシーの中で「これで君は一生安泰だ」と太鼓判を押されたばかりだ。銀行に就職するということは、自分だけではなくその家族まで、一生を安泰のうちに暮らせる保証を得たのと同義だと、その先輩は説いたのである。

「銀行が潰れたらすごいことになるだろうね」

父に話を合わせるために、半沢は心にもないことを口にしてみる。

「まあ、そうなってみれば、お前もわかるだろう」

父は、テーブルの上のネジをひとつ、半沢に放り投げた。慌てて受け止め、もう一度見た目から想像できる重さと、指先からじかに伝わる重さとの微妙な違いを感じた。素材が単純なプラスチックとは違うのだろうが、ひんやりとした、鉄に一脈通ずる硬質感を有する不思議な物体に思えた。

「そのネジを開発するために、五年かかった」

「へえ」半沢はまじまじとその不可思議な感触を指に伝えるネジを見つめる。

「発想を得たのはお前が大学に入る前。そういうネジができないかなと思って、まず始めたのは材料探しだった。試作に試作を重ねて、専用の機械まで自作してようやく出来上がった。お前にとっては何の変哲もないネジかも知れないが、父さんにとってそいつは偉大な一歩なんだ」

「なるほど」半沢はひそかに感服していった。

「一寸のネジにも五分の魂だ」

父は悪戯っぽい笑みを浮かべてみせたが、ふいに真剣な顔になる。そして、

「ロボットみたいな銀行員になるなよ、直樹」

といった。

「どういうこと」

「ほら、以前、うちが危なかったときがあっただろう。あのとき、銀行員の顔はみな同じに見えた。助けてくれた金沢相互銀行さん以外はな」

地元の第二地銀である。だまってビールを喉に流し込んだ半沢は、就職活動でついたひとつの嘘を思い出した。産業中央銀行の面接官に対し、「地銀が見捨てた会社を、都市銀行が救った」といったことだ。本当はまるで逆だったのである。

「それに引き換え、産業中央の冷たかったこと。さっさと融資を引き揚げやがった。あれ、なんていったかな。あのクソ銀行員」

「木村よ。木村なんとか」

クソ銀行員だけで、母には通じる。半沢にもだ。

「おう、それだ。お前が産業中央銀行に行くことについては、気にくわないまでも許してやる。だが、あの野郎だけは許さない。いつか痛い目に遭わせてやれ。敵討《かたきう》ちはお前にま

かせる」

お父さんったら、と苦笑した母にたしなめられながらも、新しいネジを開発したばかりの父は豪快に笑った。楽しそうだが、決して目は笑っていない。何年経とうと、どこにいようと、絶対に許さないぞ、そんな決意を秘めた目だ。その目を見たらまた、債権者たちに土下座して手形のジャンプを頼む父の後ろ姿を思い出した。怒りが、半沢の胸にも湧き上がり、アルコールと共に回り始める。

「まかせなよ、オヤジ。オレがいつかとっちめてやるからさ」

本気で半沢はいった。

「なにいってんの、あちらさんのほうが十も上なんでしょ。目上の人に楯突いたら出世できなくなっちゃうじゃない」

そんな母の言葉など気にしなかった。やるといったらやる。数ある銀行の中でなぜ産業中央銀行を選んだのか。決して面接では口にしなかった動機がそこにあった。

入行した半沢がその後、その〝木村なんとか〟について調べるのは簡単だった。

木村直高。それが、当時金沢支店で半沢の父が経営する会社を担当していた男の名前だった。散々父に世話になっておきながら、業績に不安を感じると、手のひらを返したように裏切ったクソ銀行員だ。

半沢が入行したとき、木村は、本店融資部の調査役になっていた。「人事報知」が届くたび、友人や知り合いの異動を目で追う傍ら、木村の動向にも目を光らせていた。産業中央銀行の行員数、一万七千人。望んだ接点はなかなかなかった。木村が秋葉原東口支店の支店長になって、よりによって近藤の上司になったのが最大のニアミスで、それは結果的に半沢の怒りに油をそそぐことになった。それからさらに五年近く待った。そしてついに木村は、業務統括部部長代理という肩書きで、半沢の前に現れたのだった。

「何歳上だろうが、あの野郎が出世するようなら産業中央も終わりだな。いいか、〝銀行員である前に人であれ〟、だ。これは大切なことだぞ」

「誰の言葉、それ」

「オレの言葉に決まってるじゃないか。それとな、どうせ銀行に行くなら偉くなれよ、直樹。偉くならなきゃ、あれほどつまらん組織もないだろう。偉くなって、うちみたいな会社、いっぱい助けてくれ。頼むぞ」

「まかせとけって。オレ、頭取になるからさ」

父はまた豪快に笑った。今度は心底、楽しみにしているという笑いだ。

「そいつはいい。じゃあ、そのネジ、お前にやるよ。記念すべき夢の実現第一号だ。お守りになるかどうかはわからんが、とにかくやるよ」

父はアルコールに弱いくせに酒好きという、憎めない人種である。こういうときには黙って従ったほうがいいと知っている半沢は、ネジをジーンズのポケットにしまい込んだ。

「ありがとう。もらっとくよ」

そのとき——。

「夢を見続けるってのは難しいもんだ」

しみじみと言った父の言葉は、いまも半沢の心に残っている。「それに比べて夢を諦めることのなんと簡単なことか」

「なるほどね。覚えとくよ」

半沢はビールを一気に喉に流し込んだ。


「どういうことだ、半沢」

受話器から流れてきた渡真利の声には、明らかに戸惑いが滲んでいた。

「どういうことって、なにが」

東京にある東京中央銀行本店営業部の三階。営業第二部次長の椅子にゆったりとかけた半沢は、同期入行の男の狼狽ぶりを楽しんだ。

「なんでお前がそこにいるってきいてるんだ」

「さあな。どうも浅野の野郎が改心して、推挙してくれたらしいな」

「なにをやらかした」

ハナからそんな話を信じるはずのない渡真利はきいた。「オレの出張中にお前に辞令が出たらしいと聞いたから、てっきり出向だと思ったらこれだ。わけがわからん」

「まあいいじゃないか」

辞令は昨日、出た。

本店営業第二部次長。それが半沢の新しい肩書きだった。疑いようのない栄転である。その一報を聞いて一番喜んだのが、妻の花だったのは間違いない。

この一ヵ月ほどの間、浅野の動きは見ていて滑稽なほどだった。

いままで散々こきおろしてきた部下を持ち上げる。最初は渋る声もあったが、西大阪スチールの焦げ付きを見事に回収してからというもの、人事交渉の障害は消えた。

半沢の栄転が決まったときの浅野は実に複雑な顔をしていた。安堵、苛立ち、羨望――。相反する様々な感情がミックスされ、浅野自身、どう表現していいかわからないように見えた。

「頼む、私の通帳をもう返してくれないか」

浅野には何度か懇願されたが、そのたびに「なんのことかわかりませんね」と応ずることなく東京に戻ってきた。

傑作だったのは、昨日、業務統括部に〝クソ銀行員〟の木村を訪ねたときだった。関係部署の挨拶回りのついでに顔を出したのだ。席にいた木村は、半沢の姿を目にした途端、明らかに狼狽し、席を立とうとしたが、「木村部長代理」という半沢の呼び止めにぎくりとして動きが止まった。

臨店レポートで、散々に半沢をこきおろし、西大阪スチールの損失が融資課長の実力不足だと断定していた木村だったが、その後、浅野がそれを全面的に否定するという異例の事態になって状況が変わった。

半沢から条件を突きつけられた浅野が選択したのは、唯一刑事告発を逃れることであった。そのために西大阪スチールに対する五億円の融資が自らの独断であり、意図的に半沢の関与を避けたことを認めたのだ。その過程で、本部人脈を漁《あさ》って半沢を陥れるために様々な圧力をかけたことも認めた浅野は、間もなく大阪西支店長職を解かれ、本部での出向待ちポストへ転出すると見られている。

その浅野に加担したことが判明した木村に対してもその後しかるべき内部調査が行われるはずで、いま木村は銀行員生活最大のピンチを迎えているに違いなかった。

「き、君か……」

木村は、落ち着きなく視線を左右に動かし、うろたえていた。半沢と一緒に回っていた営業第二部の副部長が、新しい部下と古参の次長との間のただならぬ雰囲気にぽかんとしていた。

「私に何か言うことがあるんじゃないんですか」

返事はなかった。

業務統括部の雑然とした部屋で、木村は学校の先生に叱られた生徒のようにうつむき、唇を嚙む。

「約束を果たしてもらいましょうか。いま」

頰が震えだし、訴えるような眼差しがこちらに向いたが、それに対して半沢が返したのは冷ややかな目線である。

「あんたが書いたレポートで、こっちは多大な迷惑を被ったんだ。約束は守ってもらいますよ。土下座して謝るんでしたね」

事情を察したらしい副部長が「許してやったらどうだ、半沢」と揶揄する口調でいった。この副部長とは、以前一緒に仕事をしたことがある。半沢の実力も性格も知り抜いている親しい間柄だ。

「そうはいきません。このまま曖昧にしては、私のプライドが許さない。行内で処分されれば済むという問題ではないので。これは木村部長代理と私の問題です」

「い、いや、済まなかった、半沢次長。申し訳ない」

木村は詫びた。だが、「土下座は?」という半沢の声に体が凍り付く。

騒ぎを聞きつけ、辺りにいた行員たちが仕事の手をとめて半沢と木村のやりとりを遠巻きにしている。

うつむいている木村の頰がぴくりと動き、ぐっと奥歯が嚙みしめられるのがわかった。

この男なりのプライドにみしみしと罅《ひび》が入り、歪み、崩落する音が聞こえるようだった。

木村の表情が歪んだ。やおら膝を折り、靴を履いたまま銀行の床に正座する。

「申し訳ない。この通りだ」

頭を床にこすりつけた。許しを請う木村の声がくぐもって半沢の足元辺りに吹きこぼれてくる。刹那周囲が凍り付き、物音が消えた。

「おい。行こっか」

副部長に肩をぽんと叩かれるまで半沢は、屈服させた敵のはげ上がった頭頂部を冷ややかに見下ろしていた。そして、全員がぽかんと口を開けたまま見守る中、揚々とそのフロアを後にしたのである。


銀行というところは、人事が全てだ。

ある場所でどれだけ評価されたか、その評価を測る物差しは人事である。

だが、その人事は常に公平とは限らない。出世をする者が必ずしも仕事のできる人間ではないことは周知の事実であり、それは東京中央銀行でも例外ではない。

正直なところ、半沢は、銀行という組織にほとほと嫌気がさしていた。古色蒼然とした官僚体質。見かけをとりつくろうばかりで、根本的な改革はまったくといっていいほど進まぬ事なかれ主義。蔓延する保守的な体質に、箸の上げ下げにまでこだわる幼稚園さながらの管理体制。なんら特色ある経営方針を打ち出せぬ無能な役員たち。貸し渋りだなんだといわれつつも、世の中に納得できる説明ひとつしようとしない傲慢な体質——。

もうどうしようもないな、と思う。

だから、オレが変えてやる——そう半沢は思った。

営業第二部の次長職は、そのための発射台として申し分ない。手段はどうあれ、出世しなければこれほどつまらない組織もない。それが銀行だ。

かつて、産業中央銀行の入社試験を受けたときの半沢は、夢を描いていた。この素晴らしい組織を自分の手で動かしてみたい、という途方もない夢だ。

あれから、十数年。バブルの狂乱が過ぎ去り、銀行を美化していた様々なメッキは一枚、また一枚と剝がれていった。そして、いまの銀行は無惨な鉛の城となった。

銀行が特別な存在だったのは、もはや過去の話に過ぎない。いまや銀行は世の中に存在する様々な業態のひとつである。見る影もなく凋落《ちょうらく》した銀行という組織に、かつての栄光を重ねることは無意味だが、まったく逆の意味でこの組織を自らの手で動かし、変えてみたいという半沢の思いはかえって募った。

「よく回収したな。五億円」

電話の向こうで渡真利が感嘆の口振りでいう。「たいしたもんだ。それに、図々しさにも恐れ入るぜ。どうせまた新しい職場でもいいたいことをいうつもりだろう。この銀行で、上司をコケにして出世しているのはお前ぐらいのものだぜ」

　半沢は笑った。渡真利は続ける。

「ところで、近藤の奴もこっちに戻ってきたことだし、また一杯やらないか」

「いいな」

　手帳を広げ、スケジュールを覗き込む。

「それにしても、バブル入行組ってのは、つくづく因果な年代だなあ」

　渡真利のため息まじりの言葉が受話器から漏れた。「入行して半ば強制的に入らされた持株会では大損。いまだ損失の穴埋めはできない。オレたちの上の世代までは株を売って家を建てるのが普通だったのにな！　それどころか、不況のどん底で期待していた給料はもらえず、ポストも減らされリストラの嵐ときた。まったくいいとこなしだ」

「そう嘆くな、渡真利」

　半沢はいった。「そのうちオレが、その負け分を取り戻してやる」

「ほざけ。いつまでも夢を見てろよ」

　渡真利は皮肉っぽくいう。「夢と思っていたものが、いつのまにか惨めな現実にすり替わる。そういう気持ち、お前にはわからんだろう」

「そんなことないさ」

　半沢は否定した。「夢を見続けるってのは、実は途轍《とてつ》もなく難しいことなんだよ。その難しさを知っている者だけが、夢を見続けることができる。そういうことなんじゃないのか」

唖然《あぜん》としたような間があったが、それについての渡真利のコメントはなかった。やがて、電話の向こうから空いている日にちを読み上げる声がして、半沢は、飲み会の予定で埋まったスケジュールの空きを探し始めた。

解説

村上貴史（文芸評論家）

本書『半沢直樹《はんざわなおき》1　オレたちバブル入行組』は、二〇〇四年十二月に刊行された作品である。江戸川乱歩賞受賞の『果つる底なき』で一九九八年にデビューした池井戸潤にとって十二冊目の著作である（刊行時の『オレたちバブル入行組』から今回改題）。

主人公である半沢直樹が、一九八八年というバブルがピークを迎えようとする時期に、慶応大学の経済学部から産業中央銀行への就職活動を進める序章から始まる本書は、彼が同行に入行して十五年ほど経過してからの奮闘を描いている。

大阪西支店の融資課長という地位に就いていた半沢は、不渡りを出した西大阪スチールへの五億円の融資回収を浅野《あさの》支店長から命じられた。半沢はそもそもこの融資に疑問を感じており不本意だったが、浅野が巧みに立ち回り、同社の粉飾を見抜けなかった責任を半沢に負わせる状況を作り上げたのだ。これを打開するには五億円の回収しかない……。

半沢は、姿をくらました西大阪スチールの東田《ひがしだ》社長を必死に追う一方で、社内的には浅野支店長の策略によって追い詰められていく。この『オレたちバブル入行組』、いくつもの山場がテンポよく連続していて実に刺激的である。銀行員としての知恵と知識を駆使して小さな手掛かりから東田の行動を読み解いていく様や、あるいは、銀行内の武器を駆使する浅野によって追い詰められていくスリル、それに対して世の中に通じる正論で反撃していく痛快さ、さらに〝犯行動機〟。気付けば夢中で読んでいるのだ。

そんな本書が広く読者に認識されたのは、やはり二〇一三年といえよう。本書『オレたちバブル入行組』と続篇の『オレたち花のバブル組』を原作とするTVドラマ「半沢直樹」が空前の大ヒット作となったのが、その年なのである。二〇〇四年刊行の小説が、十年近くが経過してようやく大勢の人々に発見されたのだ。いったん存在に気付かれさえすれば、前述のように力のある小説のこと、爆発的にヒットする。続篇とあわせて二百五十万部を超えるような超ベストセラーになったのも、至極当然のことだ。

そのTVドラマの影響もあってか、本書について「倍返し」の印象を持たれている方も少なくなかろう。もちろんTVドラマは原作に寄り添って作られてはいたが、それでもやはり小説とは見せ方が異なる。原作、すなわち本書では、ある人物の復讐心が伏せられたまま物語が進み、ラストで衝撃をもたらす。つまりはミステリとしての魅力も備えているのである。また、半沢の同期入行の仲間（情報通としてシリーズを通して活躍することになる渡真利忍《とまりしのぶ》を含む）の銀行員としての明暗もくっきり描かれている。小説だけの魅力もたっぷりと詰まっているのだ。「やられたら、やり返す」という、あの魅力とともに。

池井戸潤を代表する《半沢直樹》シリーズの第一作――未読の方も既読の方も、是非、読んでいただきたい。何時読んでも何度読んでも新鮮に愉しめる小説なのだ。

本書は二〇〇七年十二月に文藝春秋より『オレたちバブル入行組』として
刊行された文庫を改題したものです。

|著者| 池井戸 潤　1963年岐阜県生まれ。慶應義塾大学卒。'98年『果つる底なき』で第44回江戸川乱歩賞を受賞し作家デビュー。2010年『鉄の骨』で第31回吉川英治文学新人賞を、'11年『下町ロケット』で第145回直木賞を、'20年に第2回野間出版文化賞を受賞。主な作品に、「半沢直樹」シリーズ（『オレたちバブル入行組』『オレたち花のバブル組』『ロスジェネの逆襲』『銀翼のイカロス』『アルルカンと道化師』）、「下町ロケット」シリーズ（『下町ロケット』『ガウディ計画』『ゴースト』『ヤタガラス』）、『BT' 63』『空飛ぶタイヤ』『七つの会議』『陸王』『アキラとあきら』『民王』『民王　シベリアの陰謀』『不祥事』『花咲舞が黙ってない』『ルーズヴェルト・ゲーム』『シャイロックの子供たち』『ノーサイド・ゲーム』『ハヤブサ消防団』などがある。

半沢直樹《はんざわなおき》　1　オレたちバブル入行組《にゅうこうぐみ》

池井戸《いけいど》　潤《じゅん》

2019年11月14日第1刷発行
2025年5月13日第11刷発行

講談社文庫
定価はカバーに
表示してあります

発行者——篠木和久
発行所——株式会社　講談社
東京都文京区音羽2-12-21　〒112-8001
電話　出版　(03) 5395-3510
　　　販売　(03) 5395-5817
　　　業務　(03) 5395-3615

KODANSHA

デザイン—菊地信義
本文データ制作—講談社デジタル製作
印刷———株式会社KPSプロダクツ
製本———株式会社KPSプロダクツ

Printed in Japan

ISBN978-4-06-517082-3

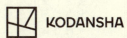

講談社文庫刊行の辞

二十一世紀の到来を目睫に望みながら、われわれはいま、人類史上かつて例を見ない巨大な転換期をむかえようとしている。

世界も、日本も、激動の予兆に対する期待とおののきを内に蔵して、未知の時代に歩み入ろうとしている。このときにあたり、創業の人野間清治の「ナショナル・エデュケイター」への志を現代に甦らせようと意図して、われわれはここに古今の文芸作品はいうまでもなく、ひろく人文・社会・自然の諸科学から東西の名著を網羅する、新しい綜合文庫の発刊を決意した。

激動の転換期はまた断絶の時代である。われわれは戦後二十五年間の出版文化のありかたへの深い反省をこめて、この断絶の時代にあえて人間的な持続を求めようとする。いたずらに浮薄な商業主義のあだ花を追い求めることなく、長期にわたって良書に生命をあたえようとつとめるところにしか、今後の出版文化の真の繁栄はあり得ないと信じるからである。

同時にわれわれはこの綜合文庫の刊行を通じて、人文・社会・自然の諸科学が、結局人間の学にほかならないことを立証しようと願っている。かつて知識とは、「汝自身を知る」ことにつきていた。現代社会の瑣末な情報の氾濫のなかから、力強い知識の源泉を掘り起し、技術文明のただなかに、生きた人間の姿を復活させること。それこそわれわれの切なる希求である。

われわれは権威に盲従せず、俗流に媚びることなく、渾然一体となって日本の「草の根」をかたちづくる若く新しい世代の人々に、心をこめてこの新しい綜合文庫をおくり届けたい。それは知識の泉であるとともに感受性のふるさとであり、もっとも有機的に組織され、社会に開かれた万人のための大学をめざしている。大方の支援と協力を衷心より切望してやまない。

一九七一年七月

野間省一